AF218926

Marc-Jonas Never

Clevere Spürnasen
Das Erbe des Blutkrone

Das Buch

Mit 14 Jahren erlebt Andreas den ersten Urlaub ohne seine Eltern. In einem Zeltlager stößt er mit seinen neu gewonnen Freunden auf ein dunkles Geheimnis. Gemeinsam verfolgen die furchtlosen Jugendlichen die mysteriöse Geschichte.
Mit einer Menge Geduld sowie dem richtigen Spürsinn gehen sie den düsteren Erkenntnissen auf den Grund. Unversehens finden sie sich der tödlichen Gefahr gegenüber.
Mit einem Mal scheint sich alle Hoffnung in Luft aufzulösen. Gibt es ein Entrinnen aus den Tiefen jenes finsteren Abgrundes?

Der Autor

In den 90er-Jahren wurde Marc-Jonas Never in einer kleinen Gemeinde am Rande der Nordeifel geboren. Bis heute bezeichnet er jedoch die Großstadt Aachen, zu der jene Gemeinde gehört, als seine Wahlheimat.
Um seinen schriftstellerischen Horizont zu erweitern, verließ er mit 18 Jahren sein Heimatdorf. Dieses bietet ihm seitdem einige vereinzelte Male im Jahr einen Rückzugsort, um ungestört zu sein. Die dort gewonnenen Eindrücke verwendet er stets als Inspirationen für neue Werke verschiedener Kunstrichtungen.
Heute lebt Never mit seiner Frau in Hessen. Dort ist er neben dem Dasein als Autor ebenfalls in der Musikproduktion tätig. Er komponiert, spielt Gitarre, schreibt Songs, singt und rappt aus absoluter Überzeugung. Seine Muttersprache Denglisch bietet die Grundlage dafür.
Aufgrund seiner allgegenwärtigen Mehrsprachigkeit bezeichnet Never sich selbst als 'Wortspieler'.

Weitere Informationen über den Autor und seine Werke sind jederzeit kostenlos und auf Abruf online einsehbar.

Bibliografische Information der Deutschen Nationalbibliothek: Die Deutsche Nationalbibliothek verzeichnet diese Publikation in der Deutschen Nationalbibliografie; detaillierte bibliografische Daten sind im Internet über dnb.dnb.de abrufbar.

Herstellung und Verlag: BoD – Books on Demand, Norderstedt

ISBN: 978-3-7557-4977-6

Für Annika

Weil sie immer an mich geglaubt hat!

Kapitelübersicht

Kapitel 1 – Turbulenter Ferienbeginn

Der Wecker klingelte. Andreas lag in seinem Bett und schaute auf die Uhr. Ja, es war tatsächlich schon wieder acht Uhr in der Früh. Die Nacht war somit vorüber und er versuchte ganz langsam, immer wacher zu werden. Und das nicht ohne Grund – nein, denn heute würde er zum ersten Mal ohne seine Eltern in Urlaub fahren. Er hatte sich für ein Ferienlager angemeldet, das zwei Wochen lang dauern würde, vom heutigen Montag bis zum Sonntag in zwei Wochen. Es war ein Zeltlager, das in einem großen Wald ungefähr 50 km von seinem Elternhaus entfernt lag.

Er hatte noch nie bei einer solchen Ferienaktion mitgemacht und kannte deswegen auch niemanden, der sonst dabei sein würde – weder Kind noch Jugendlichen noch Betreuer.

Daher war ihm auch ein wenig mulmig zu Mute. Aber er sagte sich selbst immer wieder, dass es ein schöner Urlaub werden würde und letztendlich beruhigte ihn das sogar.

Nun stand Andreas schließlich auf, bereit, an diesem vorerst letzten Morgen gemeinsam mit seinen Eltern zu frühstücken, und zog sich an. Dabei warf er einen Blick aus dem Fenster und stellte fest, dass die Sonne schon relativ weit oben an diesem Augustmorgen stand. Er zog die Gardinen beiseite und augenblicklich flutete das helle Licht sein gesamtes Zimmer, wobei er die Augen zusammenkneifen musste.

Was für ein herrliches Wetter!, dachte Andreas bei sich, zog das T-Shirt über und machte sich auf den Weg ins Badezimmer.

Mit den Händen auf den Rand des Waschbeckens gestützt, blickte er noch ein wenig verschlafen in den Spiegel.

Er drehte das kalte Wasser auf, fing einen Teil davon in den Händen und wusch sich sein Gesicht – einmal, zweimal und ein letztes Mal – bevor er nach dem Handtuch griff, um Gesicht und Hände abzutrocknen.

Schließlich hängte er das Handtuch auf den Halter neben dem Waschbecken und griff nach der Bürste, um sich seine dunkelblonden Haare zu kämmen. Heute gestaltete es sich mal wieder einfacher, die Haare zu machen, denn im Grunde genommen waren sie von der letzten Nacht kaum zerzaust. Daher griff Andreas nach dem Haargel, machte etwas davon auf die Hand, verrieb es kurz und verteilte es gleichmäßig.

Kaum hatte er sich fertig gestylt, stellte er die Tube beiseite und machte sich daran, die Zähne zu putzen.

Als er zum Schluss noch einmal den Mund mit kalten Wasser ausgespült hatte, legte er auch die Zahnbürste wieder an ihren Platz zurück, trocknete sich erneut die Hände ab und verließ das Badezimmer. Leicht angespannt ging er durch den Flur in die Küche – wohlwissend, dass dies das vorerst letzte Frühstück mit seinen Eltern war – und öffnete die Tür.

„Morgen", begrüßte er seine Eltern und setzte sich auf seinen Stammplatz.

Seine Mutter Gabriela, die von jedem Gaby gerufen wurde, bemerkte es sofort und warf ihm einen bemitleidenden Blick zu. Um vom Thema abzulenken und die Situation ein wenig aufzulockern, begrüßte sie ihn sofort.

„Morgen, Andreas", sagte sie und versuchte ihrerseits, so entspannt wie möglich zu klingen, wobei es auch ihr gar nicht leicht fiel. Doch schließlich erwiderte Andreas ihr mit einem Blick, der Dankbarkeit ausstrahlte und so viel sagen sollte wie:

Es geht schon wieder.

Endlich nahm Vater Karl mit selbstsicherer Stimme das Wort auf und die Lage wurde spürbar entspannter. „Ja, morgen", begann er. „Hast du gut geschlafen?"

Die Frage empörte Andreas ein bisschen, da sich gerade die Stimmung wieder gebessert hatte. Er antwortete jedoch ganz trocken und ohne sich etwas anmerken zu lassen: „Ja, gut. Und selbst?"

„Auch gut", war die schnelle Antwort seines Vaters. Er warf seiner Frau einen auffordernden Blick zu. Sie fing ihn leicht verwundert auf und setzte die Unterhaltung fort, um eine unangenehme Sprechpause zu vermeiden.

„Nun, Andreas, greif zu", sagte sie und reichte ihm den Korb mit den frischen Brötchen. Dankbar nahm er ihn entgegen, suchte sich eines der Brötchen aus und gab ihn schließlich weiter an seinen Vater. Dieser reichte ihn wiederum an seine Frau zurück, nachdem auch er sich ein Brötchen herausgenommen hatte. Und so begannen sie dieses letzte gemeinsame Frühstück.

Andreas, der seit mittlerweile vier Jahren Vegetarier war, aß mit Vorliebe alles, was er essen konnte oder wollte. So verspeiste er an diesem Morgen seine Brötchen mit herrlich schmeckendem Gouda und Naturfrischkäse.

Er hatte sich mit zehn Jahren dazu entschlossen, Vegetarier zu werden, weil er weder Fleisch noch Fisch weiterhin essen wollte. Außerdem hatte er Fleisch noch nie wirklich gemocht und ohnehin meistens mehr als die Hälfte seiner Portion weggeworfen, wenn er es einmal doch hatte probieren wollen. Daher hatte er sich gesagt, er wolle versuchen, sich so lange wie möglich ausschließlich vegetarisch zu ernähren. Mit 13 Jahren hatte er sich endgültig vorgenommen, bei seinem Plan zu bleiben; für immer vegetarisch leben. Mittlerweile war er 14

Jahre alt und dachte nicht einmal mehr an Fleisch und dergleichen. Seine Eltern konnten dies zwar bis heute nicht nachvollziehen. Aber sie hatten von Beginn an die Einstellung ihres Sohnes respektiert. Versuche, ihn von seinem Plan abzubringen, hatten sie nie gehegt. Deshalb ließen sie es sich alle gut schmecken an diesem schönen Sommermorgen, wenn auch mit leichter Wehmut.

Als sie nach 20 Minuten alle fertig waren, räumten sie gemeinsam das schmutzige Geschirr in die Spülmaschine. Danach verließen Gaby und Karl die Küche und gingen ins Badezimmer, um sich die Zähne zu putzen.

Andreas zögerte. Eigentlich hatte auch er gerade die Küche verlassen wollen, um in sein Zimmer zu gehen und das restliche Gepäck im Koffer zu verstauen. Doch für einen Moment vergaß er die noch nicht eingepackten Kosmetik- und Hygieneartikel und wandte sich zum Küchenfenster.

Er sah hinauf in den blauen, wolkenlosen Himmel, der heute Abend wohl einen genauso schönen Sonnenuntergang bieten würde. Aus irgendeinem Grund spürte er dieses sonderbare Gefühl, dass diese Ferien ganz besonders tolle Ferien werden würden. Vielleicht sogar die schönsten, die er bisher je erlebt hatte.

Als er sich vom Fenster abwandte, spürte er ein leichtes Lächeln, das seine Lippen umspielte. Er verließ zufrieden die Küche und ging in sein Zimmer. Der Koffer wartete darauf, gepackt zu werden.

Im Zimmer angekommen, fiel Andreas beiläufig auf, dass seine Zahnbürste und die übrigen Dinge noch im Badezimmer waren. Er blieb im Türrahmen stehen, machte auf dem Absatz kehrt, schloss die Zimmertür und ging in Richtung Badezimmer.

Er klopfte zweimal vorsichtig an und trat ein. Sein Vater putzte noch Zähne, seine Mutter jedoch war bereits dabei, sich die Haare zu waschen.

Andreas wartete geduldig darauf, dass sein Vater ihm den Platz am Waschbecken freimachte. Er griff gezielt nach seinen Dingen, bis er alle beisammen hatte, und überließ seinem Vater das Waschbecken.

Kaum hatte er alles, was er benötigte, als er sich erneut in sein Zimmer zurückzog. Dort verstaute er die soeben an sich genommenen Dinge im Koffer und sank wenige Sekunden später ziemlich niedergeschlagen auf seinem Bett zusammen. Bereits während des Frühstücks hatte eine sehr angespannte Atmosphäre geherrscht. Jetzt konnte Andreas nicht mehr anders, es war einfach zu viel. Er musste sich abregen. Doch was sollte er tun?

Zunächst blieb er einige Momente regungslos auf dem Rücken liegen. Die Arme, Hände und Beine waren alle gleichermaßen verkrampft. Der starre Blick war an die Decke gerichtet.

Der Junge versuchte, sich zu entspannen und schloss, wie schon so oft, die Augen.

Keine fünf Sekunden später schoss sein Kopf blitzartig in den Nacken. Andreas öffnete die Augen, um sie gleich darauf wieder zuzukneifen und schlug mit Rücken und Kopf auf der Mitte der Matratze auf, sodass es bereits wehtat.

Er riss erneut die Augen auf, starrte zur Decke empor und hämmerte mit den Fäusten abwechselnd rechts und links neben sich auf das Bett. Doch auch dieser Zustand wechselte, als er seine Fäuste auf dem Bett liegen ließ und sich minutenlang unter Anbetracht der weißen Decke dieselbe Frage stellte – sie ruhte bereits so lange als schwere Last auf seinen Schultern: Warum haben meine Eltern nur kein Vertrauen in mich -?

Diese Frage quälte ihn, weil er ganz sicher wusste, dass die Behauptung, die dahintersteckte, tatsächlich zutraf. Seine Eltern hatten kein Vertrauen in ihn, das hatten sie sich beim Frühstück eindeutig anmerken lassen.

Teilweise konnte er ihre Sorge verstehen. Er war immerhin erst 14, kannte niemanden in diesem Lager und war weit von zu Hause weg. Noch dazu komplett ohne seine Eltern. Er dachte sogar daran, dass seine Mutter ihm zutraute, Heimweh zu kriegen.

Das war nun wirklich übertrieben. Aber scheinbar rechnete sie mit dem Schlimmsten.

Wahrscheinlich, dachte Andreas leicht verächtlich, tut sie das, damit sie vom bestmöglichen Fall überrascht werden könnte.

Zugegeben, Andreas musste einsehen, dass es nicht ganz ungefährlich war. Immerhin befand sich das Lager mitten in einem riesigen Waldgebiet – Garmberger Forst genannt. Im Notfall musste man mit dem Auto einen Weg von annähernd fünfzehn Kilometern einberechnen, um überhaupt den Rand dieses großen Waldgebietes zu erreichen. Von dort aus bis zur nächsten Dienststelle geschweige denn Zivilisation einmal ganz abgesehen.

Da spürte Andreas plötzlich, wie leichtes Unbehagen in ihm wuchs und ihm erneut Unwohl zu Mute wurde. Gleich darauf sagte er sich jedoch: Es wird schon nichts passieren und ich bin ja auch nicht allein.

So waren es im einen Moment die schönen Dinge, an die er dachte, im anderen wiederum jene, die ihm Sorge bereiteten. Ein Auf und Ab der Stimmung. Doch was ihn am meisten enttäuschte, war die Tatsache, zu wissen, dass seine Eltern kein Vertrauen in ihn hatten – vermutlich nicht mal ein kleines bisschen.

Aber das macht nichts, dachte Andreas insgeheim und zog die Mundwinkel langsam nach oben. Ob mit oder ohne Vertrauen – ich werde zu dieser Freizeit hinfahren! Die Anmeldung steht, die

Taschen sind fertig gepackt und einen Rückzieher werde ich jetzt bestimmt nicht machen. Insofern kann und vor allem werde ich mir das Vertrauen einfach erarbeiten.

Mit einem selbstsicheren Lächeln richtete Andreas sich auf seinem Bett auf. Er erhob sich und betrachtete zufrieden den Koffer, der nach wie vor unverändert vor seinem Bett lag. Beiläufig bemerkte er, dass sich seine Arme, die Hände und sogar die Beine besser und entspannter anfühlten.

Ruhig und gelassen ging er zur Zimmertür, als diese plötzlich ruckartig aufdrückt wurde und seine Mutter hereinstürmte. Vor Schreck war Andreas ein Stück zurückgetreten. Er musste sich bemühen, nicht rückwärts über den Koffer zu stolpern.

Als er sich gefangen hatte, sah er sie empört an.

„Kannst du nicht anklopfen, bevor du hereinkommst?", fragte er in scharfem Ton. Sie zuckte erschrocken zusammen. Er hatte sich von seinem Schock erholt und fügte - diesmal sehr viel sanfter - hinzu: „Entschuldige, aber ich habe mich gerade ziemlich erschrocken."

Kapitel 2 – Abschied für immer

„Ja, tut mir Leid, ich mich auch", erwiderte sie. „Aber ich wollte dir deine Kleidung geben, die ich heute schon ganz früh gebügelt habe. Komm doch mal gerade mit ins Schlafzimmer, dann kannst du sie gleich selbst mitnehmen."

Er tat, wie ihm geheißen und hatte somit am Ende zwei Pullover, mehr als zehn T-Shirts und vier kurze Hosen in seinen Koffer gepackt. Aus seinem Kleiderschrank nahm er noch zwei Badehosen mit. Da er gerade beim Thema „Baden" angekommen war, entwendete er aus dem Schrank im Schlafzimmer seiner Eltern noch zwei große Badetücher und natürlich auch noch vier von den Kleinen. Diese packte er ebenfalls ein, als ihm plötzlich bewusst wurde, dass er seinen Rucksack auch noch fertig vorbereiten musste.

So ging er zum Schreibtisch, griff nach jenem Rucksack, trug ihn zum Bett und stellte ihn neben den Koffer. Er hielt ihn an der linken Seite fest, suchte kurz den Beginn des Reißverschlusses und öffnete ihn schließlich, bis er das Ende auf der anderen Seite erreicht hatte. Er ließ ihn auf dem Boden nieder und begann, ihn mit sämtlichen Gegenständen zu füllen.

Den Anfang machte ein Fernglas, wobei Andreas dieses sofort auf einem Notizblock notierte. Es folgte ein Buch samt Lesezeichen, das er ebenso notierte. Gleich darauf ein Schreibblock, eine passende Stiftmappe, eine schwarze Kappe und eine Vorratspackung Taschentücher. Eine weitere Kappe, diesmal in grün, zog er direkt an.

Als er all diese Dinge eingepackt und dokumentiert hatte, ging er in die Küche, um zwei kleine Plastikflaschen mit Sprudel und

Orangensaft, jeweils zur Hälfte, zu befüllen. Sobald diese gefüllt waren, schraubte er die Deckel darauf und nahm die Flaschen mit in sein Zimmer. Er steckte sie, eine links, die andere rechts, in zwei Netztaschen und drehte die Deckel abermals zu, um sichergehen zu können, dass sie nicht einen Tropfen des leckeren Inhalts verloren.

Gerade wollte er sich wieder auf sein Bett setzen, als ihm einfiel, dass er besser auch seinen Geldbeutel mit ausreichend Inhalt sowie sein Handy mitnehmen sollte.

Er öffnete die oberste Schublade eines Schranks, auf dem ein Radio stand, ließ seinen Blick kurz über den Inhalt schweifen und entdeckte seine Geldbörse augenblicklich. Er griff danach und erkundete, welche Karten und wie viel Geld darin waren.

An Papieren enthielt die Geldbörse seinen Schülerausweis, die Krankenkassenkarte und seinen Bibliotheksausweis. Im Münzfach war ein wenig Kleingeld und im Scheinfach insgesamt 30 €.

Den Bibliotheksausweis entnahm Andreas dem Portmonee und legte diesen in die Haushaltskasse. Er wollte sie auf keinen Fall verlieren.

Falls er das Geld verlor oder jemand es ihm stahl, wäre dies sehr ärgerlich. Doch er wollte keine seiner Karten verlieren. Dieses Risiko ging er gar nicht erst ein.

Ohne lange darüber nachzudenken, steckte Andreas die Haushaltskasse wieder in den Schrank und schloss diesen.

Er ging zurück in sein Zimmer, während er das Portmonee in die Hosentasche steckte. Die letzten Gegenstände, die er nun noch in den Rucksack packte, waren ein Kopfhörer und der Notizblock.

In Gedanken ging er nochmal alles durch, um auch wirklich sicher sein zu können, dass er alles eingepackt hatte, was er benötigte. Er setzte sich erneut auf sein Bett und dachte nach.

Sekunden später hatte er ein letztes Mal alle Gegenstände im Gedächtnis vor seinem inneren Auge abgerufen. Und um vollständig sicher zu sein und sich selbst zu beruhigen, wiederholte er dieses Ritual ein weiteres Mal.

Andreas bemühte sich, stark zu bleiben, sich selbst in Gedanken gut zuzureden und sich Mut zu machen. Zunächst sah es zwar so aus, als ob seine Gedanken ihn zu überwältigen drohten, doch nach wenigen Momenten des Ankämpfens, fing er sich und atmete einige Male laut ein und aus.

So ein Glück, dass ich meine Zimmertür hinter mir geschlossen habe, dachte er erleichtert und dankte ebenso der Tatsache, dass seine Mutter ihn in diesem Moment weder hören noch sehen konnte. Sie hätte sich bei diesem aufgelösten Anblick ihres Sohnes wahrscheinlich noch mehr aufgeregt als sonst und mit den Tränen gekämpft.

Einige Sekunden später bekam Andreas ein schlechtes Gewissen, weil er so abfällig über seine Mutter gedacht hatte. Auf der anderen Seite fühlte es sich dagegen gut an. Es hatte eben alles seine Vor- und Nachteile.

Andreas blieb stark und fasste sich ein Herz; Er griff nach seinem Rucksack, verschloss diesen sorgfältig und kontrollierte ihn kein weiteres Mal. Er vertraute auf sich selbst, zögerte kurz, dachte jedoch nicht weiter darüber nach. Es zahlte sich für ihn, gezögert zu haben; Er besiegte den Kontrollzwang und verließ sein Zimmer. Den Rucksack auf dem Rücken und den Griff des Koffers in der linken Hand.

Mit selbstsicherer Haltung und einem ebenso stolzen Lächeln auf den Lippen ging er den Flur entlang in Richtung Haustür. Das Ziel hatte er fest vor Augen.

Er öffnete die Haustür und merkte, wie ihm ein Schwall heißer Sommerluft entgegenkam. Das verwunderte ihn ein wenig, denn die Haustür lag auf der Nordseite des Hauses, wo es eigentlich hätte milder sein müssen. Aber scheinbar schien es heute ein besonders heißer Tag zu werden. Wobei, was hatte er denn erwartet? Es war immerhin Mitte August, Hochsommer, und in den letzten zwei Wochen von Tag zu Tag ständig wärmer geworden.

Wenigstens besser, als dass es kalt ist und regnet, dachte Andreas schulterzuckend. Er drückte auf den Knopf des Autoschlüssels, der augenblicklich die Türen entriegelte.

Immer noch schwer beladen wie ein Packesel, öffnete er die hintere Autotür auf der rechten Seite und legte das Gepäck ab – erst den Rucksack, den er auf dem Boden hinter dem Beifahrersitz platzierte und schließlich den noch schwereren Koffer. Diesen stellte er jedoch direkt auf den Sitz, da der Rucksack bereits den kompletten Fußraum einnahm.

Nun hatte er alles im Auto untergebracht. Zufrieden warf er die Autotür zu, schloss das Fahrzeug ab und schlenderte zurück ins Haus. Gerade bei der Haustür angekommen, merkte er leicht genervt, dass sich auf seiner Stirn bereits die ersten Schweißperlen gebildet hatten. Dabei hatte er heute noch keine Sekunde in der Sonne verbracht. Das Auto im Hof lag zu dieser Stunde noch im Schatten des Hauses. Die ersten Sonnenstrahlen, die Andreas heute abbekommen hatte, waren die in seinem Zimmer gewesen. Wie herrlich diese ihm ins Gesicht gefallen waren! Heute würde ein sonniger und bestimmt sehr heißer Tag anstehen, so viel war sicher! An Wolken war dabei gar nicht zu denken.

Sehr gut, dachte Andreas, als er sich zum vermutlich letzten Mal in sein Zimmer zurückzog.

Doch nicht nur draußen war es warm. Die Zimmertemperatur stieg ebenfalls langsam, aber schier unaufhaltsam. Vorhin waren es noch 22 ° gewesen, nun hingegen zeigte das Thermometer bereits 26 °.

Wenn das so weitergeht, dachte Andreas im Stillen, dann frage ich mich, ob meine Getränkevorräte lange reichen werden oder vielmehr, *wie* lange sie reichen werden. Wahrscheinlich nicht allzu lange. Ich hoffe, die nächste Zivilisation oder gar ein Supermarkt sind nicht weit weg vom Ferienlager. Am Ende verdursten wir noch alle ...

Ein plötzliches Klopfen riss Andreas aus seinen Gedanken. Er wirbelte herum. Seine Mutter stand in der Tür – diesmal hatte er diese offen stehen lassen. Völlig unvermittelt, als könnte sie Gedanken lesen, fragte sie: „Hast du genügend Getränke dabei? Heute soll einer der heißesten Tage des Jahres werden."

„Ich habe einen Liter dabei, aber im Ferienlager wird es schon Wasser und Ähnliches geben", erwiderte Andreas. „Zumindest stand das auf dem Infozettel", fügte er rasch hinzu.

„Ach so, verstehe, bemerkte Gaby, „dann kannst du dir deine Flaschen dort ja jederzeit auffüllen. Ich wollte nur sicher sein, bevor es zu spät ist. Deshalb frage ich nochmal nach."

„Danke, da hast du gut mitgedacht", antwortete er und fragte anschließend: „Fahren wir dann auch bald? Ich möchte ja noch etwas vom ersten Tag miterleben."

„Ich bin soweit fertig, von mir aus kann es losgehen", antwortete sie.

„Gut, ich habe das Gepäck bereits im Wagen verstaut. Meinetwegen können wir uns auf den Weg machen, wobei – " Er zögerte. „Ich muss mich schnell noch eincremen, das hab ich ganz vergessen. Aber danach geht's gleich los." Ein flüchtiges Lächeln huschte über sein Gesicht.

„Ja, das ist wichtig!, bestätigte Gaby. „Ich hoffe, du hast genügend Sonnencreme dabei?"

„Aber natürlich!, beschwichtigte Andreas. „Die habe ich sogar zuerst eingepackt.

„Gut, ist okay", war die letzte Antwort seiner Mutter, bevor sie sich in Richtung Küche davonmachte. Sie entnahm den Autoschlüssel aus einem Schränkchen und ging zur Haustür.

Andreas ging ins Badezimmer und nahm die Sonnenmilch aus dem Schrank. Er rieb sich ein, angefangen beim Kopf bis hinunter zu den Füßen.

Er betrat sein Zimmer – zum letzten Mal. Es verwunderte ihn, dass er plötzlich ein ganz bestimmtes Gefühl in sich spürte. Kurz, aber intensiv, loderte es in ihm auf. Dieses Gefühl hatte er, da war er sich sicher, noch nie zuvor erlebt. Es war schier unbeschreiblich.

Seltsam bestärkt verließ Andreas sein Zimmer. Er würde wiederkehren, so viel war gewiss. Doch so, wie es bisher gewesen war, würde es nie wieder sein. Die Dinge würden sich ändern – zum Positiven.

Kapitel 3 – Die endlose Reise

Andreas verließ sein Zimmer, jedoch ohne sich noch einmal danach umzudrehen. Er lief durch den Flur und – voll fester Entschlossenheit – auf die Haustür zu. Nur noch in den Wagen steigen und wegfahren von zu Hause.

Im Flur wartete bereits sein Vater auf ihn, um ihn zu verabschieden.

Er klopfte ihm dreimal väterlich, wenn auch relativ kräftig, auf den Rücken, sodass seinem Sohn kurz die Luft wegblieb. Zum Abschied sagte er:„Ich wünsche dir zwei schöne Wochen im Zeltlager. Mach dir nicht so viele Gedanken, es wird schon alles gut gehen." Er lächelte gutmütig.

„Danke", antwortete Andreas, froh über jedes einzelne dieser wohligen Worte. „Du hast Recht – wird schon schief gehen." Er erwiderte das Lächeln.

Sein Vater zwinkerte ihm freundlich zu. Nun mussten sie beide noch einmal lächeln und beendeten damit die Unterhaltung.

„Auf Wiedersehen", rief Andreas, der nun wieder ermutigt war, als er zur Tür hinaussprang. Gleich darauf stieg er ins Auto ein.

Er ließ die Tür in Schloss fallen und legte den Sicherheitsgurt an. Gaby startete den Wagen und fuhr rückwärts auf die Straße. Karl stand noch immer an der Haustür und winkte. Sie schaltete in den ersten Gang und fuhr an.

Solange Andreas seinen Vater noch sah, winkte er ihm zu. Dann jedoch war er außer Sichtweite und Andreas machge es sich auf dem Beifahrersitz bequem.

Er kurbelte das Fenster herunter, so wie es auch Gaby auf der Fahrerseite getan hatte. Nur noch die Sonnenblende herunterklappen, für eine bessere Sicht. Jetzt konnte er die Fahrt unbeschwert genießen.

Nun begann der nicht so schöne Teil des Tages; Andreas wusste, dass seine Mutter noch angespannter war als er selbst. Er wollte gar nicht wissen, wie sie reagieren würde, wenn er sich großartig oder hektisch bewegte oder gar irgendetwas von sich gab.

Wahrscheinlich kommt sie von der Fahrbahn ab, wenn ich nur die kleinste Bewegung wage, dachte er verächtlich. Falls ich etwas sage, ist es vermutlich nicht anders. Von daher schwieg er lieber.

Er sah zum Fenster hinaus. Sie waren mittlerweile auf der Hauptstraße angekommen. Als sie schließlich das Ortsschild hinter sich gelassen hatten, beschleunigte Gaby zunächst auf 70 km/h und dann weiter auf 100 km/h. Nach erneutem Beschleunigen auf 104 km/h blieb die Nadel des Tachos schließlich zitternd stehen.

Andreas betrachtete seine Mutter. Sie hielt das Lenkrad krampfhaft fest und starrte hochkonzentriert auf den Asphalt. Dieser flog unter dem Gefährt nur so dahin. Er hätte gerne etwas gesagt, um die Atmosphäre ein wenig aufzulockern. Doch ihm fiel nichts ein, was dazu beigetragen hätte. Deshalb wandte er den Blick ab, nur um ihn gleich darauf erneut auf seine Mutter zu richten. Er fragte: „Was habt ihr in den Ferien eigentlich geplant?"

Andreas merkte, dass seine Mutter im Moment wirklich konzentriert war. Denn als er sie ansprach, zuckte sie kurz zusammen, ohne jedoch die Kontrolle über den Wagen zu verlieren. Er wusste, dass sie darüber nachdachte, ihr Kind zum ersten Mal alleine an einem Ort zu lassen, den sie selbst nicht kannte. Und diese zwei Wochen würden ihr selbst wahrscheinlich eher vorkommen wie zwei Monate – wenn es hochkam.

Er selbst konnte die Gedanken nicht nachvollziehen, dafür war er seines Erachtens nach noch zu jung. Doch er war äußerst froh, nicht zu wissen, wie seine Mutter sich wirklich fühlte.

„Wir haben nichts Besonderes geplant", antwortete sie schließlich, wobei ihr die Anspannung anzusehen war. „Vielleicht machen wir ein paar Ausflüge oder gehen spazieren oder so. Ich kann es dir nicht sagen."

„Euch wird schon was einfallen", entgegnete Andreas, um das Gespräch weiterzuführen. Es sollten bloß keine unangenehmen Pausen entstehen. „Ihr könnt ja eine kleine Fahrradtour machen oder schwimmen gehen. Oder ihr legt euch in den Gartenstuhl und lasst euch die Sonne ins Gesicht scheinen. Diese Hitze soll ja noch eine ganze Weile andauern."

„Ja, da hast du Recht", erwiderte sie. Andreas konnte sogar ein kleines Lächeln über ihr Gesicht huschen sehen. Es erfüllte ihn mit Freude, zudem er bis zu seiner Rückkehr aus den Ferien nicht mehr mit einer derartigen Mimik gerechnet hatte. Er war davon ausgegangen, dass seine Mutter die nächsten Tage und Nächte keine Ruhe finden würde.

Plötzlich jedoch brach eine dieser unerwünschten Sprechpausen ein. Andreas hatte sie um jeden Preis vermeiden wollen. In den nächsten Minuten brachte keiner der beiden ein Wort heraus. Schließlich, nach einer gefühlten Ewigkeit, war sie diejenige, die den Faden wiederaufnahm.

„Du bist auch ganz sicher, dass du alles dabei hast?", fragte sie. „Sonnenmilch, genügend Wäsche –"

„Ja", war die kurze und trockene Antwort, die Andreas mittlerweile nur noch gereizt hervorbrachte. „Keine Sorge, ich hab alles dabei."

„Gut, ich wollte nur sicher sein." Gaby nahm allmählich wahr, wie genervt Andreas bereits war. Er wollte nur noch am Reiseziel ankommen. Dann konnte er sie endlich abschütteln. Diese Erkenntnis erfüllte sie mit Trauer und Angst. Warum konnte er sie nicht verstehen? Sie meinte es doch gut mit ihm. Doch ihr Junge konnte alle diese Sorgen im Grunde genommen überhaupt nicht nachvollziehen.

Mittlerweile – seit der Abfahrt war erst eine halbe Stunde vergangen – hatten sie den Beginn eines Waldgebietes erreicht. Bald schon stellte sich heraus, dass dies der Wald sein musste, in dem sich das Zeltlager befand. Selbst nach einer weiteren viertel Stunde Fahrtzeit wollte er nicht enden. Andreas war sehr erfreut darüber. Die Aussicht, seine Eltern für volle zwei Wochen los zu sein, zauberte ihm ein ordentliches Lächeln ins Gesicht.

Endlich ohne die nervigen Eltern irgendwo im Nirgendwo ungestört die Ferien verbringen! Frei sein und mit anderen Jugendlichen in seinem Alter gemeinsame Aktivitäten erleben! Die Seele baumeln lassen und machen können, wonach man sich sehnte! Wenn das nicht vielversprechend klang!

Das Lächeln hatte sich mittlerweile über seinem ganzen Gesicht ausgebreitet. Er schloss die Augen und ließ den Kopf nach hinten rollen, bis er merkte, dass dieser gegen die Kopflehne stieß. Er öffnete die Augen und schloss sie gleich wieder. Das Lächeln wurde noch eine Spur breiter.

Als Gaby plötzlich einen Blick auf ihn warf, sah sie die Zufriedenheit in seinem Gesicht. Da packte es auch sie und zauberte gleichermaßen ein Lächeln auf ihre Lippen. Für einige Sekunden vergaß sie ihre Sorgen und dachte optimistisch über die gesamte Situation. Sie freute sich regelrecht und war zum ersten Mal froh und dankbar für alles. Ihr Gesicht strahlte kurzzeitig Ruhe und Zufriedenheit aus. Von Trauer und Angst war in diesem Moment nichts mehr zu spüren.

In etwa 100 Metern Entfernung tauchte ein Schild am Straßenrand auf. Wenige Sekunden später konnte man darauf die Worte „Grillhütte Garmberg" erkennen. Das Schild, das in Form eines Pfeils nach links deutete, kam immer näher. Andreas verstand die Information und sagte freudestrahlend: „Du musst hier links abbiegen. Ich schätze mal, dass wir hier die Landstraße verlassen müssen."

„Du hast Recht", meinte sie. „Der Name stand doch auf dem Infozettel, den wir bekommen haben". Sie setzte den Blinker und bremst relativ scharf. „Aber es ist wohl noch ein Stück bis zur Grillhütte selbst. Eine halbe Stunde Fußweg sollte man als Spaziergänger oder Wanderer mindestens einplanen."

„Stimmt, ich erinnere mich", antwortete Andreas, wobei er seine Ankunft vor Freude kaum noch abwarten konnte. Gleich würde er endlich seine langersehnte Freiheit genießen können – und das für volle zwei Wochen. Es war einfach zu schön!

Er musste sich noch ein paar Minuten gedulden. Doch das Ziel war zum Greifen nahe. Der Weg war allerdings gerade so breit, dass zwei Pkw aneinander vorbeifahren konnten. Die Bäume und Sträucher wurden stetig dichter. Sie ließen von Moment zu Moment immer weniger Sonnenlicht durch.

Nun ließ zu allem Übel die Beschaffenheit der Fahrbahn ab. Es tauchten mehr und mehr Schlaglöcher auf, eines gefährlicher als das Andere.

Andreas nahm aus dem Augenwinkel wahr, dass seine Mutter das Lenkrad mit jedem Moment krampfhafter festhielt. Diesmal ausnahmsweise nicht wegen all der quälenden Gedanken an ihren Jungen. Dennoch verstrich – wie sie beide wussten – mit jeder Sekunde die Zeit, bis sich die beiden voneinander verabschieden mussten.

Nach weiteren fünf Minuten, die Andreas vielmehr wie unzählige Stunden vorgekommen waren, entdeckten sie das nächste Straßenschild. Darauf stand, dass die Grillhütte nur noch einen Kilometer entfernt sei. Diesmal deutete der Pfeil nach rechts, wobei die Spitze nicht mehr sonderlich gut zu erkennen war. Wind und Wetter hatten sie ziemlich verwittern lassen.

Es grenzt an ein Wunder, dass man das überhaupt noch entziffern kann, dachte Andreas beiläufig und blickte in den Seitenspiegel. Er sah die Abzweigung zum Garmberger Weg hinter ihnen in die Ferne treten. Sie wurde kontinuierlich kleiner und war schließlich nicht mehr zu erkennen.

Der Weg, den sie soeben eingeschlagen hatten, war bedauerlicherweise noch schlechter zu befahren als der Garmberger Weg. Zudem hatte nicht einmal ein Straßenschild an der Abzweigung gestanden.

Als aber auch dieser Weg nach wenigen Minuten endete, folgte zunächst eine scharfe Kurve nach links und zuletzt eine Weitere nach rechts. Andreas erblickte das Schild mit dem erlösenden Schriftzug zuerst. In großen Lettern standen dort zum dritten Mal die Worte „Grillhütte Garmberg" geschrieben. Dieses Schild war seltsamerweise in erstaunlich gutem Zustand. Wir haben es geschafft!, dachte Andreas freudestrahlend. Er war unheimlich erleichtert. Die Ferien können beginnen! Eeendlich!

Kapitel 4 – Ein neuer Beginn

„Wir sind da!", rief Andreas voller Freude aus. „Wir sind endlich da!"

Er strahlte über das ganze Gesicht. Seine Mutter hingegen hatte bereits mit den Tränen zu kämpfen.

„Schön", fügte er mit einem leiseren, aber bestimmten Ton hinzu und räusperte sich, um seine Mutter ein wenig zu besänftigen.

„Nun gut", sagte sie leise, fast flüsternd. „Dann steigen wir mal aus. Ich denke, dieses Gebäude da vorne wird es sein."

Sie stiegen aus und machten sich auf den Weg zu jenem schlichten, aber nicht abweisenden Gemäuer. Ein gepflasterter Weg führte auf direktem Weg darauf zu. Rechter Hand befand sich eine Rasenfläche von enormer Größe. Dem ungefähren Augenmaß nach zu urteilen, war die Fläche rechteckig. Das gesamte Gelände war umgeben von undurchdringlichem Grün. Es war kaum zu glauben, dass sogar eine Straße hierher führte.

Erst als sie direkt vor dem Gebäude standen, fiel es ihnen auf: Es schien größer zu sein, als es den Anschein gemacht hatte. Seltsam nur, dass niemand hier draußen zu sehen.

Die beiden betraten das Gebäude und entdeckten eine Tür mit einem Schild. Auf diesem stand geschrieben, welcher Raum hinter dieser Tür lag.

„Der Aufenthaltsraum", las Andreas laut. Er wechselte einen unsicheren Blick mit seiner Mutter. „Ich klopfe mal."

Zaghaft setzte er seine Worte in die Tat um. Es kam keine Antwort.

Das war wohl zu leise, dachte Andreas. Hat niemand gehört.

Er fasste sich ein Herz und klopfte erneut an, sehr viel energischer als zuvor. Zögernd drückte er den Türgriff nach unten und schob die Tür auf.

Eine Menge - bestehend aus etwa 30 Kindern und Jugendlichen - saß laut redend an einigen Tischen im gesamten Raum verteilt. Sie redeten und schrien teilweise so laut durcheinander, dass Andreas nicht mal sein eigenes Wort verstanden hätte. Es war ein einziger riesiger Strudel aus Worten überall um ihn herum. Diese Flut aus Worten prasselte geradezu auf ihn nieder. Im Hintergrund allen Trubels bemerkte er plötzlich fünf Erwachsene. Sie saßen an einer Theke und redeten über irgendetwas.

Da sie fast alle mit dem Rücken zu den Neuankömmlingen saßen, wurden sie zunächst überhaupt nicht auf sie aufmerksam. Eine der beiden Frauen jedoch saß mit dem Gesicht zu ihnen. Schon deutete sie auf die beiden. Die andere Frau sowie die beiden Männer drehten sich um. Der Mann ganz links ergriff die Initiative, erhob sich von seinem Barhocker und kämpfte sich durch die Menge der Kinder. Als er bei Andreas und Gaby angekommen war, reichte er zuerst ihr und dann ihm die Hand.

„Hallo zusammen", waren seine ersten Worte. „Ich nehme an, du bist hier, um an unserer Freizeit teilzunehmen?"

„Ja, das stimmt", antwortete Andreas sofort. Sein Augenwinkel verriet ihm, dass seiner Mutter erneut sehr nahe am Wasser gebaut war.

„Und Sie sind die Mutter?" wollte er weiter wissen.

„So ist es", gab sie mit schwacher Stimme zurück und fügte hinzu: „Gabriela Fojruß oder einfach Gaby, sehr erfreut."

Der Mann warf ihr einen erfreuten und gleichermaßen verlegenen Blick zu. Die beiden Neuen verstanden sofort, warum. Der Mann räusperte sich und fügte mit sich überschlagender Stimme hinzu: „Verzeihung, wie unhöflich von mir. Ich habe ganz vergessen, mich vorzustellen." Er lachte kurz beschämt. „Schneider, lautet mein Name. Peter Schneider. Schön, dass Sie beiden den Weg hierher gefunden haben." Er nickte ihnen freundlich zu.

„Und wie heißt du?", fuhr Herr Schneider unvermittelt fort.

„Andreas", kam die direkte Antwort, „ich freue mich wirklich sehr, hier zu sein!" Die Miene des Junge hätte kaum freudiger aussehen können.

„Dazu hast du auch allen Grund", beschwichtigte Herr Schneider. „Wir werden hier ganz viele tolle Aktivitäten miteinander erleben." Er strahlte und fügte rasch hinzu: „Aber jetzt darfst du erstmal Platz nehmen." An Gaby gewandt, beendete er den Satz mit einem freundlichen „Sie natürlich auch. Und nochmal herzlich willkommen!".

Mit diesem letzten Satz drehte sich Herr Schneider um und kämpfte sich durch die tobende Meute bis zur Theke zurück. Die übrigen Erwachsenen erwarteten ihn bereits.

Fünf Minuten später – Andreas kam es eher vor wie eine halbe Ewigkeit inmitten all dieser fremden Kinder – kam endlich Bewegung ins Geschehen. Herr Schneider erhob sich als erster von seinem Barhocker und bahnte sich ein weiteres Mal seinen Weg durch das Meer von Kindern. Er verweilte an einem Stehtisch, der mittig vor einem langen Fenster stand.

Dort angekommen, griff er nach einem Zettel, der darauf lag. Er starrte einige Sekunden derart fixiert auf das Papier, dass Andreas sich fragte, was wohl darauf stehen mochte. Dann jedoch löste sich der Blick des Mannes von der Notiz. Zuletzt warf er einen Blick aus dem Fenster und drehte sich ganz allmählich um. Er griff nach einem Kugelschreiber, der ebenfalls auf dem Tisch lag. Jetzt erst fiel Andreas auf, dass der Zettel auf einem Klemmbrett haftete. Was hatte es damit wohl auf sich?

„Okay, wir können mit der Anwesenheitsliste beginnen", rief Herr Schneider ehrfurchtgebietend in den Raum. Nach und nach wurde das Murmeln leiser. Als es komplett erstarb, huschte ein zufriedener Ausdruck über das Gesicht des Mannes. Sogleich begann er, die ersten Namen vorzulesen. „Christian Brück."

„Hier", meldete sich ein Junge mit kurzen hellbraunen Haaren und blauen Augen. Er mochte 13 oder 14 Jahre alt sein und machte auf den ersten Blick einen recht sympathischen Eindruck auf Andreas. Danach wurde der Name „Mira Alt" aufgerufen. Als auch diese sich bestätigend gemeldet hatte, huschte Andreas' Blick von Christian drei Personen weiter zu einem Mädchen mit schulterlangen, dunkelblonden Haaren. Sie sah ähnlichen Alters aus und machte einen frechen, aber mindestens genauso sympathischen Eindruck auf Andreas.

Es wurden weitere Namen aufgerufen, Mädchen und Jungs in stetigem Wechsel.

Als schließlich das letzte Mädchen bestätigend geantwortet hatte – sie hieß Ida Donnenwäldern – legte Herr Schneider das Klemmbrett auf den Tisch.

„Wie ich sehe", begann er erneut und klang dabei sehr feierlich, „sind alle da, die sich angemeldet haben. Das ist sehr erfreulich!" Unter den Kindern brach erneutes Gemurmel aus.

„Gut", schloss Herr Schneider, „dann habt ihr jetzt erstmal ein wenig Zeit, um eure Zelte aufzubauen, euch gemütlich einzurichten und es euch bequem zu machen. Wenn ihr Schwierigkeiten beim Aufbau habt, könnt ihr uns natürlich wie in jedem Jahr um Hilfe bitten."

Mit diesen Worten schloss er seine Rede ab und ging zu den anderen Mitarbeiterinnen und Mitarbeitern zurück. Die fünf vertieften sich erneut in ein Gespräch. Es gab noch einiges Organisatorisches zu besprechen.

Unter den Kindern schwoll das Gemurmel erneut zu stetig

lauter werdenden Rufen an. Andreas und Gaby warfen sich nervöse und irritierte Blicke zu, bis sie schließlich das Schweigen brach.

„Lass uns doch mal zu den Erwachsenen gehen", begann sie und deutete in Richtung der Theke, an der die fünf Erwähnten eifrig diskutierend die Köpfe zusammengesteckt hatten. „Wir fragen mal nach, wie es weitergeht."

„Dieser Herr Schneider meinte doch, dass wir unsere Zelte aufbauen sollten", entgegnete Andreas und tauschte erneut einen Blick mit Gaby.

„Ja, natürlich, aber weißt du denn auch wo?", fragte sie schnippisch und näherte sich der Theke, ohne auch nur eine Antwort von ihm abzuwarten. Wie angewurzelt, saß Andreas auf seinem Platz. Er erhob sich jedoch abrupt und folgte seiner Mutter. Diese stand bereits an der Theke, wo Herr Schneider sich ihr zugewandt hatte.

„Schön, Andreas, du bist dieses Jahr zum ersten Mal dabei?", fragte Herr Schneider, wobei es mehr nach einer Feststellung klang. „Hast du denn schon mal bei einer solchen Freizeit mitgemacht?", wollte er weiter wissen.

„Nein, leider nicht", antwortete Andreas wahrheitsgemäß. „Deshalb freue ich mich umso mehr auf zwei tolle Wochen. Es wird bestimmt fabelhaft!"

Aus den Augenwinkeln glaubte Andreas zu erkennen, dass sich Gaby auf die Unterlippe biss. Ganz vage meinte er, eine weitere Träne in ihrem Auge schimmern zu sehen. Oh je, dachte er. Ob sie das überstehen wird? Seltsamerweise verspürte er in diesem Augenblick ein plötzlich aufkommendes schlechtes Gewissen. Er verdrängte es und freute sich stattdessen, dass er hier war. Sie wird's überstehen, bemerkte sein sarkastisches Ich. Unkraut wird man nie los.

„Hast du alles dabei, Schlafsack, Isomatte, deine

Lieblingszahnbürste und so weiter?" Mit diesen Worten riss Herr Schneider Andreas aus seinen Gedanken. Der Mann mit annähernd 1,90 m Körpergröße sah ihn durch seine strahlend blauen Augen an. Das zusätzliche freundliche Lächeln sowie die strahlend weißen Zähne waren dem Jungen nicht entgangen.

„Eh – wie bitte?", stammelte er völlig von Sinnen. „Ach so, ja, ich habe alles, was ich brauche." Dann – gefasst und als hätte ein Sonnenstrahl seine Welt erhellt – „Ich habe sogar ein Zelt dabei. Bin für alles gerüstet." Jetzt strahlte auch Andreas selbst.

Gerade wollte er fragen, ob Herr Schneider ihm beim Aufbau helfen könne, als dieser ihm zuvorkam. „Dein Zelt wirst du gar nicht benötigen. Gefühl jeder hier hat sein Eigenes. Das sind so viele, dass wir nicht mal die Hälfte davon brauchen. Maximal fünfzehn, eher weniger."

Andreas beäugte Herrn Schneider verdutzt und mit offenem Mund an. Der lachte nur und fügte belustigt hinzu:„Bei gerade mal 32 Kindern ist das keine große Überraschung. Frau Fojruß", setzte er erneut an. Gaby wurde mit einem Mal ganz hellhörig. „Ich habe hier noch ein Informationsschreiben für Sie und Ihren Mann." Er übergab ihr den Zettel. „Hier stehen alle wichtigen Angaben drauf. Erreichbarkeit für Notfälle, die Adresse dieser Freizeitanlage, meine Handynummer, eine Anfahrtsskizze etc. Es wäre super, wenn Sie mir eine Nummer von sich geben. Dann können wir Sie ebenso erreichen. Gegebenenfalls Ihre Adresse und dergleichen. Diese Daten werden selbstverständlich vertraulich behandelt." Er räusperte sich.

„Ja natürlich", erwiderte Gaby ohne Zögern. „Das ist kein Problem. Warten Sie, ich habe die Nummer eingespeichert."

Sie kramte einen Moment lang in ihrer Tasche und durchsuchte diese beinahe fieberhaft. Schließlich zog sie ihr Mobiltelefon hervor, tippte kurz auf den Tasten herum und starrte einige Sekunden bewegungslos auf das Display. Mit einem knappen „Aha" gab sie sogleich zu erkennen, dass sie gefunden hatte, wonach sie suchte. Sie legte das Handy auf die Tasche, direkt auf den Tisch vor Herrn Schneider, sodass dieser sich die Nummer notieren konnte.

Wohlwollend drückte er ihr das Gerät in die Hand und setzte erneut an: „Fojruß war der Name, richtig?"

„Fojruß, ja", bestätigte sie, „der Vorname lautet Gabriela."

„Okay, habe ich notiert", murmelte Herr Schneider, allerdings eher zu sich selbst als zu seinen Gästen.

Nach einem kurzen Moment des Schweigens nahm Gaby das Gespräch wieder auf: „Dann würde ich sagen, wir holen deine Sachen aus dem Auto und ich mache mich allmählich auf den Heimweg." Sie schluckte.

„Ein guter Plan", bestätigte Andreas mit gezwungen gedämpfter Freude. „Das machen wir."

„Wunderbar!", meldete sich auch Herr Schneider noch einmal zu Wort. Er zwinkerte Andreas lustig zu.

„Ich darf mich verabschieden, Herr Schneider?", sagte Gaby an den Pädagogen gewandt.

„Selbstverständlich", erwiderte dieser und reichte ihr zum Abschied die Hand. „Wir sehen uns in zwei Wochen, Frau Fojruß." Er nickte ihr höflich zu.

„Bis in zwei Wochen", entgegnete sie, ließ seine Hand los und wandte sich Andreas zu. „Na komm, dein Gepäck wartet."

Ein Lächeln huschte über ihr Gesicht, was Andreas riesig freute.

Schließlich wandten sich die beiden in Richtung jener Tür, durch die sie den Raum vorhin betreten hatten. Sie machten sich auf den Weg zum Auto. Herr Schneider war mit seinem Team bereits in die nächste Diskussion vertieft. Die zwei Neuankömmlinge ließen sie mit jedem Schritt ein Stück weiter hinter sich.

Kapitel 5 – Sonderbare Bekanntschaft

Andreas und seine Mutter hatten die Gepäckstücke recht schnell aus dem Auto geholt und sie vorerst im Aufenthaltsraum abgelegt. Dann hatte sie sich schweren Herzens von ihm verabschiedet – was ihm sehr leicht gefallen war – und war schließlich mit dem Auto in Richtung Heimat zurückgefahren. Ihm war schon richtig zum Feiern zu Mute, als ihn eine Stimme auf den Boden der Tatsachen zurückholte – nicht, ohne dass er ein wenig zusammenzuckte.

Die Stimme lachte. Andreas drehte sich um, sodass sich die Hand von seiner Schulter löste, die bis gerade darauf gelegen hatte.

„Christian, richtig?", stammelte Andreas.

„Christian Brück, ja", erwiderte der Junge, lächelte und gab Andreas die Hand.

„Du bist dieses Jahr zu ersten Mal hier, stimmt's?", erkundigte sich Christian.

„Ja", bestätigte Andreas, „ich wollte auch endlich mal weg von zu Hause und vor allem von meinen Eltern." Er lachte.

Christian stimmte ins Lachen mit ein. „Na komm, ich führe dich hier mal ein bisschen herum und stelle dich meinen Freunden vor, einverstanden?"

Andreas war einverstanden und stimmte zu. Somit machten sich die beiden auf den Weg durch das Lager.

Hier und da wurde schon das ein oder andere Zelt aufgebaut. Aber die beiden Jungs ließen sich davon nicht beeindrucken und schritten unentwegt über die Rasenfläche.

Plötzlich bog Christian hinter einer Hecke rechts ab,

nachdem sie den Rasen hinter sich gelassen hatten. Andreas war einfach geradeaus weitergegangen und wunderte sich nun, dass Christian nicht mehr neben ihm ging.

Als er ihn wieder eingeholt hatte, war Christian auf eine Gruppe von vier Jugendlichen zugegangen und blieb schließlich bei ihnen stehen.

„Das ist Andreas", verkündete er und deutete auf den Neuankömmling. „Er ist zum ersten Mal dabei und da habe ich ihn einfach mal mitgenommen.

„Hallo Andreas", begrüßte ihn einer der Jungs und auch er reichte Andreas seine Hand. „Ich heiße Tim. Schön, dich kennenzulernen."

„Danke, ich freue mich auch", erwiderte Andreas noch ein wenig verängstigt, trat aber trotzdem näher.

„Nur nicht so schüchtern", meldete sich nun eins der Mädchen zu Wort. „Ich bin Mira, das ist Ida und das ist -"

„Max", schnitt ihr der Junge mit einem kessen Grinsen das Wort ab. „Komm ruhig näher, wir beißen schon nicht."

„Wenn du möchtest, Andreas", setzte Christian erneut an, „kannst du bei mir im Zelt schlafen. Ich habe noch einen freien Platz. Tim und Max schlafen im Zelt neben mir und Mira und Ida schlafen auch irgendwo da auf der Wiese."

„He, sei nicht so frech, Christian", mahnte Mira ihn schnippisch. „Vielleicht sucht dich sonst heute Nacht ein Geist in deinem Zelt heim."

„Ach, Mira, als ob ich Angst vor dir hätte", entgegnete Christian und lachte verächtlich.

„Na kommt, lasst uns unsere Zelte aufbauen", versetzte Max. „Ihr könnt euch später weiter piesacken."

Und so gingen sie gemeinsam zum Aufenthaltsraum und holten ihre Taschen, um auf der Wiese die drei Zelte aufzubauen. Es war nicht ganz einfach, aber nach insgesamt einer halben Stunde waren sie alle sechs mit dem Aufbau der drei Zelte fertig.

„Geschafft!", äußerte sich Tim zufrieden. „Und dabei ist unser Zelt auch noch das Schönste und Stabilste, wie ich meine."

„Prahl ruhig weiter, du kleiner Angeber", entgegnete Mira. „Wenigstens ist unser Zelt das Gemütlichste. Wahre Schönheit kommt eben von innen."

„Ach Himmel, werden wir jetzt auch noch romantisch?!", mischte Max sich ein.

„Nun hört schon auf, Leute. Lasst uns lieber ein bisschen Sport machen", warf Christian ein. „Dann braucht ihr keine Sprüche zu klopfen, sondern könnt euch körperlich austoben. Was haltet ihr davon?"

„Also ich", setzte nun Ida zum ersten Mal zu sprechen an, „ich wäre für Basketball. Drei gegen drei."

„Klingt gut", stimmte Mira zu. „Wer ist dabei?"

„Ich", rief Christian ebenfalls zustimmend. Auch Andreas bejahte die Frage.

Max und Tim waren ebenfalls einverstanden und so machten sich die sechs Freunde auf ihn Richtung Aufenthaltsraum, um sich bei den Betreuern einen Basketball auszuleihen.

Einen Moment später waren die sechs auch schon auf dem Weg zum Basketballfeld.

Gerade dort angekommen, nahm Christian den Faden wieder auf: „Dann bilden wir jetzt zwei Teams. Wer will mit wem spielen?"

„Ich will gerne mit Ida spielen", antwortete Mira. „Geballte Frauenpower. Und wer schließt sich uns an von den Herren der Schöpfung?"

Die Jungs sahen sich gegenseitig an.

„Ich schließe mich euch an", verkündete Andreas, ohne auch nur einen Moment zu zögern.

„Finde ich gut!", rief Mira ihm freudestrahlend entgegen.

„Okay, wir gewähren euch sogar den ersten Ball", rief Max, als sie sich alle auf dem relativ kleinen Feld verteilten. Seinem Grinsen nach zu urteilen, schien er sich des Sieges sehr sicher. Und so begannen sie, zu spielen.

Es dauerte nicht allzu lange, bis sich langsam, aber sicher herausstellte, dass Max sich gewaltig geirrt hatte. Nach etwa zehn Minuten gab es bereits einen Zwischenstand von 28 zu 13 Punkten für Andreas und die beiden Mädchen.

Max kämpfte mittlerweile verbissen darum, den Punktestand für sein Team in die Höhe zu treiben. Das ging allerdings gewaltig nach hinten los. Er verkrampfte sich so sehr, dass sie nach weiteren zehn Minuten eine Pause einlegen mussten.

Max hatte begonnen, heftig zu husten und stolperte einmal so ungeschickt über seine eigenen Füße, dass man dachte, er würde tatsächlich stürzen. Schließlich blieb er einen Moment lang stark gebeugt mitten auf dem Feld stehen. Sein Atem ging stoßweise.

„Geht's, Max?", fragte Christian und eilte zu ihm, um ihn zu stützen.

Max antwortete nicht. Besorgt eilten auch die anderen herbei.

„Alles okay, Max?", fragten Mira und Andreas wie aus einem Mund.

„Ich denke schon", keuchte Max. „Aber ich denke, es ist besser, wenn ich für heute den Sport beende." Etwas kleinlaut fügte er hinzu: „Ihr Mädels und Andreas habt ja sowieso gewonnen." Er lachte heiser.

„Na kommt, wir gehen zum Aufenthaltsraum", warf nun Tim ein. „Es gibt gleich Abendessen."

Da alle mit diesem Vorschlag einverstanden waren, machten sie sich auf. Max ging es wieder ein bisschen besser.

Trotzdem – aus reiner Vorsicht – ging Christian direkt rechts neben Max. Andreas war an der linken Seite.

Sie waren gerade vor dem Aufenthaltsraum angekommen, als hinter ihnen der Rest der Teilnehmerinnen und Teilnehmer eintrudelten. Dann setzten sie sich an einen Tisch und warteten auf eine Ankündigung von Herrn Schneider. Dieser ließ auch gar nicht lange auf sich warten.

Er hatte sich wieder in Richtung des Stehtisches begeben und wartete dort nun auf die Aufmerksamkeit der noch murmelnden und immer leiser werdenden Menge.

Dann begann er zu sprechen: „Hallo zurück! Ihr seid sicher alle hungrig. Cristofer hat schon den Grill angeworfen und fleißig angefangen, Koteletts, Würstchen und auch vegetarische Grillgut vorzubereiten. Dazu gibt es Salate, Kartoffeln, Nudeln und sogar gegrillte Maiskolben. Also greift zu und lasst es euch schmecken!"

Kaum hatte Herr Schneider beendet, als es in der Menge auch schon wieder lauter wurde und man beinahe erneut schreien musste, um sich zu verständigen.

Die sechs Freunde warteten an ihrem Tisch, bis sich die meisten anderen erhoben hatten und in Richtung Grill stürmten. Dann – als der Aufenthaltsraum fast menschenleer war – machten auch sie sich auf den Weg nach draußen. Andreas hatte keine Ahnung, wo der Grill stehen konnte. Deshalb folgte er einfach den anderen.

Sie verließen das Gebäude in Richtung Parkplatz, bogen jedoch kurz davor nach rechts ab und folgten dem Verlauf einer Buchenhecke.

Und da stand der Grill auch schon, mit dem Betreuer Cristofer davor, der eifrig Grillgut drehte und wendete.
Um ihn herum hatte sich eine Traube von Kindern versammelt, denen wohl buchstäblich das Wasser in den Mündern zusammenlief.

Sie riefen wild durcheinander, denn jedes Kind wollte natürlich als Erstes bedient werden. Cristofer hatte sichtlich Mühe damit, sie vom Grill fernzuhalten, und gleichzeitig darauf zu achten, dass nichts verkohlte.

„Wie heißt der Betreuer mit Nachnamen, also Cristofer, meine ich?", wandte sich Andreas Christian zu, der ihn ziemlich verdutzt ansah.

„Mit Nachnamen?", fragte er verwirrt, ganz so, als hätte er die Worte in dieser Frage in keinen Zusammenhang bringen können. „Warum interessiert dich das?"

„Ich bin zum ersten Mal hier und möchte ihn nicht gleich duzen", erklärte Andreas. „Ich fände das etwas unhöflich."

„Ach so!" Christian verstand und lachte. „Es wird ihm schon nichts ausmachen. Aber wenn du darauf bestehst." Er räusperte sich. „Tschantaj lautet sein Nachname. Und komplett heißt er, warte – ich meine, Cristofer José Tschantaj."

„Ein Spanier?", jetzt sah Andreas verdutzt drein. Dann entspannten sich seine Gesichtszüge und er musste ein wenig grinsen. „Wie toll!", sagte er leicht verträumt und mehr zu sich selbst.

„Genug geträumt." Ein wenig unsanft wurde Andreas wieder in die Realität zurückgeholt und stellte sich mit den anderen in der Schlange an, die sich mittlerweile aus der Traube heraus gebildet hatte.

Rund 20 Minuten später waren sie schließlich alle mit Gegrillten und natürlich auch mit Getränken versorgt. Sie hatten sich einen Tisch für sechs Personen gesucht und nun saßen sie da und aßen gemeinsam.

„Wie ist das eigentlich so als Vegetarier?", fragte Mira, die Andreas gegenüber saß.

„Du bist Vegetarier?", fragte Tim interessiert.

„Ja, das stimmt wohl", bestätigte Andreas und fuhr

wohlwollend fort: „Es ist im Grunde genommen nichts Besonderes. Man isst eben kein Fleisch – das ist alles.

„Das soll alles sein?", warf Max bewundernd und ehrfürchtig ein. „Ich könnte wahrscheinlich keine drei Tag überleben, ohne einmal ein Stück Fleisch zwischendurch zu essen."

„Wie lange machst du das denn schon?", fragte nun Ida sichtlich beeindruckt.

„Das weiß ich schon gar nicht mehr", lachte Andreas, wurde dann aber sofort ein wenig nachdenklich.

Tschantaj, echote es in seinem Kopf. Irgendwoher kenne ich diesen Namen doch. Aber woher nur?

Es hatte ihn derart in den Bann gezogen, dass er an gar nichts Anderes mehr denken konnte und beinahe sein Essen ganz vergaß.

Tschantaj, hallte es wider. Cristofer José Tschantaj. Immer und immer wieder.

Kapitel 6 – Ein neuer Sieger

„Also wie lange?", hakte Ida nach. Für kurze Zeit herrschte Stille. „Andreas?"

„Wie bitte?" Andreas sah Ida an, als hätte sie ihn gerade auf Chinesisch angesprochen.

„Wie lange du schon Vegetarier bist, hatte ich dich gefragt", fügte Ida kichernd hinzu.

„So ungefähr drei oder vier Jahre, schätze ich", antwortete Andreas nun wieder ein wenig gefasster. „Ich bin mir allerdings nicht mehr ganz sicher."

„Ist ja jetzt auch nicht so wichtig", mischte sich nun Mira ein. „Aber sagt mal, Leute, wollen wir nach dem Abendessen vielleicht ein kleines Tischtennisturnier machen? Oder wollt ihr direkt zur Feuerstelle, wo später das Lagerfeuer angefacht wird?"

„Tischtennis hört sich gut an", meldete sich Tim zu Wort, „und zum Thema Lagerfeuer möchte ich gerne wissen" – er wandte sich Christian zu – „ob du deine Gitarre auch dieses Jahr wieder dabei hast."

Alle Blicke wanderten nun ebenfalls zu Christian.

Zunächst schien es ihm etwas unbehaglich zu Mute zu sein, doch dann erwiderte er, als ob nichts gewesen wäre: „Na klar habe ich sie dabei! Was denkst denn du?"

„Ach, das ist toll!", rief Tim erfreut aus und lächelte über das ganze Gesicht. „Dann wird das heute wieder ein toller erster Abend!"

Zufrieden schweigend aßen die sechs Freunde noch die eine oder andere gegrillte Köstlichkeit und machten sich schließlich noch einmal auf den Weg zum Aufenthaltsraum. Eine der Betreuerinnen – Frau Römer – händigte ihnen zwei Tischtennisschläger und einen Ball aus und damit gingen sie zu den Tischtennisplatten, wo sie zunächst einmal untereinander ausmachten, wer in der ersten Runde gegen wen spielen sollte.

Da Max und Christian sich ein wenig zurückhielten – Christina wollte sich seine Kräfte für das Gitarrenspiel am Lagerfeuer aufsparen – begannen Tim und Mira mit der ersten Runde.

Es war ein spannendes Match, denn die beiden schenkten sich gegenseitig nichts. Doch am Ende musste Mira sich gegen Tim mit gerade einmal zwei Punkten geschlagen geben.

Die nächsten Kontrahenten gingen zur Platte und Ida machte den ersten Aufschlag. Dieses Match ließ jedoch recht schnell erahnen, davon Andreas den Sieg davontragen würde. Denn es dauerte nicht allzu lange, bis er bereits einen Punktestand von 8:3 erzielt hatte. Als er das Match eine Minute später tatsächlich für sich entschieden hatte, trat Mira an seine Stelle und die Mädels bestritten die Runde um die letzteren Plätze.

Auch die beiden schenkten sich ebenso so wenig wie Mira und Tim wenige Momente zuvor. Es war ein unerbittliches Kopf-an-Kopf-Rennen, das Ida allerdings mit einem Punkt Vorsprung für sich entscheiden konnte.

„Und jetzt kommt das große Finale", kommentierte nun Max. „Der bisher ungeschlagene Champion der letzten drei Jahre. Wird Andreas ihn bezwingen können?"

Aufschlag!

Der Ball flog durch die Luft – hin und her – immer schneller, von Schlag zu Schlag.

1:0 für Tim. Die Luft brannte.

Keine Pause. Nächster Aufschlag.

Der Ball raste förmlich durch die Luft.

2:0 für Tim. Andreas völlig unbeeindruckt.

So ging es bis zum 5:0.

„Ob Andreas das noch aufholen kann? Es steht immerhin schon 5:0 für – " Max brach ab.

„Was ist das?", setzte er wieder an. „Das 1:5 für Andreas."

Es dauerte nicht sehr lange bis zum „2:5 für Andreas!"

Auch der dritte und der vierte Punkte ließen nicht lange auf sich warten.

Tim war schockiert. Was passierte hier?

„Gleichstand!", brüllte Max. Die Mädels jubelten begeistert.

„Kurze Pause, Tim?", fragte Andreas sichtlich amüsiert, wenn auch leicht verschwitzt und ein wenig außer Atem.

„Niemals!", fauchte Tim und der Ball zerriss erneut die Luft.

Keine Minute war vergangen, da stand es auch schon 8:5 – für Andreas wohlgemerkt.

Der Ball flog auf ein Neues. Andreas schmetterte – 9:5.

Dasselbe noch einmal – 10:5. Nun brach auch Christian in Jubel aus. Andreas schmetterte noch ein letztes 11:5 und brach dann selbst in Jubel aus.

„Wir haben einen neuen Champion!", verkündete Max. „Sein Name lautet Andreas!"

Alle umringten ihn, sogar der soeben besiegte Tim.

„Mensch, Andreas, wo hast du denn so zu spielen gelernt?", keuchte Tim, halb begeistert und halb erschöpft.

„Ich habe sehr viel gespielt, als ich klein war", erwiderte Andreas. „Mindestens sechs oder sieben Jahre im Verein. Und zwischen einfach immer mal als Hobby."

„Das war der Wahnsinn!", rief Ida mit kaum zu bändigendem Jubel in der Stimme. Und dann noch: „Ich bin begeistert, voll von den Socken!"

Ziemlich verlegen kratzte sich Andreas im Nacken. „Na ja", setzte er dann noch hinzu, „alles halb so wild."

Es ging noch einige Minuten so weiter, bis sie sich schließlich alle wieder einigermaßen beruhigt hatten.

Schließlich – um die plötzliche Stille zu beenden – fragte Christian: „Wollen wir jetzt mal zur Feuerstelle gehen? Wenn da schon ein bisschen was los ist, werde ich auch meine Gitarre zur Hand nehmen und euch ein paar schöne Lieder vorspielen. Ihr dürft natürlich auch gerne mitsingen, wenn ihr möchtet."

„Das hört sich gut an!", stimmte Mira ihm zu. „Ich kann zwar nicht singen, aber darauf kommt es ja auch gar nicht an."

„Wo du Recht hast, hast du Recht!", bestätigte nun auch Andreas und lächelte Mira kurz zu. „Aber ich denke, ich gehe vorher schnell duschen", warf er noch rasch ein. „Allerdings müsste mir einer von euch Jungs noch zeigen, wo die Duschen sind", wandte er sich schließlich Christian, Tim und Max zu.

„Wenn's weiter nichts ist", lachte Max und bedeutete Andreas, ihm zu folgen.

Andreas war immer noch leicht außer Atem, doch er ließ sich nicht zweimal bitten, wenn es darum ging, sich an einem warmen Sommerabend unter der Dusche zu erfrischen.

Wenige Minuten später stand Andreas also unter der kalten Dusche und genoss das kühle Nass, das in Strömen an ihm hinunterfloss. Als er fertig war, sich abgetrocknet und neu bekleidet hatte, machte er sich auf den Weg zum Lagerfeuer, wo die anderen ihn bereits erwarteten. Das Feuer brannte wohl auch noch nicht lange, denn das Brennholz sah noch ziemlich unbeschadet aus. Aber dies änderte sich natürlich schon bald, da die Flammen es gierig knisternd zu verbrennen begannen.

Christian begann nun, seine Gitarre zu stimmen, was sich ein wenig lustig anhörte, wie Andreas bei sich dachte. Doch mit dieser Meinung war er sicherlich nicht allein.

Als die Gitarre gestimmt zu sein schien – Christian lächelte zufrieden, nachdem er die dünnste Saite in Stimmung gebracht hatte – machte er einen langsamen und sanften Abschlag über alle Saiten von oben bis unten und wirkte plötzlich sehr ruhig und auch ein wenig ernster. Er schloss die Augen, legte den Kopf in den Nacken und atmete noch einmal tief ein und aus. Dann hielt er den Kopf wieder normal und begann zu spielen.

Zunächst waren es einfache Akkorde, die er immer nur mit Abschlägen spielte. Mit der Zeit kamen aber auch Aufschläge dazu und Christian spielte ein wenig schneller. Dennoch langsam genug, sodass er nicht hektisch oder gar panisch wirkte.

Das es bisher nur Viertelschläge waren – also vier Schläge pro Takt – klang es noch recht einfach gehalten, aber trotzdem waren sie alle sehr beeindruckt, wie Christian sein Instrument zu spielen wusste.

Er baute im Verlauf des weiteren Spiels auch noch Achtel- und sogar Sechzehntelschläge ein, spielte mit Akzenten – das sind lauter gespielte, hervorgehobene Töne – und weiß der Kuckuck, was er sonst noch alles mit einbaute.

Jedenfalls waren alle anderen, die sich mittlerweile begeistert am Lagerfeuer versammelt hatten, sehr beeindruckt von Christians Fähigkeiten. Als er sein letztes Stück beendet hatte – es handelte sich um eine Eigenkomposition – jubelte die gesamte Menge, so wie bei Andreas' Sieg gegen Tim beim Tischtennisturnier. Das waren nicht nur alle Teilnehmer des Zeltlagers, sondern auch alle Betreuer.

Wobei, nein, dachte Andreas. Der Spanier, Herr Tschantaj, ist nicht da. Ob er wohl keine Lust auf diese angenehme Lagerfeueratmosphäre hatte. Das wäre allerdings ziemlich unhöflich und zwar nicht nur Christian gegenüber. Sehr, sehr seltsam...

Andreas versuchte, nicht weiter darüber nachzudenken, doch so richtig in Ruhe lassen wollte es ihn auch nicht. Dennoch konnte er den Abend am Lagerfeuer mit all den anderen Kindern und Jugendlichen genießen. Sie saßen auch noch ziemlich lange dort und waren schließlich um kurz vor Mitternacht die letzten sechs Jugendlichen, die noch auf den Beinen und tatsächlich auch nur halbwegs müde waren.

Plötzlich näherte sich jedoch eine Person dem Lagerfeuer. Andreas erkannte den dunklen Schemen, der sich als Herr Tschantaj entpuppte, zuerst

„Ihr geht jetzt bitte auch in eure Zelte, vale?", sagte er mit leicht gebieterischem Ton zu den sechs Freunden.

„Ja klar, ich bin sowieso fertig für heute", erwiderte Christian. „Das Gitarrenspiel hat mich richtig müde gemacht."

„Dann wirst du ja bestimmt die ruhigste Nacht von uns allen haben und schön tief schlummern", beschwichtigte ihn Max.

„Los jetzt!", fauchte Herr Tschantaj nun gereizt und auch um einiges lauter.

„Ist gut, Herr Tschantaj. Buenas noches!", rief Mira, als sie sich in Richtung der Zelte begaben.

„Ja, ja, ja", knurrte der Spanier, winkte ab und drehte sich um, sobald die Dunkelheit die Kinder verschluckt, hatte.

Ein unsympathischer Kerl, dieser Herr Tschantaj, dachte Andreas insgeheim.

Im Zelt tauschte er sich auch noch einmal kurz mit seinem neu gewonnen Freund Christian über den Spanier aus.

„Ich kann ihn auch nicht sonderlich gut leiden", bemerkte Christian. „Aber er ist eben unser Betreuer und ich denke, es ist besser, sich nicht mit ihm anzulegen. Und das sage ich nicht, weil er ein temperamentvoller Spanier ist, sondern weil ich der Meinung bin, dass das nicht von ungefähr kommt, wie er sich benimmt."

„Wie meinst du das?", fragte Andreas interessiert nach, wobei er sich umdrehte, um Christian direkt ins Gesicht zu sehen.

Der ist wegen irgendetwas ständig missmutig und schlecht gelaunt und das lässt er an uns Jugendlichen aus", erläuterte Christian. „Hast du mal darauf geachtet, wie er uns alle bei der Anwesenheitskontrolle angeguckt hat?"

„Leider nicht wirklich", gestand Andreas.

„Oder wie er uns das Essen ausgeteilt hat?", fuhr Christian fort.

„Ja, ich erinnere mich", bestätigte Andreas, „dieser teilnahmslose Blick und die Mundwinkel, die tiefer nicht hätten hängen können."

Das meine ich", rief Christian erregt aus. Und dann wieder leiser: „Als ob der uns mit seinen Blicken töten wollte. Richtig unheimlich!"

„Und wie der uns eben vom Lagerfeuer verscheucht hat", führte Andreas den ausgesprochenen Gedanken weiter. „Ein ekelhafter Typ!"

„Aber hoffentlich bleibt das hier dieses Jahr sein einziges Jahr!", äußerte sich Christian hoffnungsvoll und voller Abscheu in der Stimme.

„Ach, er ist auch neu?", fragte Andreas überrascht.

„Ja, ist er", murmelte Christian. „Das der es bis zum Pädagogen gebracht hat – "

„Unvorstellbar", entgegnete Andreas zustimmend und in Gedanken verloren.

„Aber leider wahr", seufzte Christian. „Na ja, jedenfalls wünsche ich dir eine gute Nacht, Andreas."

„Ich dir auch, Christian", erwiderte Andreas. „Es war ein schöner erster Tag mit euch allen."

Dann rollte sich Andreas auf die Seite und schlief müde und erschöpft, aber glücklich ein.

Kapitel 7 – Spanisches Temperament

„Zeit zum Aufstehen", rief eine Stimme in Andreas Traum. Und dann noch einmal ein wenig lauter und gedehnter: „Zeit zum Aaaauuufstehen."

Andreas schlug die Augen auf und drehte sich nach rechts, wo Christian auf seinem Schlafsack saß.

„Morgen, Andreas", begrüßte Christian den soeben Erwachten.

„Morgen, Christian", erwiderte Andreas noch recht verschlafen und rieb sich die Augen. Er gähnte herzhaft, wobei er sich die Hände vor den Mund hielt.

„Na, gut geschlafen?", fragte Christian und lächelte Andreas an.

Hmm, ziemlich gut, würde ich sagen", entgegnete Andreas. „Ungefähr so wie Steine schlafen müssen. Ich bin kein einziges Mal aufgewacht. Sonst wache ich jede Nacht mindestens zweimal auf – wenn nicht sogar noch öfter." Nach einer kurzen Pause setzte er zur Gegenfrage an: „Und du?"

„Auch ganz gut. Ich kann mich nicht beschweren"; antwortete Christian gut gelaunt.

„Aber du bist auch noch nicht allzu lange wach, oder?", erkundigte sich Andreas bei seinem Gesprächspartner.

„Nein, vielleicht eine Viertelstunde oder höchstens 20 Minuten", gab dieser zurück. „Ich hab mich nur schon mal angezogen und dachte mir dann, ich könnte versuchen, dich sanft zu wecken." Er zwinkerte Andreas belustigt zu.

„Das war sehr nett von dir, danke", sagte Andreas. „Warst du schon bei den anderen?"

„Ach, nicht dafür", Christian winkte freundlich ab. „Nein, ich habe das Zelt seit gestern Abend nicht mehr verlassen. So wie du." Rasch fügte er noch hinzu: „Wir können aber natürlich mal zu den anderen hinübergehen und sie eventuell auch auf eine möglichst sanfte Art wecken. Was hältst du davon?"

„Das hört sich vernünftig an", bestätigte Andreas und nickte. Er stand auf, soweit das in diesem niedrigen Zelt möglich war, und zog sich an. Kaum war er fertig, als er sich mit Christian zusammen auch schon auf den Weg machte. Sie verließen ihr Zelt und gingen über die noch leicht feuchte Rasenfläche, wobei es nicht mehr lange dauern konnte, bis die Sonne diese trocknete.

„Tim, Max?", flüsterte Christian, als er mit Andreas vor dem Zelt der beiden anderen Jungen stand. Es kam keine Antwort. Christian versuchte es erneut, diesmal jedoch ein wenig lauter.

„Ja, wer da?" Bist du es, Christian", hörten die beiden nun durch die dünnen Zeltwände Tims Stimme fragen.

„Voll ins Schwarze getroffen", antwortete Christian. „Lasst ihr uns rein?"

„Na klar", erwiderte Tim und Andreas und Christian konnten hören, dass er sich im Zelt aufgerichtet hatte. Dann öffnete er auch schon die vordere Wand des Zeltes, die man in diesem Fall als Tür bezeichnen konnte.

„Morgen, ihr beiden", begrüßte Tim sie. „Kommt rein."

„Danke", antwortete Andreas und stieg als Erster in das Zelt. „Ihr habt es hier ja auch schön gemütlich."

„Ja, ich denke auch", bestätigte Tim und ließ sich erneut auf seinem Schlafsack nieder.

„Morgen, Max", sagte Andreas nun an Max gerichtet, wobei der Angesprochene plötzlich gähnte.

„Na, noch müde?", erkundigte sich Andreas weiter.

„Aber sowas von!", gab Max zurück und gähnte gleich noch

einmal.

„Nicht gut geschlafen?", fragte jetzt Christian.

„So einigermaßen", berichtete Max. „Habe ein bisschen lange gebraucht, um einzuschlafen. Aber ich habe durchgeschlafen – so wie fast immer." Nach dieser Erläuterung war es für Max erneut an der Zeit, zu gähnen. Und das noch länger und ausgiebiger als gerade eben.

„Und du, Tim? Wie war die Nacht für dich?", wandte sich Andreas dem Anderen zu.

„Auch gut", antwortete der. „Aber ich bin einmal aufgewacht, so gegen drei Uhr. Es muss daran gelegen haben, dass Max zu dieser Zeit ein bisschen zu laut geschnarcht hat.

„Das hab ich?", fragte Max verlegen und errötete leicht.

„Ja, aber ist nicht weiter schlimm", besänftigte Tim ihn. „Es war ja nur einmal."

„Mach dir nichts draus, Max", sagte nun Andreas. „Ich rede manchmal im Schlaf und ich hoffe doch, dass es nicht allzu laut war?" Er wandte sich Christian zu.

„Bitte?", fragte dieser, als hätte er nicht zugehört. „Ach was, nein! Ich habe jedenfalls nichts mitgekriegt."

„Das beruhigt mich", gab Andreas daraufhin zurück. „Angeblich rede ich nämlich immer sehr verworrenes Zeug. Schön, dass dir das erspart geblieben ist."

Die vier Jungs unterhielten sich noch eine Weile, als Andreas plötzlich meinte: „Sollen wir nicht mal nachsehen, ob die Mädels auch schon wach sind? Es ist immerhin schon halb neun."

„Ja, lasst uns besser mal hinübergehen", schloss Christian sich der Idee an. „Vielleicht warten die beiden ja schon ganz ungeduldig darauf, dass wir sie wecken."

Die anderen drei erkannten sofort den Sarkasmus in Christians Stimme. Dennoch erhoben sie sich alle vier und verließen gemeinsam das Zelt.

„Ach, sieh mal, Ida", ertönte plötzlich eine Stimme und die Jungs drehten sich erschrocken in Richtung des Zeltes der beiden Mädchen. „Die Herren der Schöpfung sind also auch schon aufgestanden", fuhr Mira nun mit noch provokanterer Stimme fort. „Habt ihr denn wenigstens alle gut geschlafen?"

„Danke, haben wir", bestätigte Max, der das Wortgefecht ziemlich angriffslustig fortführte.

„Und selbst?", mischte sich nun Tim ein, der ebenso wie Max ein wohliges Kribbeln in den Fingern spürte.

„Gut, danke der Nachfrage", antwortete Mira und ließ Tim erst gar nicht mehr zu Wort kommen, indem sie ihm zuvorkam: „Ihr wolltet uns wohl gerade abholen, nehme ich an?"

Kess wie er war, nahm nun Christian den Gesprächsfaden auf: „Sind denn die Damen schon bereit, uns zum Frühstück zu begleiten?"

„Sind wir", entgegnete Ida mit fester und klarer Stimme.

„Dann lasst uns gehen", sagte Andreas bestimmt, als er sich ein Herz gefasst hatte, und schloss die Runde, indem er den ersten Schritt in Richtung Aufenthaltsraum machte.

Du anderen fünf verharrten noch einen Moment in gespannter Erwartung, was wohl als nächstes passieren würde. Schließlich folgte Christian Andreas' gutem Beispiel und auch die anderen taten es ihnen gleich.

Schweigend und recht amüsiert über die gerade geführte Konversation schritten die sechs Freunde über die nasse Grasfläche, ohne allerdings auch nur ein einziges weiteres Wort zu verlieren.

Sie brachen das Schweigen erst, als sie sich im Aufenthaltsraum einen Tisch aussuchen wollten. Das würde jedoch gar nicht so einfach werden, da die meisten Tische bereits besetzt waren. Ein großer Tisch war aber noch frei. Ida entdeckte ihn als Erste und machte die anderen sofort darauf aufmerksam.

„Ja, da passen wir alle dran", rief Mira den anderen begeistert zu, bedacht, laut genug zu rufen.

So kämpften sie sich durch bis zu jenem Tisch, der fast direkt neben der Theke stand.

In diesem Moment – sie hatten alle Platz genommen – betraten drei der Betreuer den Raum. Augenblicklich wurde es so viel ruhiger, dass man fast dachte, bald müsse man eine Stecknadel fallen hören können.

Langsam und voller Anmut schritten Herr Schneider, Frau Römer und ein dritter männlicher Betreuer durch den Raum bis zur Theke. Dort angekommen, nahm die Lautstärke im Raum wieder zu und die Augenpaare, die alle wie gebannt auf die drei Erwachsenen gestarrt hatten, wandten sich ab.

„Der eine Mann da heißt übrigens Claus Augustin", erklärte Tim, der rechts neben Andreas saß. „Frau Römer kennst du ja schon und – "

„Herrn Schneider kenne ich auch schon", unterbrach Andreas Tim lachend.

„Sehr schön", sagte Tim zufrieden und wurde daraufhin gleich wieder ein wenig ernster. „Herrn Tschantaj musstest du ja auch bereits kennenlernen", säuselte er mit zusammengebissenen Zähnen. „Und die übrigen beiden wirst du auch noch kennenlernen. Schon mal vorab: Sie heißen Lydia Grauländer und Jochen Fehnhupp."

„Ach ja, sehr gut", entgegnete Andreas. „Ich werde versuchen, es mir einzuprägen und zu merken. Aber sagt mal – "

Weiter konnte er diesen Satz nicht fortführen, denn in diesem Moment betrat Herr Tschantaj den Raum. Andreas und auch die anderen fünf merkten sofort, dass er nicht allzu gut gelaunt war. Die anderen Kinder, die gar keine Lust auf seine

Miesepeterigkeit hatten, beachteten ihn noch nicht einmal.

Er ging allerdings mit einer Miene durch den Raum, bei der es Andreas eiskalt den Rücken hinunterlief. Die Augen waren leicht zusammengekniffen, die Nase war gerümpft und die Mundwinkel hingen weit nach unten – der eine noch tiefer als der andere. Besonders fiel Andreas auf, dass die buschigen Augenbrauen zusammenstießen. Es machte den Anschein, als sei es eine einzige Braue, die beschlossen hatte, in eine leicht veränderte Richtung weiterzuwachsen. Da war kein Übergang zu erkennen. Auch nicht, als sich Herr Tschantaj den sechs Freunden ein wenig näherte. Andreas bemerkte nun, dass die anderen fünf ihn auch ansahen, als sei er nicht von dieser Welt.

„Ah, Cristofer, da bist du ja", begrüßte ihn Herr Schneider. „Gerade zur rechten Zeit. Ich wollte soeben das Frühstücksbuffet eröffnen."

„Comprendo, ich verstehe", gab der miesgelaunte Spanier zurück und seine Miene verfinsterte sich noch ein wenig mehr. „Vale, vale, ist schon recht so."

„Ich nehme an, Lydia und Jochen sind schon auf dem Weg?" erkundigte sich Herr Schneider weiter.

„Draußen beim Autobus, coche grande", erklärte Herr Tschantaj.

„Gut, dann werden sie wohl jeden Moment hier eintreffen", sagte Herr Schneider zuversichtlich und voller Freude in der Stimme.

Es dauerte keine weitere Minute, bis eine brünette Frau über die Türschwelle des Aufenthaltsraums trat. In der Hand hielt sie eine riesige Tüte aus irgendeiner Bäckerei, die wahrscheinlich also nicht allzu weit vom Lager entfernt sein konnte.

Der Frau folgte ein Mann, der sie um ungefähr einen Kopf überragte. Er wiederum hatte schwarzes Haar und trug eine noch größere Tüte als die Frau. Kaum hatten sie den Raum betreten, als sich sämtliche Augenpaare auf sie fokussiert hatten, wie vorhin auf die anderen drei Betreuer. Manche von den ganz kleinen Kindern zeigten auch mit den Fingern auf sie und hier und da hörte man immer wieder das Wort „Brötchen".

Auch diese beiden Erwachsenen schritten durch den Raum zu den anderen Betreuern und verfielen nochmal in ein kurzes Gespräch.

„Mensch, jetzt schwafeln die schon wieder", nörgelte Max in eindeutig ungeduldigem Ton.

„Ja, das machen die wirklich oft", bestätigte Andreas und nickte. „Scheinbar gibt es sehr viel zu organisieren." Das Wort ‚sehr' betonte Andreas so doll, dass die anderen sofort die Ironie in seinem Unterton erkannten und sie alle ganz unvermittelt ins Lachen verfielen.

„Aber ich wette", meinte Christian, nachdem sie sich alle wieder einigermaßen beruhigt hatten, „es wird trotzdem nicht mehr lange dauern, bis wir hier gleich unser Frühstück auf Tellern vor uns liegen haben."

„Da gehe ich mit", sagte Tim plötzlich, denn die Betreuer hatten sich soeben von ihren Plätzen erhoben. Und natürlich erhob Herr Schneider, wie schon so oft, das Wort: „Ich hoffe, ihr habt alle gut geschlafen und seid auch bereits ordentlich hungrig. Denn das Frühstück ist jetzt fertig und all die Brötchen liegen im Nebenraum zusammen mit all den anderen essbaren Köstlichkeiten bereit zum Verzehr. Damit es kein allzu großes Gedränge gibt, geht bitte ein Tisch nach dem anderen. Wie ihr sicher schon gesehen habt, haben wir Nummern auf die Tische gestellt, von eins bis sechs.

Alle, die jetzt am Tisch mit der Nummer eins sitzen, gehen also bitte umgehend los und versorgen sich mit Frühstück. Dann Tisch Nummer zwei und immer so weiter. Wir", er machte eine einladende Geste in Richtung der anderen Betreuer, „wünschen euch einen guten Appetit!"

„Oh je", entfuhr es Max ein wenig gequält, als Herr Schneider seine Rede beendet hatte. „Wir haben die sechs."

„Na und?", fragte Mira völlig unbeeindruckt, „dann warten wir eben. Es wird schon keine Stunde dauern, Max. Noch nicht mal dir zu Liebe." Sie warf ihm einen gehässigen Blick zu.

Er wiederum fing diesen beinahe verletzt auf und blickte sehnsüchtig der Schlange nach, die immer länger wurde, weil die Kinder von Tisch zwei das mit den Nummern nicht so ganz verstanden zu haben schienen.

Kapitel 8 – Erinnerungen

Sie warteten tatsächlich keine volle Stunde. Doch als das letzte Kind von Tisch fünf mit einem Berg von Essen auf seinem Teller aus dem Nebenraum zurückkam, machten sich auch die sechs Freunde auf den Weg. Angeführt wurden sie – wie hätte es in diesem Moment anders sein können – von Max, obwohl sogar er noch einigermaßen die Nerven behielt.

Als sie das Nebenzimmer betraten, trauten sie ihren Augen kaum. Es gab allerlei zum Verspeisen: Wurst, Käse, Rührei ohne Schinken, Rohkost bestehend aus Tomaten, Gurken, Karotten und Paprika; des Weiteren Butter, Margarine, Honig, Milch, Orangensaft und sämtliche Brotaufstriche.

Andreas begrüßte für sich natürlich am meisten den Naturfrischkäse, die Marmelade mit Erdbeergeschmack, die im Übrigen komplett ohne Stückchen war, und den frischen Orangensaft. Dass diese und all die anderen Dinge ein hervorragendes Frühstück ergeben würden, war für ihn in diesem Augenblick so klar wie Kloßbrühe.

An den Gesichtsausdrücken der anderen erkannte er, dass sie ganz ähnlich denken mussten. Denn auch sie freuten sich über diese ausgezeichnete Buffet – zumindest zeigten sie es nach außen hin.

Und so langten sie allesamt zu. Andreas nahm jedoch nicht zu viel, weil er nicht einschätzen konnte, wie viel er tatsächlich verzehren würde. Dennoch war seine erste Portion sicherlich ausreichend.

Sie nahmen ihr erstes gemeinsames Frühstück zu sich und es schmeckte ihnen allen vorzüglich.

Als sie fertig waren, begaben sie sich alle nach und nach in Richtung der Waschsäle und Duschen, um die Morgentoiletten zu verrichten und sich frisch zu machen. Kurze Zeit später trafen sich die sechs Freunde vor dem Aufenthaltsraum, um miteinander zu besprechen, was heute auf dem Programm stand und natürlich, wie sie gemeinsam ihre freien Zeiten zwischen den jeweiligen Aktivitäten nutzen konnten.

„Auf dem Plan ist für heute eine Wanderung durch den Wald vorgesehen", war das erste, was Christian von sich gab, als er vor einer großen Tafel neben der Tür zum Aufenthaltsraum stand.

„Außerdem sollten wir Badesachen mitnehmen", ergänzte Tim ihn. Als Christians verdutzter Blick sich im nächsten Moment auf ihn richtete, fügte er hastig hinzu: „Das steht hier auch."

„Wie auch immer", setzte Christian erneut an, „der Wald ist riesig und ich denke, es gibt so viele Wege, die hindurchführen, dass wir längst noch nicht alle kennen. Ich weiß nicht, ob ihr euch noch daran erinnert, Tim, Ida, Mira, Max?" Er sah sie abschätzend an. Jedoch schien niemand von ihnen auch nur zu erahnen, worauf Christian hinaus wollte.

„Was meinst du?", fragte Tim, der eben so wenig wie die anderen drei folgen konnte.

„Ihr erinnert euch also nicht mehr", stellte Christian ernüchternd fest.

„Woran erinnern wir uns nicht mehr?", fragte nun Mira mit einem fordernden Ton in der Stimme.

„Zum Beispiel an das kleine Wasserloch am Wegrand, in das ich fast hineingetreten oder eher gesagt -gefallen wäre."

„Ja, doch, ich erinnere mich ganz dunkel", sagte Mira plötzlich ganz erregt. „Du bist gestolpert und wärst beinahe in diesen Tümpel gefallen. Aber es ging auch sehr steil abwärts auf diesem kurzen Streckenabschnitt. Das war aber auch eine schnelles Tempo. Man hätte glatt sagen können, dass du diesen Hügel hinuntergerast wärst!"

„Jetzt fällt es mir auch wieder ein!", rief Tim verblüfft aus. „Aber – Moment – war das nicht schon vor zwei Jahren?"

„Nein, Leute, das war sogar schon vor drei Jahren", fiel nun Ida in die Unterhaltung mit ein. „Ich weiß es wieder, als wenn es erst gestern gewesen wäre." Ihre Augen funkelten sehnsüchtig.

„Ich habe leider keine Ahnung, wovon ihr da redet", schaltete sich nun auch Max ein, „aber es wird schon irgendwie so gewesen sein.

„Und was ist daran so wichtig?", fragte Andreas unvermittelt, denn auch er wollte mitreden können.

„Nichts ist daran wichtig", antwortete Christian. „Ich wollte nur wissen, ob die anderen sich noch daran erinnern können, weil -" - er machte eine Geste und deutete auf die vier anderen. Als er beim Plan war, hielt er mit dem Zeigefinger inne.

„Ja, weeeiiil?", fragte Andreas gedehnt.

„Weil wir heute vielleicht wieder dort entlanglaufen könnten", beendete Christian seinen Satz.

„Ach so." Tim brach ein klein wenig in Gelächter aus. „Ich habe mich gerade schon gefragt, was da jetzt wohl kommt. Weil du in diesem Jahr tatsächlich zum ersten Mal hineinfallen wolltest oder so was."

„Ich hoffe doch sehr, dass das nicht passiert!", empörte sich Christian.

„Wir doch auch nicht", entgegnete Mir besänftigend, wobei alle anderen den sarkastischen Unterton in ihrer Stimme erkannten.

„Wie witzig du doch so manches Mal sein kannst", erwiderte Christian spöttisch, wobei Mira ihm einen gehässigen Blick zuwarf.

„Wann soll es denn losgehen mit der Wanderung und wie

sieht es mit Proviant aus und der gleichem?", warf nun Ida ein, die diese ständigen Sticheleien gerne einfach mal unterbinden wollte.

„Das kann ich dir gleich sagen", antwortete Andreas und studierte den Aushang. „Also, hier steht als Treffpunkt der Aufenthaltsraum und zwar um 11:00 Uhr. Uns sobald wir uns dann alle mit Proviant eingedeckt und versorgt haben, gehen wir von hier aus in den Wald und folgen anscheinend einem von vielen Wanderpfaden, der quer durch den Wald führt. Der Zeitpunkt ist flexibel und richtet sich nach unseren Bedürfnissen und nach der Wetterlage.

„Na ja, am Wetter, denke ich, sollte es nicht scheitern", meinte Max, „die Sonne scheint ja jetzt schon mit aller Kraft."

So sieht es wohl aus, ja", bestätigte Andreas diese Feststellung. „Also kommt, wir packen am besten schon mal unsere Rucksäcke, damit wir auch pünktlich um elf Uhr wieder hier sind."

Damit waren sie alle einverstanden. Und so liefen sie über die Wiese zu ihren Zelten und machten sich daran, alles einzupacken, was sie eventuell benötigen könnten, so auch ihre Badesachen. Es war zwar nicht viel, was Andreas einpackte, aber dennoch ein paar wenige Dinge, die er nicht alle in seine Hosentaschen stopfen wollte. Sie hätten sowieso nicht genügend Platz dafür geboten.

Kurze Zeit später hatte Andreas seinen Rucksack schließlich bepackt mit einem Fernglas, einem Schreibblöckchen samt Kugelschreiber, einem großen Handtuch, seiner Badehose und ein Päckchen Taschentücher, dass er sicherlich wegen seines übermäßigen Schweißflusses brauchcen würde.

Christian, der ebenfalls einige ähnlich Kleinigkeiten in seinen Rucksack gepackt hatte, verließ nun mit Andreas das Zelt. Die anderen vier erwarteten sie bereits draußen vor dem Zelt.

„Ihr seid ja schon alle startklar", sagte Christian verblüfft, als er die Freunde entdeckte. „Ihr hattet wohl nicht viel zu verstauen.

„Ich hatte schon vor etwas zu essen einzupacken", bemerkte Max und fügte kleinlaut hinzu: „Mir fiel allerdings plötzlich auf, dass ich noch gar kein Lunch-Paket bei mir hatte. Das holen wir uns ja jetzt gleich erst ab."

„Oh je", seufzte Mira, „ich fürchte, die Hitze hat bei Max bereits erste Spuren der Verwüstung hinterlassen. Hoffentlich ergeht es uns anderen nicht auch noch so. Immerhin ist heute erste der zweite Tag hier im Lager."

„Ach, das wird schon", meinte Tim und fügte an Max gerichtet hinzu: „Du musst ordentlich viel trinken, wenn es in den nächsten Tagen wieder so heiß wird wie gestern. Sonst holst du dir womöglich noch einen Sonnenstich."

„Ja, unbedingt, Max", stimmte Ida nun in einem sehr besorgten Ton hinzu. „Versprich uns bitte, dass du darauf achten wirst. Damit du nicht plötzlich umkippst oder noch Schlimmeres passiert. Wir möchten nicht mit dir ins Krankenhaus fahren müssen."

„Okay, Leute, ich frage gleich mal nach, ob ich eine Flasche Wasser mehr bekommen kann", beruhigte Max seine Freunde. „Hoffentlich haben die Betreuer ein Einsehen."

„Ach, bestimmt", meinte Andreas. „Aber geh besser nicht zu Herrn Tschantaj. Der gibt dir sonst garantiert eine Flasche weniger."

„Das kann ich mir bestens vorstellen", rief Mira aus und die anderen vernahmen deutlich die Abneigung gegen den Spanier in ihrer Stimme. „Der würde uns alle glatt ohne Proviant in den Wald ziehen lassen, sie wie der immer drauf ist. Ein richtiges Ekelpaket!"

Mira schnitt eine Grimasse und alle mussten sie lachen.

Dann gingen sie zurück zum Aufenthaltsraum und warteten am Schwarzen Brett darauf, dass es elf Uhr wurde und die Wanderung endlich beginnen konnte.

In den folgenden 15 Minuten füllte sich der Flur vor dem Raum anschließend und die Uhr zeigte auch schon die volle Stunde an.

Mit wenigen Minuten Verspätung traten Frau Römer, Frau Grauländer und als Letzter Herr Fehnhupp aus dem Aufenthaltsraum. Alle drei trugen Rucksäcke, die vollgepackt und auch nicht gerade klein waren.

„Bitte folgt mir alle nach draußen", rief Frau Römer in die Runde. Es war mittlerweile wieder schwierig, ihre Worte zu verstehen, da die Kinderscharen erneut zu schnattern begonnen hatten. Es war sozusagen ein Ankämpfen und Aufbäumen gegen einen Sturm aus Wörtern, der einfach nicht zu bändigen war. Zumindest kam es Andreas und den anderen so vor und die Betreuer waren sicherlich derselben Meinung.

So verließen sie alle nach und nach den Flur und folgten Frau Römer – geradezu wie eine riesige Entenfamilie der -mutter folgen würde. Auf dem Parkplatz fand die kurze Prozession jedoch auch wieder ihr Ende. Frau Römer, die immer noch schwer beladen war, ging zur Fahrertür von einem der kleinen Omnibusse und öffnete diese. Sie kramte kurz irgendetwas auf dem Fahrersitz und kam anschließend wieder zu der Meute von Kindern zurück, die sich schon vor dem Kofferraum des Pkw gebildet hatte.

„Vorsicht", sagte Frau Römer gedehnt, während sie den Kofferraum langsam öffnete. Dann – es geschah wie in Zeitlupe – wurden die Augen der Kinder immer größer und größer. Und es dauerte keine halbe Minute, bis erneut ohrenbetäubendes Geschnatter ertönte und die Kinder sogar begannen, sich gegenseitig vom Kofferraum wegzudrücken.

Der Grund dafür war diesmal, dass der Stauraum bis in alle Ecken mit Tüten gefüllt war, die leckere Snacks und Getränke für den heutigen Ausflug enthielten.

Da waren Äpfel, Bananen, Mandarinen, Müsli- und Schokoriegel sowie Flaschen mit Mineralwasser, Limonade, Eistee und Kakao.

Das kaum zu ertragende Geschnatter nahm noch ein wenig zu, als Frau Römer begann, ein Kind nach dem anderen mit einem der riesigen Lunch-Pakete zu versorgen.

„Ich schätze, jetzt heißt es wieder einmal 'warten, warten, warten'", gab Max von sich und erntete dafür einen mahnenden Blick. Diesmal, zum Erstaunen der anderen vier, allerdings von Ida.

„Ist ja schon gut", entschuldigte sich Max unmittelbar und fügte um einiges leiser hinzu: „Ich wollte es ja nur nochmal gesagt haben." Beschämt blickte er zu Boden.

Nach knapp 20 Minuten waren schließlich alle Kinder verpflegt, sodass Andreas und die übrigen fünf vortraten und sich auch die ihnen zustehenden Pakete abholen konnten. Sie wollten sich gerade umdrehen und gehen, als Ida sich auffallend stark räusperte und Max einen beinahe vorwurfsvollen Blick zuwarf.

„Wie?", fragte Max ganz leise an Ida gerichtet. „Ach so, ja, das hab ich ja ganz vergessen." Er lachte kurz verzweifelt auf. Dann, ziemlich verlegen und beinahe peinlich berührt, wandte er sich erneut den Betreuern zu und fragte ein wenig zögerlich: „Könnte... also, könnte ich vielleicht eine weitere Flasche Mineralwasser bekommen?"

„Ist dir nicht gut?", fragte Herr Fehnhupp den Jungen besorgt und legte ihm eine Hand auf die Schulter.

„Doch, es ist alles in Ordnung", beteuerte Max, „es ist nur, ich -"

„Max ging es gestern nach dem Sport mit uns anderen nicht gut, Herr Fehnhupp", erklärte Ida dem Betreuer bestürzt. Dieser hörte geduldig zu.

„Wir vermuten, er hatte Flüssigkeitsmangel und wir wollten daher sichergehen, dass Max genug trinkt", fuhr Andreas fort. Mira, Tim und Christian nickten beschwichtigend.

„Das ist doch kein Problem, Max", erwiderte der Betreuer verständnisvoll. „Hier hast du noch eine Flasche Mineralwasser." Er drückte Max die Flasche in die Hand.

„Danke", sagten sie alle wie aus einem Munde.

„Nichts für ungut, ihr sechs." Der Betreuer zwinkerte ihnen lustig zu. Die beiden Frauen nickten freundlich.

„Und jetzt geht es los in den Wald", rief Tim erfreut und alle stimmten mit ein.

„Das hab ich ja ganz vergessen", imitierte Ida verächtlich Max Worte. „Von wegen!"

„Na ja, scheinbar habe ich schon einen Sonnenstich", murmelte Max vor sich hin.

„Was hast du?", fragte Ida scharf und warf Max einen herausfordernden Blick zu.

„Nichts, nichts", murmelte dieser nun noch leise in sich hinein und mied Idas Blick, schien aber dennoch unter ihm zusammenzuschrumpfen.

„Es ist doch alles gut", sagte Andreas zu Max und konnte sich wie alle anderen – inklusive Ida – das Lachen kaum verkneifen.

Kapitel 9 – Im finsteren Wald

Sie machten sich auf in Richtung Wald. Die anderen Kinder waren bereits ungefähr 100 Meter vor ihnen, sodass man das Geschrei und Geschnatter immer noch ziemlich laut hören konnte.

„Welche Strecke durch den Wald werden wir denn dieses Jahr nehmen?", fragte Tim, der schon sehr gespannt auf die Antwort war, an Frau Grauländer gerichtet.

„Du bist neugierig, he?", antwortete sie mit einem schelmischen Lächeln.

„Ich – also", stammelte Tim und errötete leicht.

„Lasst euch einfach von uns überraschen", sagte Herr Fehnhupp geheimnisvoll. „Es wird euch gefallen. Da sind wir uns, denke ich, alle einig." Er wechselte ein paar vielsagende Blicke mit den beiden Frauen, wobei diese Blicke den sechs Freunden nun wirklich gar nichts verrieten. Von daher schwiegen sie und folgen weiter dem Waldweg, der nun eine Linkskurve beschrieb, stets der großen Meute hinterher.

Nach weiteren 200 Metern ging es rechts einen Weg leicht abwärts und am Ende dieses Weges hatten die neun Nachzügler die Kinder schließlich eingeholt.

Von nun an übernahm Frau Grauländer die Führung und leitete die gesamte Gruppe weiter in das vor ihnen liegende Tal hinunter.

Jenes Tal, welches sie jetzt noch vor sich liegen sahen, bescherte ihnen einen wundervollen Anblick: Zunächst führten zwei Wege sie immer weiter in die Tiefe, bis sie sich schließlich relativ geschwind in einem Wald aus dichtem Geäst verloren.

Von dort an zog sich der Wald scheinbar endlos in Richtung Horizont, bis er von vereinzelten hohen Gebäuden, fünf Windrädern und einem schmalen Turm – wahrscheinlich einem Sendemast – abgelöst wurde. Das musste das Gewerbegebiet von einem Vorort der nächsten Großstadt sein, dachte Andreas willkürlich. Vielleicht war das, was sie da ganz in der Ferne vor sich sahen, sogar Garmberg. Andreas war noch nie in Garmberg gewesen, hatte aber schon ein bisschen über die Stadt aufgeschnappt. Womöglich war es aber auch gar nicht Garmberg, sondern irgendeine andere Stadt.

Wie dem auch sei, dachte Andreas, wir machen jetzt eine schöne Wanderung durch den Wald. Ich bin schon gespannt, was wir da unten alles sehen werden. Es scheint ja nun wirklich ein riesiger Wald zu sein. Oder vielmehr ein großer Teil eines noch sehr viel größeren Waldes. Immer ist es überall grün um uns herum.

„Und Andreas", sagte Christian, der plötzlich neben ihm ging. „Bist du schon gespannt, was dich da unten erwartet?"

„Oh ja, das bin ich wohl", gab er zurück, dankbar darüber, dass Christian ihn aus seinem Gedankenfluss befreit hatte.

„Habt ihr eine solche Wanderung bisher jedes Jahr gemacht?", fragte nun Andreas.

„Ja, haben wir", lautete die knappe Antwort. „Und jedes Jahr war es besser als im Jahr davor – jedenfalls meiner Meinung nach."

„Wirklich?", fragte Andreas in hitziger Aufregung. „Was habt ihr denn bisher immer gemacht dort unten?" Er konnte sich vorstellen, dass der Wald einiges an Möglichkeiten bot, um sich an der frischen Luft mitten in der freien Natur zu beschäftigen.

„Ach, wir haben einmal Geo-Caching gemacht und den Schatz beinahe nicht gefunden", berichtete Christian ganz begeistert. „In einem anderen Jahr haben wir in einem der kleinen Seen dort unten gebadet. Wieder in einem anderen Jahr haben wir einen Workshop mit einem richtigen Ranger gemacht."

„Das klingt ja alles richtig toll!" Andreas strahlte.

„Und ob!", bestätigte Christian. „Und einmal", platzte er ein wenig unerwartet heraus, „sind wir von einem schweren Gewitter überrascht worden. Wir waren gerade an einer großen Schutzhütte vorbeigelaufen, als es plötzlich zu schütten begann. Und es hat geblitzt und gedonnert, wie ich es bisher selten erlebt habe."

„Ach, sag bloß!", entfuhr es Andreas.

Christian lachte: „Wir konnten froh sein, dass wir alle in die Hütte hineingepasst haben. Denn ich befürchte, ansonsten wäre der ein oder andere von uns in Windeseile weggeschwemmt worden."

Bei dem Gedanken lief es Andreas eiskalt den Rücken hinunter. Er wollte gar nicht wissen, wie es sich wohl anfühlen müsse, von reißenden Wassermassen mitgerissen zu werden, gegen die selbst der stärkste Bodybuilder keinen Einfluss haben konnte. Er schauderte.

Dieses Gewitter hat dann auch noch zwei Stunden lang so doll weitergetobt, wie zu Beginn", fuhr Christian erregt und fast schon ein wenig begeistert fort. „Und dann verschwand es beinahe so plötzlich, wie es über uns hereingebrochen war."

Andreas blickte beunruhigt in den Himmel.

Christian, der das mitbekam, sagte in besänftigendem Ton: „Keine Sorge, Andreas, das Wetter soll die nächsten vier bis fünf Tage noch halten. Du brauchst wirklich keine Bedenken zu haben."

„Na schön", entgegnete Andreas besorgt, schien aber nicht sehr überzeugt.

Plötzlich erschien Tim an Christians Seite. „Tolles Wetter,

oder?", fragte er.

„Ja, total", antwortete Andreas immer noch sehr verängstigt. Nun bemerkte auch Tim diese Angst und fragte ein wenig zögernd: „Eh – habe ich was Falsches gesagt?"

Christian schüttelte den Kopf: „Nein, ich -"

Und schon hatte Tim verstanden. „Ach, du hast ihm die Geschichte mit dem wolkenbruchartigen Gewitter erzählt, he?" Er klang beinahe ein wenig belustigt.

„Eh – ja, das habe ich wohl", gab Christian ein wenig verlegen zu.

„Keine Angst, Andreas, das Wetter soll -"

„- sich die nächsten Tage halten. Ich weiß", unterbrach er Tim und versuchte, ein entspanntes Lächeln aufzusetzen, was ihm allerdings kaum gelang.

„Du bist also schon informiert", sagte Tim erfreut und zwinkerte Andreas lustig zu. Auch die versuchte Andreas zu erwidern, scheiterte aber erneut kläglich daran.

Deshalb sagte er in den nächsten fünf Minuten erstmal nichts mehr, sondern versuchte, sich ganz darauf zu konzentrieren, die klare Luft des Waldes wahrzunehmen, der nun endlich mit jedem Schritt dichter und dichter wurde. Er sog die Luft ein und atmete dreimal kräftig ein und wieder aus. Zusätzlich genoss er den Schatten, den das dichte Astwerk ihnen spendete und war dankbar dafür, dass dieser die Luft ein wenig abkühlte. Das machte die Wanderung etwas erträglicher.

Sie waren mittlerweile so weit den Weg ins Tal hinabgestiegen, dass die Temperatur immer weiter abgenommen hatte und es Andreas und den anderen tatsächlich wieder viel erträglicher vorkam.

Als sie schließlich an einer Wegegabelung ankamen, blieben sie mit der gesamten Gruppe stehen und warteten gespannt darauf, welche Richtung Frau Grauländer nun als nächstes einschlagen würde. Die Betreuerin sah sich ganz gelassen um, besprach sich kurz mit den anderen beiden Betreuern und setzte anschließend die Wanderung nach rechts fort. Auch der Rest der Gruppe kam wieder in Bewegung und folgte ihr.

Je länger sie durch den Wald schritten, desto schöner kam es Andreas vor. Er freute sich, dass hier alles derart grün und lebendig aussah, mit bunten Blumen überall am Wegesrand, hohen Bäumen, die noch ziemlich gesund wirkten, da sie dicht bewachsen waren und einem kleinen plätschernden Bach, der irgendwo links parallel zum Weg verlaufen musste. Und dann natürlich noch die unbeschreiblich frische und saubere Luft, die trotz Hochsommer ganz klar schien. Es hätte nicht schöner sein können!

Sie liefen noch eine ganze Weile geradeaus, wobei der Weg sich immer wieder zu beiden Seiten bog, erst leicht nach links, dann leicht nach rechts, erneut nach links und immer so weiter. Als richtig herrlich empfand Andreas neben dem fortwährenden Plätschern des Baches auch das permanente Zwitschern und Singen der Vögel überall um sie herum. Es schien, als habe der komplette Wald alles aus sich herausgeholt, um zu zeigen, wie schön er wirklich war.

Ich hoffe nur, dachte Andreas wehmütig, dass es noch ein wenig dauert, bis wir unser Ziel erreichen. Es ist so schön hier unten – und vor allem so angenehm mild.

Er lächelte zufrieden. Zudem wurde seine Hoffnung belohnt; sie liefen noch ungefähr eine gute halbe Stunde lang auf demselben Weg immer weiter durch die Tiefe des Waldes, bis zu ihrer linken plötzlich etwas aufblitzte. Das Geschnatter der Menge ging in ein leiseres raunendes Gemurmel über und alle richtete ihre Blicke zu eben jener Stelle, von der aus es geblitzt hatte.

Da erstrahlte das Blitzen von Neuem und das Raunen der

Menge schwoll an. Was mochte das nur gewesen sein?

Andreas konnte sich zwar einiges vorstellen, das blitzte, wenn beispielsweise die Sonne darauf fiel. Dennoch konnte es nicht gerade viele dieser Dinge im tiefsten Dickicht eines riesigen Waldes geben.

Vielleicht war es eine Hütte, deren Fenster die Sonne reflektiert hatte, oder aber ein fremder Wanderer hatte zufällig das Sonnenlicht zu ihnen hergeleitet oder aber es war -"

Ein Tümpel, dachte Andreas scharf nach. Ein kleiner See oder möglicherweise der kleine Bach, der nun ein Wassersperre speiste. Er tippte jedenfalls auf den kleinen See, denn für einen Tümpel glaubte er nicht, dass sie aufgebrochen waren und das Plätschern des Baches war mit der Zeit leiser geworden und nun komplett verstummt.

„Nun, liebe Kinder und Jugendliche", erhob Frau Grauländer auf einmal das Wort. „Ihr fragt euch sicher alle, was das da gerade für ein Blitzen war, dort unten."

Die Kinder gröhlten und kreischten zustimmend.

„Ich will es euch sagen", rief Frau Grauländer, die Mühe hatte, gegen den Lärm anzukommen.

„Ich hoffe, ich habt alle eure Badesachen dabei, denn da drüben ist ein kleiner See, in dem wir uns jetzt alle ein wenig erfrischen können.

Die Kinder jubelten nun derart laut, dass man sie wohl bis tief in den Wald hören musste. Insgeheim schloss Andreas sich ihrem Jubel sogar an, jedoch brüllte er es nicht aus sich heraus, sondern lächelte erneut zufrieden und blickte dem See, dort, wo er ihn vermutete, entgegen.

So setzten sie ihre Wanderung fort und verließen bald den Weg, dem sie bisher gefolgt waren, in einer scharfen Linkskurve, um dem See mit jedem Schritt ein wenig näher zu kommen. Fünf Minuten darauf hatten sie den See schließlich erreicht. Er lag völlig unscheinbar vor ihnen und spiegelte das Sonnenlicht. So wie sie es alle bereits vor wenigen Minuten aus der Ferne erkannt hatten.

Dennoch lag der See beinahe unberührt dort, geradezu als sei er nicht gefüllt mit Wasser, sondern vielmehr mit kaltem und hartem Beton. Nur ab und zu strich der Wind sanft über die Oberfläche, sodass es aussah, als würde ein riesiger Kamm verzweifelt versuchen, das Wasser in Form zu bringen. Wie bei einer Sturmfrisur, die sich einfach nicht wollte bändigen lassen.

Als Andreas einen Blick in die Menge um sich herum warf, bemerkte er belustigt, dass viele der Kinder mit offenen Mündern da standen.

Anscheinend haben sie noch nie zuvor einen See gesehen, dachte Andreas und verkniff sich ein Lachen.

Schließlich wandte er sich, wie schon so oft, Christian zu und sagte zu ihm, wobei er fast schon flüsterte: „Wollen wir jetzt weiter hier stehen bleiben und auf Regen warten wie all die anderen Kinder oder wollen wir uns schön auf der Wiese ausbreiten und uns erfrischen?"

Christian verstand sofort. „Wetten, ich lande als Erster von allen im Wasser?" Er gluckste heiter.

Da sah Andreas ihn herausfordernd an. „Das glaubst auch nur du."

Die beiden sahen sich nach den anderen Vieren ihrer Truppe um und gingen schnellen Schrittes zu ihnen.

„Lasst uns schwimmen gehen", sagte Christian enthusiastisch und legte in Windeseile seinen Rucksack ab. „Na, worauf wartet ihr denn? Zieht eure Badesachen an und hinein in das kühle Nass."

„Übe dich doch mal in Geduld, Christian", erwiderte Mira, die sich von der Freude des Kumpanen ein wenig überrumpelt fühlte.

„Wir springen ja gleich in dieses herrliche Wasser", versuchte nun auch Tim seinen Freund zu besänftigen. „Aber erst einmal legen wir in Ruhe unsere Siebensachen ab. Das wirst du uns doch wohl noch erlauben, oder?"

„Ja, natürlich", gab Christian kleinlaut zurück und trat mit einem Mal ziemlich verlegen von einem Fuß auf den anderen.

Danach – es waren ungefähr fünf Minuten vergangen, die sich für Christian allerdings wie eine Ewigkeit angefühlt hatten – gingen die sechs Freunde dem Wasser entgegen.

Max war letztendlich der erste von allen, der einen Fuß bis zum Knöchel in das erfrischende Wasser setzte. Offensichtlich war es kälter, als er erwartet hatte. Grundsätzlich störte ihn das nicht. Ein wenig wärmer hätte es seiner Meinung nach jedoch sein können.

Das Problem war, dass die Wiese, auf der sie ihre Taschen abgelegt hatten, im Schatten der umliegenden Bäume lag. Das noch viel größere Problem jedoch bestand darin, dass man erst einmal mindestens 150 Meter vom Ufer wegschwimmen musste, um das Sonnensicht, das sich auf dem See spiegelte, zu erreichen. Und eine derart gute Ausdauer hatte wohl niemand von ihnen allen. In dieser Hinsicht konnte man wohl selbst an Herrn Fehnhupp zweifeln.

Kapitel 10 – Der silberne Verräter

Max stand mittlerweile schon mit dem zweiten Fuß knöcheltief im Wasser am Ufer des Sees. Er hatte sich so sehr auf die Ruhe des Wasser fixiert, dass er gar nicht gemerkt hatte, wie seine anderen Freunde links und rechts neben ihn getreten waren.

Nun standen sie alle sechs nebeneinander da und schwiegen.

Mira brach das Schweigen schließlich als erste: „Es ist so wunderschön hier unten. So idyllisch und so ruhig. Wenn ich es nicht besser wüsste, würde ich glatt denken, ich wäre in eine Märchenwelt eingetaucht."

„Ja, es ist wirklich malerisch", beschwichtigte Andreas Miras Worte. „Wäre das vor uns hier ein Bild, dann würde ich direkt hineinspringen wollen, weil ich der Versuchung einfach nicht widerstehen könnte. Aber es ist kein Bild, sondern traumhaft schöne Realität. Von daher würde ich sagen: Lasst uns keine Zeit verlieren, sondern tatsächlich hineinspringen!"

Er sah seine neu gewonnenen Freunde begeistert an, warf erneut einen Blick auf das herrlich glatt liegende Wasser, watete einige Schritte hinein und ließ sich schließlich einfach nach vorne fallen.

Es dauerte einen Moment, bis er ein paar Meter weit geschwommen war und gemerkt hatte, dass er dort, wo er nun schwamm, keinen Boden mehr unter den Füßen spürte. Er drehte sich mit dem Gesicht zum Ufer, wo die fünf anderen immer noch standen, als hätten sie Wurzeln geschlagen. Andreas sah sie verwundert an, wobei sie seinen Blick nicht weniger verwundert erwiderten.

Nachdem sie sich einen Moment lang weiter gegenseitig angestarrt hatten, ergriff Andreas endlich als erster die Initiative und rief ihnen motivierend zu: „Nun springt schon in den See. Ich habe euch doch gerade gezeigt, wie das geht."

Als weiter nichts geschah, ergänzte er seine Aufforderung mit einem weiteren Ausruf: „Das Wasser ist einfach herrlich! Nicht zu warm, nicht zu kalt, sondern gerade richtig!"

So schwamm er weiter hinaus und achtete nicht mehr auf die anderen. Er hatte die Hoffnung, dass er sie dadurch dazu ermutigen konnte, auch ins Wasser zu fallen und sich ebenfalls herrlich zu erfrischen.

Er drehte sich erneut um. Ida und Mira standen beinahe bewegungslos am Ufer und blickten skeptisch auf das Wasser, das mittlerweile bereits ein wenig in Wallung geraten war.

Scheinbar ist ihnen das Wasser noch zu kalt, dachte Andreas insgeheim. Im nächsten Moment wunderte er sich allerdings auch darüber, wohin Christian, Max und Tim verschwunden waren. Er hatte sie völlig aus den Augen verloren. Zudem war es in diesem Moment auch schwer zu sagen, wo die drei waren, da sich nun auch einige von den anderen Kindern am   Ufer versammelt hatten.

Andreas sah ihnen kopfschüttelnd dabei zu, wie sie immer und immer wieder versuchten, einander aus dem Gleichgewicht zu bringen und ins Wasser zu werfen. Frau Römer musste, um dem Gerangel ein Ende zu bereiten, schließlich sogar dazwischen gehen. Andreas hörte sie am Ufer lauthals mit den zwei Kindern diskutieren, bis diese nachgaben und sich zur Versöhnung die Hände reichten.

„Hallo Andreas", sagte nun plötzlich eine Stimme hinter ihm. „Schöne Erfrischung, he?"

Andreas wirbelte herum, was im Wasser jedoch nur um

einiges langsamer möglich war als an Land.

„Nicht erschrecken, wir sind es doch bloß." Andreas blickte in die Gesichter von Christian und Tim. „Wir wollten dich nicht erschrecken, aber hätten wir dich an der Schulter gestupst, wärst du vor Schreck bestimmt erst einmal untergetaucht.

Andreas' Gesichtszüge entspannten sich wieder und anschließend konnte er sogar erneut lächeln.

„Kein Problem", gab er leicht verlegen zurück und lief rot an. Dann fragte er sich ein weiteres Mal, wo Max war und äußerte diese Frage auch direkt an die anderen beiden.

„Ach, Max", begann Tim mit seiner Antwort und blickte am Ufer entlang. „Er wollte nicht zu weit ins offene Gewässer schwimmen. Wir kennen ja die Probleme mit seiner Ausdauer."

„Aber wo ist er?", hakte Andreas nach und wirkte sehr besorgt.

„Lasst uns besser mal zum Ufer zurückschwimmen", sagte nun Christian und legte die Stirn in Falten. „Die Mädels könnten ihn gesehen haben."

„Da bin ich auch für", bestätigte Andreas und schwamm gemeinsam mit den beiden Jungs in Richtung Ufer zurück.

Hoffentlich ist ihm nichts zugestoßen, dachte Andreas und seine Sorge wurde größer, je näher er dem Ufer kam.

Bald spürte er endlich wieder festen – oder zumindest schlammigen – Boden unter den Füßen und watete in hitziger Aufregung dem Ufer immer gespannter entgegen. Als er plötzlich beinahe das Gleichgewicht verloren hätte, ermahnte er sich selbst, blieb kurz stehen, atmete einmal tief durch und bemühte sich, seine Nerven zu beruhigen.

Nachdem er sich beruhigt hatte, watete er die letzten Meter aus dem Wasser. Dann hatte er tatsächlich wieder festen Boden unter den Füßen.

Er warf einen Blick auf die Stelle, an der sie alle ihre Rucksäcke und Taschen niedergelassen hatten, und zugleich fiel ihm ein riesiger Stein vom Herzen; Max saß auf einem großen Badetuch, dass er großzügig ausgebreitet hatte und hielt eine Flasche Wasser in der Hand.

„Dem Himmel sei Dank, Max, da bist du ja", rief Andreas ihm erleichtert entgegen, während er über die Liegewiese auf ihn zu ging.

„Ja, hier bin ich", erwiderte dieser ganz gelassen und fragte sogleich: „Hast du mich etwa gesucht?"

„Wir Jungs haben uns gewundert, wo du warst", erklärte Andreas ihm. „Und da wir dich im Wasser nirgendwo entdeckt haben, waren wir sofort ein wenig besorgt um dich."

„Du meinst, wegen meiner Ausdauer?", fragte Max und lachte plötzlich auf.

„Na ja, du warst eben nicht mehr zu sehen", meinte Andreas zu ihm und blickte ein wenig verlegen zu Boden.

„Nein, Andreas, es ist alles in Ordnung", beruhigte Max ihn. „Ihr braucht euch wegen mir keine Sorgen zu machen. Ich weiß ungefähr, wie weit ich gehen kann.

Christian und Tim kamen nun auch zum Platz auf der Wiese zurück. Im Gegensatz zu Andreas sahen sie jedoch sehr entspannt aus.

„Und? Alles klar?", erkundigte sich Tim, der schon längst bemerkt hatte, dass bei Max alles in Ordnung war.

„Ja, natürlich", bestätigte Max und trank einen Schluck Wasser aus seiner Flasche.

Kaum hatte er sie wieder abgesetzt, als nun Christian erneut den Faden aufnahm: „Wie wäre es mit einer neuen Partie Tischtennis? Ein paar Meter in den Wald hinein gibt es eine kleine Grillhütte und ich meine, mich erinnern zu können, dass dort auch eine Tischtennisplatte steht."

„Da bin ich auch für!", gab Tim von sich, ohne auch nur eine Sekunde zu zögern. An Andreas gewandt fügte er zähneknirschend und äußerst angriffslustig hinzu: „Eine Revanche für gestern Abend. Da gibt es immerhin noch etwas zu begleichen."

„In Ordnung", bestätigte Andreas ruhig und gelassen. „Ich kann es kaum erwarten." Er warf Tim einen Blick zu, der so viel bedeuten sollte wie: 'Ich nehme die Herausforderung gerne an."

„Ich gebe den Mädels Bescheid und hole einen Ball und Schläger bei den Betreuern ab", erklärte sich Max bereit. „Falls sie überhaupt welche dabei haben..."

„Ach, das werden sie schon", versicherte Tim, „und wenn nicht, dann muss es wohl Schicksal sein."

Max machte sich auf den Weg zum Seeufer. Die beiden Mädchen standen mittlerweile auch nicht mehr dort, sondern hatten sich allmählich mit der Temperatur des Wassers angefreundet. Umso enttäuschter waren sie, nach so langer Zeit der Überwindung nun das kühle Nass erneut verlassen zu müssen. Dies ließ sich allerdings mit der Aussicht auf ein weiteres Tischtennisturnier bald ausbügeln.

Die Mädchen kamen also zur Wiese zurück und trockneten sich erst einmal ab, da sie aufs Neue kurz davor waren, zu frieren.

Kurze Zeit später waren sie alle wieder vollzählig, nachdem Max freudestrahlend mit zwei Tischtennisschlägern und einem Ball in den Händen zurückkehrte.

„Was hast du denn da noch mitgebracht, Max?", fragte Christian ganz erstaunt, als er ein klimperndes Geräusch vernahm, das von Max' Händen auszugehen schien.

„Ach das", gab Max lachend zurück, „nur ein Schlüssel für einen Schrank, der in der Grillhütte steht. Da sollen wohl Sitzkissen drin sein und noch einige andere Dinge. Wir sollen einfach mal einen Blick hineinwerfen."

„Na, dann machen wir das doch auch", gab Christian zu

bedenken. Aber jetzt lasst uns überhaupt erst einmal zu Grillhütte und Tischtennisplatte hingehen. Da ist es garantiert auch ein bisschen leiser, sodass wir ungestört spielen können."

„Ganz recht, lasst uns gehen", bestätigte Max, es ist ja wirklich ziemlich laut, wenn die anderen hier alle so herumschreien."

„Auch meine Meinung", riefen die Mädchen nicht nur begeistert, sondern auch gleichzeitig, sodass alle sechs Freunde im nächsten Moment über diesen absolut synchronen Ausruf lachen mussten.

Grillhütte und Platte waren nicht weit von der Liegewiese entfernt; die sechs Freunde mussten lediglich die Wiese verlassen – es war eine andere Stelle als die, an der sie die Wiese betreten hatten – und einem schmalen Weg folgen, der sie nach ungefähr hundert Metern in einer Rechtskurve auf eine weitere, aber durchaus kleinere Wiese führte. Dort warteten bereits die Platte, zwei lange große Bänke und die Grillhütte auf sie. Beide, Platte und Grillhütte, waren zwar nicht mehr in einwandfreiem Zustand, aber dennoch würden sie ihren Zweck erfüllen. Die Platte zweifelsfrei noch mehr als die Grillhütte.

„Wie wollen wir beginnen?", fragte Mira ganz gespannt, da sie es offenbar kaum noch erwarten konnte, endlich loszulegen.

„Ich würde sagen, wir sehen erstmal nach, was wir alles im Schrank in der Grillhütte vorfinden", schlug Tim vor. „Ein paar Kissen für die Bänke wären wirklich nicht schlecht. Ich möchte jedenfalls nicht nur mit meiner Badehose darauf sitzen."

Die anderen waren einverstanden..

Zu aller Freude gab es zehn Kissen im Schrank. Die Freunde legten allerdings nur sechs hin, da die anderen Kissen natürlich überflüssig waren. Dann überlegten sie weiter, wie sie spielen wollten oder vielmehr, wer gegen wen spielen sollte. Die beiden Mädchen bestanden darauf, das Turnier zu eröffnen. Immerhin waren sie die Damen in der Runde und sollten daher ihrer eigenen Meinung nach auch besondere Privilegien haben.

So fügten sich die vier Jungs ihrem Schicksal und Ida machte feierlich den ersten Aufschlag.

Es ließ sich recht schnell feststellen, dass die Partie zwischen den Mädchen eine Weile dauern konnte, denn die Punkte fielen stets im Wechsel.

Den allerersten Punkt erzielte Mira, die sogar scherzhaft forderte, diesen Ball als Eröffnungsball mit drei Punkten zu werten. Da jedoch niemand damit einverstanden war, zählte der Punkt so viel, wie jeder andere auch.

Der zweite Punkt ging an Ida. Mira hatte in dem Moment ihres hochmütigen Vorschlags nicht auf Ida geachtet.

Das Überraschungsmoment hatte somit auf Idas Seite gelegen und sie hatte es, ohne zu zögern, genutzt. Der Ball traf Mira völlig unerwartet und überraschend.

„He!", rief diese verdutzt und blickte derart verdattert drein, dass alle anderen in schallendes Gelächter ausbrachen.

„Das kommt davon, wenn man sooo große Töne spuckt", meinte Ida, immer noch prustend vor Lachen, und machte eine schweifende Geste mit den Armen, um das Gesagte zu unterstreichen.

Als sie sich schließlich alle sechs wieder beruhigt hatten – selbst Mira hatte zum Schluss lachen müssen – bemerkte Andreas erneut ein Blitzen, das aus dem Dickicht des Waldes zu kommen schien. Er stutzte.

War der See nicht auf der anderen Seite? Doch ganz gleich, ob er auch auf dieser Seite des Waldes lag, nun konnte Andreas keine weiteren Reflexionen vom Wald her erkennen.

Da kam die Sonne wieder hinter einer kleinen Wolke hervor und Andreas blickte auf die Stelle, wo das Blitzen aufgeleuchtet war. Trotz Sonne war dort jetzt allerdings nichts mehr zu sehen außer dem blühenden Grün des Waldes.

Seltsam, dachte Andreas. Wenn dort Wasser wäre, müsste man es jetzt wieder glitzern sehen. Das ist aber nicht der Fall. Demzufolge, schlussfolgerte er, muss dort gerade etwas oder vielleicht sogar jemand gewesen sein. Das muss ich mir näher ansehen.

„He, Tim", raunte Andreas leise.

„Was gibt's, Andreas?", fragte Tim in hitziger Aufregung wegen der Partie, die Mira nun mit zwei Punkten Vorsprung anführte.

„Ich muss mal für kleine Jungs", antwortete Andreas gedämpft, „bin aber gleich wieder da."

„Na klar", entgegnete Tim nun auch ein wenig leiser. „Tu dir keinen Zwang an."

Andreas verschwand daraufhin im Dickicht und war dankbar, dass es von den anderen – außer Tim natürlich – niemand mitbekommen hatte.

Er drang also immer tiefer in den Wald ein und musste seine Schritte bald verlangsamen, denn er bemerkte, dass der Boden unter seinen Füßen stetig matschiger wurde. Andreas war sehr froh, in diesem Moment barfuß zu sein, da er mittlerweile knöcheltief im Morast versank und seine Schuhe es ihm sehr wahrscheinlich nicht verziehen hätten, derart schmutzig gemacht zu werden.

Andreas ging immer weiter bis zu der Stelle, von der er das Blitzen vermutete. Dort angekommen, sah er sich um. Doch es ließ sich nichts Verdächtiges auffinden. Er blieb einen Moment stehen und lauschte der Stille. Es war nichts zu hören.

Er wollte seinen Lauschangriff gerade enttäuscht beenden,

als er glaubte, ein Knacken in einiger Entfernung hinter sich zu hören. Es knackte erneut, diesmal jedoch lauter, und Andreas schlich mutig und fast lautlos auf eine Baumgruppe zu, die etwa fünfzig Meter vor ihm lag.

Er horchte angestrengt und suchte mit seinen Augen die Umgebung um sich herum ab, bis er sich einmal um sich selbst gedreht hatte. Doch er hörte nichts mehr und es gab auch nichts in seinem Blickfeld, das irgendwie seine Aufmerksamkeit hätte erregen können.

Nach wenigen Sekunden des Verharrens entschied er sich schließlich, den Rückzug anzutreten. Da er mittlerweile allerdings wieder in einem Wasserloch eingesunken war – und diesmal mit beiden Beinen beinahe knietief – stieß er leise Verwünschungen aus und setzte sich auf einen Baumstumpf, der in seiner Reichweite stand. Dann zog er seine Füße aus dem Morast heraus.

Er blieb einen Moment auf dem Baumstumpf sitzen und stutzte sogleich; neben ihm lag – wie auf dem Präsentierteller – ein im Sonnenlicht silbern glänzendes Etwas auf einem Mooshügel.

Andreas griff danach, wog es vorsichtig in seiner Hand und betrachtete es eingehend. Plötzlich vernahm er erneut ein verdächtiges Rascheln hinter sich.

Kapitel 11 – Begegnung im Dickicht

„Was zum Kuckuck -", murmelte Andreas gedankenverloren und trat auf den Mooshügel, um sicheren Halt zu finden. Er drehte sich zu dem Geraschel um und traute seinen Augen kaum: Hinter der Baumgruppe, die er vorhin noch derart forschend gemustert hatte, war ein Mann hervorgesprungen, der nun eiligen Schrittes davonlief, um Andreas hinter sich abzuschütteln.

Zunächst war Andreas wie vor den Kopf gestoßen, sodass er nicht zu reagieren wusste. Als er sich wieder gefasst hatte, rief er dem Mann wütend nach: „He, Moment mal! Was tun Sie denn da?" Rasch fügte er hinzu: „Sie können doch nicht – he!"

Da der Mann einfach weiterlief, ohne Andreas zu beachten, lief dieser ihm nach, um ihn einzuholen und zur Rede zu stellen. Doch zu seinem Ärger musste der Junge feststellen, dass er sich durch das tiefe Dickicht mit all den Wasserlöchern ebenso schlecht und ungehindert vorwärts bewegen konnte wie der Mann in einiger Entfernung vor ihm. Er verwünschte den Geflohen erneut.

Doch er wollte die Verfolgung nicht aufgeben und hechtete – so gut es ging – hinter dem Unbekannten her. Das gab ihm neue Hoffnung, den Mann doch noch zu erwischen.

Nach kurzer Zeit jedoch vergrößerte sich die Entfernung zwischen den beiden immer mehr und Andreas musste schließlich stehen bleiben, um wieder Luft in seine Lungen strömen zu lassen.

Der Mann gelangte immer weiter in den Wald hinein, bis er schließlich aus Andreas' Blickfeld verschwand. Der Junge verwünschte ein weiteres Mal zuerst den Mann und dann sich. Zu blöd, dass er mir entkommen ist, dachte er verdrießlich und schnaubte wütend.

Doch im nächsten Moment hob sich seine Stimmung ein wenig und seine Miene hellte sich auf; Er hatte den Mann vielleicht nicht fassen oder aufhalten können. Dennoch gab es aber etwas, das er sehr wohl hatte: Erinnerungen an den Mann, seine Kleidung, seine Art, zu laufen – wenn diese auch durch die Umgebung beeinträchtigt gewesen war – und die Gewissheit, dass der Mann sie beobachtet hatte. Warum er Letzteres getan hatte, war Andreas zwar nicht ersichtlich. Aber eines war für ihn glasklar: An der ganzen Geschichte war etwas faul und Andreas wollte unbedingt herausfinden, was das war.

Plötzlich fiel ihm noch etwas Anderes und sehr Wichtiges ein, das er in Bezug auf den Mann im wahrsten Sinne des Wortes in der Hand hielt: Es war der silberne Gegenstand, den der Unbekannte wahrscheinlich vor Schreck, aber bestimmt aus Versehen hatte fallen lassen, als Andreas ihn völlig ungeplant überrascht hatte.

Mit diesem Wissen gestärkt, sah Andreas sich den Gegenstand nun genauer an. Ihm wurde recht schnell bewusst, was er da in den Händen hielt: Es war ein Feuerzeug oder vielmehr ein Sturmfeuerzeug, wie er mit prüfendem Blick feststellte.

Nun war wohl alles klar, dachte Andreas, der Mann hatte sie beobachtet, warum auch immer er dies getan hatte. Ziemlich sicher, weil er etwas im Schilde führte. Dann hatte er sich eine Zigarette mit dem Feuerzeug angesteckt oder zumindest anstecken wollen.

Allerdings hatte er zeitgleich den Jungen mit seinem Feuerzeug geblendet, als dieses die Sonne reflektiert hatte. Daraufhin war der Junge im Dickicht verschwunden, um der

Ungereimtheit auf den Grund zu gehen.

Er hatte den Mann überrascht, woraufhin dieser das Feuerzeug hatte fallen lassen, um nach einem sicheren Versteck vor Andreas zu suchen.

Wie es von diesem Moment an weitergegangen war, hatte Andreas selbst gerade am eigenen Leib erfahren.

Fortan gab es nun zu klären, was das alles für einen Sinn und Zweck hatte. Aber auch das würde er noch herausbekommen, dachte sich Andreas und schloss seine Hand fester um das Feuerzeug.

Jetzt wollte er jedoch erst einmal zurück zu seinen Freunden, die mittlerweile garantiert schon gemerkt hatte, dass er verschwunden war. Er steckte das Feuerzeug in die Hosentasche seiner Badehose und begab sich auf den Rückweg durch das dichte Geäst.

„He, Andreas, wo bist du denn?", rief auf einmal eine männliche Stimme. Sie fuhr fort: „Du bist jetzt an der Reihe, zu spielen."

„Ich bin schon da", erwiderte Andreas ebenfalls rufend und beeilte sich, durch die sumpfige Umgebung wieder zurück zu seinen Freuden zu gelangen. Als er schließlich aus dem Dickicht herausstolperte, sahen die fünf ihn fragend an.

„Wo bist du gewesen?", fragte Christian ein wenig verwirrt und sah Andreas an, ohne den Blick auch nur eine Sekunde abzuwenden.

„Ich musste mal", murmelte Andreas und war peinlich berührt, diesen Grund vor den beiden Mädchen preisgeben zu müssen.

„Und warum hast du eben so geschrien?", wollte nun Max wissen.

Andreas überlegte, was er nun sagen sollte: Zum Einen wollte er das Rätsel um den Mann alleine lösen. Zum Anderen jedoch war ihm bewusst, dass die anderen seine Schreie gehört hatten.

Er dachte kurz weiter nach, dann sagte er: „Da war ein Mann im Dickicht. Als ich gerade fertig gemacht hatte, überraschte er mich. Er hatte ein Gewehr dabei und war wohl gerade auf der Jagd."

„Ein Wilderer!", rief Ida erschrocken aus.

„Ja, das denke ich auch", bestätigte Andreas die soeben geäußerte Vermutung.

„Dabei ist es bestimmt zurzeit nicht erlaubt, zu jagen", rief nun Mira empört aus. „Ich meine, wegen Schonzeit und dergleichen."

„Ja, garantiert", meldete sich nun auch Christian erneut zu Wort. „Das bedeutet, dieser Jäger war in verbotener Absicht unterwegs. Meint ihr nicht, dass wir das den Betreuern melden sollten? Immerhin wissen wir nicht, ob nicht noch mehr Leute in illegaler Sache hier unterwegs sind."

Andreas, der komplett dagegen war und sich wünschte, er hatte nichts berichten müssen, warf ein: „Ach, das wird schon nur ein Einzelfall gewesen sein. Ich finde, wir sollten aus einer Mücke nicht gleich einen Elefanten machen."

„Das haben wir auch nicht vor", sagte Tim beschwichtigend an Andreas gewandt. „Aber wenn es nun kein Einzelfall gewesen sein sollte? Dieser Wald ist riesig und möglicherweise oder sehr wahrscheinlich sogar, war dieser Wilderer nur einer von vielen.

„Also, ich bin der Meinung", mischte sich nun auch Max in die Gesprächsrunde ein und alle Augen richteten sich auf ihn, „dass wir erst einmal abwarten, so wie Andreas es vorgeschlagen hat. Wenn irgendjemand von uns erneut etwas Verdächtiges beobachten sollte, können wir immer noch die Betreuer darüber informieren. Vorläufig würde ich aber sagen, wir warten erst einmal ab, was oder ob sich überhaupt noch   irgendetwas tut."

Die anderen hörten ihm geduldig und gespannt zu. Um seinen Worten einen möglichst bleibenden Nachdruck zu verleihen, ergänzte Max: „Wir sollten nicht gleich ein Fass deswegen aufmachen. Da gebe ich Andreas völlig Recht.

„Na schön", begann Christian erneut und sah zu Max hinüber, „dann sagen wir den Betreuern nichts davon. Vielleicht war es ja wirklich nur ein Einzelfall."

Mit dieser Lösung waren alle einverstanden. Deshalb begaben sie sich daran, weiterzuspielen.

Immerhin sollte der Sieger des Turniers feststehen, bevor sie wieder den Weg zurück ins Lager würden einschlagen müssen.

Andererseits konnte Andreas sich jetzt gar nicht mehr auf das Turnier konzentrieren. Es beschäftigte ihn viel zu sehr, herausfinden zu müssen, was der Mann mitten im Wald getrieben hatte.

Warum hatte er sie beobachtet? Was hatte er vorgehabt. Und was wäre geschehen, wenn Andreas ihn nicht erwischt und verjagt hätte?

Diese und noch einige weitere Frage stellte sich Andreas nun in der Hoffnung, sie demnächst beantworten zu können. Wobei er sich um die Antworten wahrscheinlich selbst würde bemühen müssen.

Ebenso bemüht war er darum, sich nichts anmerken zu lassen, sondern einfach Tischtennis mit seinen Freunden zu spielen und ein wenig Spaß daran zu haben.

Immer wenn er an der Reihe war, gelang ihm dies auch ein Stück weit.

So spielte er nicht nur Tischtennis in erster Güte, sondern

schmetterte sich geradezu ins Finale gegen – er hatte ihn bereits einmal besiegt – den ehemaligen Champion Tim, der heute allerdings noch viel offensiver und stärker spielte. Von daher fielen bei den Jungs, ebenso wie bei den Mädchen, die Punkte stets abwechselnd. Der Unterschied zwischen den beiden Begegnungen bestand jedoch darin, dass es bei Ida und Mira noch recht langsame Bälle waren, wohingegen die Bälle zwischen Andreas und Tim regelrecht hin- und herrasten. Teilweise erkannten die vier Anderen gar nicht mehr, wo der Ball gerade war.

Die Spielenden dagegen waren in ihrem Element. Jede Bewegung, jeder Schlag gegen die kleine sozusagen unsichtbare Kugel, jeder Schritt und alles Andere, was gerade zählte, saß exakt dort, wo es hingehörte. Die beiden waren eins mit dem Ball.

Diesmal jubelte auch niemand, da die Luft einfach zum Zerreißen gespannt war. Selbst die kleinste Unebenheit in diesen Schlagabtausch konnte die Finalrunde beenden und den heutigen Sieger bestimmen.

Gegen Ende des Turniers – Tim hatte den Titel des Siegers für sich beanspruchen können – waren die beiden Finalisten von oben bis unten, vom Scheitel bis zur Sohle, in Schweiß gebadet.

Andreas gratulierte Tim und klopfte ihm auf die Schulter. „Du warst einsame Spitze, Tim", lobte er den Sieger keuchend. „Ja, ich würde sogar so weit gehen, zu sagen -", er hielt kurz inne und rang nach Luft. Als er sich wieder gefangen hatte, fuhr er, immer noch keuchend, fort: „-ich würde sagen, du hast dich selbst übertroffen. Das war ganz großes Kino. Meine Güte!" Er atmete in schweren Stößen und Tim und er klopften sich gegenseitig auf die Schultern.

„Jetzt hör aber auf", lachte Tim und atmete dabei nicht weniger schwer. „Du hast ebenso eine Glanzleistung abgeliefert und traumhafte Bälle geschmettert. Aber heute sollte ich halt gewinnen, um das Match von gestern auszubügeln.

„Also, ich finde, das war der Knüller, was ihr hier über die Platte geschmettert habt, alle beide!", rief Christian über das Gejubel der Mädchen hinweg. Ich wünschte, ich hätte auch nur ansatzweise eine Chance gegen einen von euch! Ihr seid beide unglaublich gut!"

„Und zwar sowas von!", rief nun auch Max an die beiden gerichtet aus und klopfte ihnen ebenfalls auf die Schultern. „Ihr seid der Hammer! Ich kann es wirklich nicht anders sagen."

„Danke!", riefen Andreas und Tim nacheinander und sahen beide verlegen zu Boden. Die Mädchen dagegen jubelten und feierten weiter und schienen sich gar nicht mehr einkriegen zu wollen.

Ein paar Minuten später hatte auch sie sich endlich wieder beruhigt. Doch plötzlich platzte Mira heraus: „Ihr wisst doch bestimmt alle, was morgen ganz sicher auf uns zukommen wird, oder, die Herren?"

Die sogenannten Herren sahen sich fragend an.

„Äh, nein, so ganz zufällig wissen wir das nicht", beantwortete Max die Frage. „Aber vielleicht möchte die Dame uns ja aufklären über das, was morgen ganz sicher auf uns zukommen wird?"

„Na, überlegt doch mal", sagte Mira fordernd und ungeduldig zugleich und hatte dabei ein schelmisches Blitzen in den Augen. „Also, gestern hat Andreas das Turnier gewonnen, heute war es allerdings Tim. Das bedeutet, wir müssten morgen doch eigentlich -"

„ - ein weiteres Turnier austragen, damit wir wissen, wer der beste Spieler ist. Der langjährige Champ Tim oder der neue Star an unserem Zeltlagerhimmel, Andreas", beendete Max den Satz.

„Ja", fuhr Mira beinahe hypnotisch fort, „so sieht es aus."

„Hör auf, Mira, da kriegt man es ja mit der Angst zu tun", wimmerte Ida.

„Keine Angst, Ida", meinte Mira lachend, „du kannst auch noch gewinnen."

„Das hab ich gar nicht gemeint", grummelte Ida und warf ihrer guten Freundin einen vernichtenden Blick zu. „Und das weißt du auch."

„Und ob sie das weiß", beschwichtigte Christian und bedachte das Mädchen mit einem schadenfrohen Grinsen. „Nicht wahr, Mira?"

Jetzt war es an der Angesprochenen, Christian einen finsteren Blick zuzuwerfen. Sie zögerte keine Sekunde lang mit ihrer Reaktion. Im selben Moment wünschte sich Christian, besser kein einziges Wort verloren zu haben.

„Nun leg schon deine alles zerstörende Miene ab und mach nicht so ein Gesicht", mahnte Max das Mädchen und erntete dafür einen noch finsteren Blick, mit dem Mira glatt dem Teufel hätte Konkurrenz machen können. Unbehaglich und unter diesem Blick zusammenschrumpfend starrte Max sogleich zu Boden.

„Mira", gebot Ida leicht genervt. „Komm schon, hör auf damit."

„Na schön", gab Mira schließlich murrend von sich. „Was wollen wir jetzt noch machen? Es ist immerhin bereits -"

Mira sah auf die Armbanduhr und verstummte, als sie bemerkte, dass sie sie abgelegt hatte. „Ja, wie spät ist es?"

„Es ist gleich 14:00 Uhr", beantwortete Christian ihr die Frage. „Lasst uns nochmal zu Wiese gehen und sehen, was dort mittlerweile los ist. Vielleicht werfen die anderen Kinder sich immer noch gegenseitig in den See." Christian gluckste und war auf ein Neues erfüllt von Schadenfreude.

„Mensch, du kannst ja richtig gemein sein, Christian", gab

Andreas ihm zu bedenken. „Pass bloß auf, dass man dich nicht irgendwann mal so richtig in die Pfanne haut. Das passiert schneller, als man denkt und vor allem nur dann, wenn man es überhaupt nicht erwartet."

„Da ist was dran", bestätigte Tim und fügte weise hinzu: „Lass dir das von zwei Tischtennisprofis gesagt sein. Oder zumindest von zwei sehr erfahrenen Spielern."

Doch Christian winkte ab und wollte nichts mehr hören.

Da sie ihre sportliche Partie beendet hatten, machten sie sich daran, alles wieder so herzurichten, wie es gewesen war, als sie hierher gekommen waren; die Sitzkissen brachten sie allesamt zurück in die Grillhütte und verschlossen diese. Gemeinsam machten sie sich auf den Weg zurück zu den anderen auf der Liegewiese am See.

Andreas achtete gezielt darauf, sich ein wenig zurückfallen zu lassen. Er hoffte, noch einmal einen Blick in den Wald erhaschen zu können, wo er den Unbekannten überrascht hatte. Aber da war nichts und niemand mehr zu sehen.

In Gedanken versunken wandte er den Blick ab und folgte seinen Freunden. Er stellte beruhigt fest, dass niemand sein Zurückfallen bemerkt zu haben schien.

Ganz im Gegenteil: Die Freunde unterhielten sich ein bisschen. Christian und Max beispielsweise sprachen über das ihrer Meinung nach einzigartige Finale zwischen Andreas und Tim; Max meinte immer von Neuem begeistert, dass Andreas' Schmetterer selbst für einen richtigen, mehrfach ausgezeichneten Profi unhaltbar gewesen seien. Christian dagegen stellte die These auf, dass sich Tim, so wie Andreas es schon gesagt hatte, tatsächlich selbst übertroffen habe. Er habe viel schneller als gestern reagiert und aufgrund dieser Überlegenheit das Turnier heute für sich entscheiden können. Für Andreas' Sieg hätte seiner Meinung nach nicht viel gefehlt.

Andreas lächelte. Er erkannte von der Seite, dass es Tim nicht anders erging. Doch die beiden sprachen nicht miteinander, da keiner so recht wusste, was er sagen sollte. Deshalb herrschte weiterhin eine peinliche und leicht unangenehme Stille. Sie war lediglich erfüllt vom Gesang der Vögel und von leichten Brisen, die überall um sie herum durch die Bäume und deren Blätter blies.

Nach wenigen Minuten kamen sie erneut bei der Wiese an und Andreas bot sich an, den Sportzubehör zurückzubringen. Er wollte so lange in Bewegung bleiben, bis er gleich endlich nochmal in das kühle Nass eintauchen konnte.

Als er jedoch bei den Betreuern ankam, merkte er auf Anhieb, dass irgendetwas nicht stimmte; Frau Grauländer saß auf ihrem Handtuch und warf immer wieder ziemlich auffällige Blicke auf die umliegende Umgebung. Frau Römer war jedoch die Ruhe selbst; es kümmerte sie kein bisschen mehr, dass sich einige der Kinder am Seeufer immer noch gegenseitig schikanierten. Herr Fehnhupp wiederum war völlig aufgewühlt. Er lief ständig Richtung Ufer, um gleich darauf wieder zu den Damen zurückzukehren. Dann erneut in Richtung Ufer und zurück.

Als er gerade zum x-ten Mal vom See zurückkehrte nahm er Andreas scheinbar zum ersten Mal wirklich wahr. Umgehend kam er auf den Jungen zu.

„Hier sind der Ball und die Schläger", begann Andreas die Unterhaltung. „Mit bestem Dank zurück."

„Danke auch, Junge", erwiderte der Betreuer ein wenig geistesabwesend. „Wer hat gewonnen?"

Andreas berichtete von der Partie und wie verdient Tim sich

den Sieg erspielt hatte. Er verschwieg ihm jedoch vorerst – wie abgemacht – die Begegnung im Morast. Denn vielleicht hatte der Unbekannte ja ebenfalls die anderen Kinder und die Betreuer beobachtet und war gleichermaßen bemerkt worden.

„Das ist doch schön", meinte der Betreuer und nahm den Sportzubehör entgegen. „Du kannst deinen Freunden übrigens sagen, dass wir um 15:00 Uhr wieder aufbrechen wollen, das ist in einer Stunde. Nur falls ihr nochmal ins Wasser gehen möchtet."

„Das werde ich tun, danke auch!", gab Andreas zurück und ging wieder zu seinen Freunden. „Ich gehe nochmal schwimmen", meinte er schließlich zu ihnen. „Wer kommt mit?"

Die Jungs wollten, die Mädchen verneinten. Deshalb schlenderten die Jungs für heute ein letztes Mal gen Ufer.

Andreas dachte bei sich: Diese Ferien werden noch richtig abenteuerlich und spannend werden. Mama und Papa, ich werde euch beweisen, wie viel Mumm ich in den Knochen habe – das verspreche ich euch!

Kapitel 12 – Morddrohung

Die Jungs hatten noch einmal ausgiebig gebadet und waren einige Meter auf den See hinausgeschwommen. Schließlich hatten sie das Wasser wehmütig verlassen – denn es war das letzte Mal für diesen Tag – und sich abgetrocknet und angezogen. Wobei das Abtrocknen aufgrund der warmen Temperatur und der strahlenden Sonne beinahe doppelt so schnell erledigt war wie das Anziehen der Kleidung.

Um kurz nach 15:00 Uhr – viele der Kinder hatten getrödelt – brachen sie letztendlich auf und machten sich auf den Rückweg zum Zeltlager. Die sechs Freunde wären gerne noch länger geblieben, aber sie sahen ein, dass sie sehr nochmal etwas würden essen müssen. Doch wenigstens hatten sie einen schönen Tag gehabt und konnten sich nun herrlich erfrischt auf den Rückweg machen.

Während sie alle gemeinsam durch den Wald zurückschlenderten, beobachtete Andreas immer wieder die drei Betreuer; er glaubte, zu bemerken, dass Frau Grauländer und Herr Fehnhupp immer noch sehr aufgebracht zu sein schienen. Sie warf wie am See ständig ihre irritierten Blicke in die Umgebung, während er stetig zusammenzuzucken schien. Zudem hatte Herr Fehnhupp Schwierigkeiten damit, eine Geschwindigkeit beim Gehen einzuhalten. Mal ging er zu schnell und dann wieder zu langsam.

Andreas war sich seiner Sache sicher: Da war irgendetwas nicht in Ordnung – und zwar ganz gewaltig!

Nach dem Fußmarsch zurück zum Zeltlager gingen die meisten Kinder auf direktem Weg zu ihren Lagerplätzen auf der großen Wiese. Die sechs Freunde wollten sich jedoch noch nicht in ihre Zelte verkriechen. Daher beschlossen sie, sich bei der Tischtennisplatte vom gestrigen Abends niederzulassen, um dort noch ein bisschen miteinander zu erzählen und sich gemeinsam die Zeit zu vertreiben.

Sie wussten allerdings nicht, wie lange es sich dort würde aushalten lassen, da die Sonne natürlich stets wanderte. Dennoch wollten sie die Sitzmöglichkeiten ausnutzen, solange es ging.

„Hat noch jemand Lust, ein bisschen zu spielen?", fragte Mira scherzhaft und deutete auf die Platte.

„Na, aber garantiert", antwortete Tim in sarkastischem Ton und seine Augen blitzten gefährlich. „Du willst wohl unbedingt verlieren, he?"

„Auf jeden Fall will sie das", mischte sich nun Max ein und grinste schelmisch.

„Ich denke, ich gehe mal eben auf die Toilette", unterbrach Andreas die drei in ihrem mit Schadenfreude überladenem Gespräch.

„Mach das", entgegnete Christian, „du weißt ja, wo die Toiletten sind?"

„Na klar", vernahmen die anderen fünf unmittelbar, während Andreas sich entfernte.

Andreas betrat das Gebäude und wollte gerade die Tür zu den Herrentoiletten öffnen, als er eine Stimme vernahm. Bei näherem Hinhören erkannte er, dass es Herr Schneider war, der da sprach. Da er nicht genau verstehen konnte, was der Mann sagte, ging Andreas ein paar Schritte auf die Tür zu, hinter der er den Betreuer vermutete.

Nun konnte er die Stimme und ebenso jedes einzelne Wort besser verstehen. Andererseits hätte er im Nachhinein gerne darauf verzichtet, die Worte gehört zu haben. Denn das, was er soeben erhaschen konnte, schnürte ihm beinahe die Kehle zu und ein eisiger Schauer lief ihm den Rücken hinunter.

„Während ihr im Wald gewesen seid, habe ich vorne an der Theke plötzlich einen Brief liegen sehen", war das Erste, was Andreas Herr Schneider sagen hörte. „Er hatte keinen Absender, was ich sofort als sehr seltsam erachtete."

„Und der Name des Empfängers?", fragte eine männliche Stimme, die Andreas umgehend als die von Herrn Fehnhupp identifizierte.

„Nichts Besonderes", antwortete Herr Schneider mit angestrengter Heiserkeit in der Stimme, „da steht nur 'Grillhütte und Zeltlager'. Ich habe auch keine Menschenseele hier herumlaufen sehen, obwohl ich die ganze Zeit auf dem Gelände war, wie ihr ja wisst."

„Aber was ist denn in dem Umschlag drin?", hakte nun eine weibliche Stimme nach. Es war die von Frau Römer. „Du hast doch bestimmt schon nachgesehen, Peter? Oder etwa nicht?"

„Das habe ich", gab Herr Schneider zurück, „und es – es ist äußerst beunruhigend."

„Aber was denn, Peter?" fragte nun Frau Grauländer in aufgebrachtem Ton. „So sprich doch!"

„Da versucht jemand, uns einzuschüchtern", war die nächste Antwort. „Hört zu, ich lese es euch vor."

Andreas hörte die anderen Betreuer zustimmten. Dann begann Herr Schneider, vorzulesen:

„Haltet euch von uns fern und hört auf, uns hinterher zu schnüffeln! Sonst könnte euren Spürnasen demnächst vielleicht etwas zustoßen! Dies hier sind keine leeren Drohungen! Dem ist

nichts mehr hinzuzufügen!
Hochachtungsvoll
der Absender

Tja, das war's."

„Das ist ja unheimlich", sagte Frau Römer mit zitternder Stimme. „In was für eine Sache sind wir da hineingeraten? Und vor allem wie und warum?"

„Das kann ich dir auch nicht sagen, Letitia" antwortete Herr Schneider ratlos. „Und ebenso wenig weiß ich, was wir tun oder wie wir mit dieser Geschichte umgehen sollen. Vielleicht sollten wir die Polizei einschalten oder was auch immer, ich weiß es nicht."

„Ach, Peter", sagte nun ein Mann mit starkem spanischem Akzent in der Stimme, den Andreas umgehend als den unsympathischen Herrn Tschantaj identifizierte, „was soll denn die Policía in diesem Fall unternehmen? Wir können doch noch nicht einmal sagen, gegen wen sich die Ermittlungen richten müssten. Verlorene Mühe, meine ich."

„Aber Cristofer, irgendetwas müssen wir tun", verteidigte sich Herr Schneider. „Immerhin haben wir auch noch die Aufsichtspflicht für über 30 Kinder, die nichts von der Angelegenheit ahnen."

„Da muss ich Peter ganz klar beipflichten, Cristofer", gab nun Frau Grauländer zu bedenken. „Wir dürfen unsere Pflichten nicht vernachlässigen. Das würde uns teuer zu stehen kommen – und das leider zu Recht."

„Nur, was wollen wir jetzt letztendlich tun?", fragte Herr Fehnhupp. „Wir müssen irgendwie handeln. Und zwar so, dass all die Kinder möglichst nichts davon mitbekommen."

„Da sehe ich auch so", stimmte Frau Römer zu. „Die Kinder haben nichts damit zu tun. Und deshalb ist es besonders wichtig, dass kein einziges Kind davon etwas mitbekommt. Das würde die Situation nämlich nur noch komplizierter machen."

„Ihr macht euch Sorgen um nichts, sage ich." Das war wieder Herr Tschantaj. „Da will uns irgendjemand ins Boxhorn jagen, uns Angst machen. Wahrscheinlich ein paar kleine Kinder, die sich einen Scherz erlauben. Niños pequeños, wenn ihr mich fragt."

„Ich finde, Cristofer hat Recht", meldete sich nun zum ersten Mal eine sechste Stimme in diesem Gespräch. Andreas erkannte sie diesmal nicht. Aber er konnte sich denken, wer das sein musste: Claus Augustin – der Betreuer, von dem er bisher noch kein Sterbenswort gehört hatte. „Wir sollten das Ganze erstmal auf sich beruhen lassen. Es wird wohl nur ein blöder Streich gewesen sein. Ich mache euch einen Vorschlag: Wenn nochmal so ein lächerlicher Brief hier ankommt oder sonst irgendetwas in der Art, dann melden wir es der Polizei. Aber vorläufig betrachten wir das alles als abgehakt."

Es folgte ein längerer Moment der Stille. Daraufhin fragte Herr Augustin mit ungeduldiger und leicht schneidender Stimme: „Na, was meint ihr?"

„Ich bin mit deinem Vorschlag einverstanden, Claus", bemerkte Herr Tschantaj als der Erste der gefragten Betreuer. Dann richtete er die Aufmerksamkeit erneut auf die übrigen Vier, die noch zu überlegen schienen.

„In Ordnung", erklärte Herr Fehnhupp, „was ist mit euch, Letitia, Lydia, Peter?"

Nach einer kurzen Pause gaben auch die drei Anderen ihr Einverständnis, wenn auch zögerlich und mit einiger Skepsis in der Stimme.

„Muy bien, damit wäre das dann ja beschlossen", sagte Herr Tschantaj mit äußerster Befriedigung. „Gibt es sonst noch etwas, das du mit uns besprechen musst, Peter?"

„Nein, Cristofer, das war alles", erwiderte Herr Schneider.

„Dann können wir ja jetzt mal sehen, was die Kinder da draußen treiben", meinte Herr Augustin.

„Na, bei der Hitze garantiert nicht viel", murmelte Frau Römer vor sich hin, sodass Andreas Mühe hatte, sie zu verstehen.

Im Übrigen war es besser, wenn Andreas sich jetzt aus dem Staub machte. Er war nämlich nicht gerade sehr erpicht darauf, bei seinem unfreiwilligen Lauschangriff erwischt zu werden.

Er verdrückte sich also auf die Toilette und schloss sich in der ersten Kabine ein. Nun wollte er erst einmal sacken lassen, was er soeben alles gehört hatte.

Das Eine war für Andreas schon ziemlich gewiss; Herr Tschantaj, der ihm immer unsympathischer wurde, hatte, was die Geschichte mit dem Drohbrief anging, garantiert seine Finger im Spiel. Der Junge konnte sich die Zusammenhänge noch nicht ganz erschließen. Dennoch gab es unwiderlegbare Indizien, die dafür sprachen, dass der Spanier ein falsches Spiel trieb.

Zum Einen war er stets schlecht gelaunt und versuchte, jedem den Tag zu vermiesen. Außerdem hatte seine Stimme vorhin beim Gespräch den Umständen entsprechend ziemlich heiter geklungen. Was auch nicht gerade für seine Unschuld in dieser Angelegenheit sprach. Darüber hinaus hatte er konstant darauf bestanden, die Polizei aus der Sache herauszuhalten.

Und weshalb war er nicht mit zum See gegangen? Was hatte er stattdessen gemacht? Die Aufsichtspflicht für genügend Kinder hatte immerhin bestanden.

Der Mann verhielt sich äußerst auffällig. Bestimmt war es keine schlechte Idee, wenn Andreas ihn weiterhin aufmerksam beobachte und eventuell sogar beschattete. Er musste nur vorsichtig genug sein.

Aber sollte er seine Freunde in die Geschichte einweihen oder sollte er den Fall alleine lösen?

Wenn er ihnen nichts davon erzählte, wären sie im Nachhinein vielleicht wütend auf ihn und würden sich hintergangen fühlen. Andererseits war da die Frage, ob sie ihm überhaupt glauben würden.

So oder so, er würde bei diesem Thema lernen müssen, auf seinen Bauch zu hören und einfach mal den Kopf auszuschalten. Da er dies noch nie gut gekonnt hatte, schien es ihm als eine gute Übung, sich erneut auf die Probe stellen zu lassen.

Zunächst entschied Andreas sich allerdings dazu, die Toilette nun tatsächlich auch zu benutzen und danach wieder zu seinen Freunden zurückzukehren. Er wollte immerhin nicht, dass sie erneut so lange warten mussten. Später würde er sich dem Thema ein weiteres Mal widmen.

Er verließ die Kabine, wusch sich die Hände und machte sich auf den Weg hinaus in den strahlenden Sonnenschein. Dankbar darüber, keinem der Betreuer über den Weg gelaufen zu sein, kam er bei den Freunden an. Diese waren gerade in eine hitzige Diskussion verwickelt.

Im ersten Moment fürchtete Andreas, dass sie sich über ihn unterhielten. Wegen des Toilettenganges, der ungewollt schon wieder so lange gedauert hatte. Doch er stellte recht schnell fest, dass es Herr Tschantaj war, über den sie redeten oder vielmehr lästerten. Anscheinend war er eben erst hier vorbeigekommen.

„Wie der uns angeguckt hat", begann Mira und fröstelte. „Der sah aus, als ob er uns gleich alle auf einmal auffressen wolllte."

Sie alle lachten. Auch Andreas, obwohl ihm weniger zum

Lachen zu Mute war. Doch er wollte nicht, dass es irgendwer bemerkte.

Der war garantiert wegen mir hier, dachte der Junge und ihm wurde immer unwohler. Vielleicht hat er gemerkt, dass ich gelauscht habe. Wenn das der Fall ist, weiß er auch, dass ich mir meine Gedanken über ihn mache.

Andreas schluckte. Ich muss vorsichtiger sein!

„Was machen wir denn jetzt noch bis zum Abendessen?", fragte Max und Andreas war dankbar, aus seinen Gedanken gerissen worden zu sein.

„Für weiteren Sport ist es zu warm", meinte Tim und lächelte genüsslich. „Außerdem habe ich mein Soll für heute schon erledigt."

„Was haltet ihr von Denksport?", fragte Ida begeistert. „Im kleinen Zimmer neben dem Aufenthaltsraum sind doch Bücher und Gesellschaftsspiele. Wenn ich mich recht erinnere, liegen dort sogar vereinzelte Bücher herum. Manche sogar in anderen Sprachen. Falls sich jemand bilden möchte."

Das erste, das Ida nun erntete, waren verwunderte Blicke.

„Bilden?!", rief Tim entgeistert aus, „Lernen?! In den Ferien?! Vergiss es! Reingehen können wir trotzdem, ja, aber uns bilden? Ich glaube, ich höre nicht richtig!"

Nachdem Tim sich wieder beruhigt hatte, gingen sie gemeinsam in Richtung Gebäude.

Sie verschwanden darin und suchten das kleine Zimmer neben dem Aufenthaltsraum auf. So klein, wie Andreas es erwartet hatte, war das Zimmer allerdings zu seiner Verwunderung gar nicht.

Die Freunde nahmen einzelne Spiele aus einem Regal. Außerdem schnappte sich zusätzlich einen Kurzkrimi, der in spanischer Sprache verfasst war. Er hatte sich vor einiger Zeit vorgenommen, seine Kenntnisse in dieser Sprache weiter zu verfestigen, beispielsweise für Urlaube und dergleichen.

Dann beschäftigten sich die Freunde untereinander; Christian, Max und Tim hatten sich ein Memory-Spiel vorgenommen, Ida und Mira zeichneten und Andreas las sehr interessiert in dem spanischsprachigen Krimi.

Einer seltsamen Eingebung folgend, fragte Andreas sich einen Moment lang, was wohl Herr Tschantajs Name für eine Bedeutung im Spanischen hatte. Doch er verwarf den Gedanken recht schnell, da es ihm sofort wieder einfiel: Der Name Tschantaj musste eine Ableitung des Wortes „chantar" sein, was soviel wie „singen" hieß, wenn Andreas sich recht entsinnte.

Dementsprechend merkwürdig erschien es dem Jungen, als in dem Krimi plötzlich die Rede war von „un cantante".

Er fragte sich, was dieses Wort nun heißen musste und betrat noch einmal das Zimmer, in dem das eine Regal stand. Er meinte, vorhin ein spanisch-deutsches Wörterbuch gesehen zu haben. Dieses suchte er jetzt und ging damit zurück zu den anderen, als er es entdeckt hatte.

Dann begann die Suche. Andreas schlug das Wort „cantante" nach. Das war der „Sänger". Andreas stutzte; er kannte dieses spanische Wort aus irgendeinem Zusammenhang, ging dem aber nicht weiter nach.

Er überflog das Buch ab der Stelle, wo die Wörter mit den Anfangsbuchstaben c und h auftauchten.

Eine ganze Zeit lang entdeckte er nichts Auffälliges, bis er schließlich bei einem Wort angekommen war, das zunächst völlig unscheinbar auf ihn wirkte: Es war das Wort „chantaje". Das dazugehörige Verb lautete „chantajear".

Als Andreas schließlich die Bedeutungen dieser beiden Wörter las, gefror ihm das Blut in den Adern und ihm wurde schwindelig.

Er konnte es nicht glauben und er wollte es nicht wahrhaben. Doch die Wahrheit stand schwarz auf weiß im Wörterbuch.

Das Wort „chantaje" hatte in der spanischen Sprache eine Übersetzung, die nichts Gutes verhieß. Die Übersetzung lautete „Erpressung".

Kapitel 13 – Eiskalter Schauer

Herr Tschantaj ist also tatsächlich ein Verbrecher, dachte Andreas erschrocken. Oder zumindest ist er in ein Verbrechen verwickelt. Womöglich hat er den Drohbrief selbst geschrieben. Aber wer soll erpresst werden und warum und vor allem wie? Und kann ich dieser Erpressung alleine auf die Schliche kommen, um den Fall zu lösen? Oder sollte ich wenigstens Christian von der ganzen Geschichte erzählen?

In diesem Moment gab es – wie Andreas mit Bedauern feststellte – viel zu viele offene Fragen, die er selbst teilweise noch gar nicht zu beantworten vermochte. Aber irgendwem musste er sich anvertrauen, das war ihm nun bewusst. Denn alleine würde er sich möglicherweise in Lebensgefahr begeben. Deshalb beschloss er kurzerhand, dass er heute Abend alles, was er bisher wusste und vermutete, mit Christian teilen wollte.

Jetzt bemühte er sich jedoch darum, sich nichts anmerken zu lassen, weder von Christian noch von sonst irgendwem. Zudem brachte er die beiden Bücher an ihre ursprünglichen Plätze zurück. Er fürchtete, Herr Tschantaj könnte vorbeikommen, die Bücher sehen, seine Schlüsse ziehen und dementsprechend handeln. Dem wollte Andreas doch nur allzu gerne vorbeugen.

Somit gesellte er sich wieder zu seinen Freunden und sah ihnen noch ein wenig beim Spielen und Zeichnen zu.

Die Memory-Partie zwischen den Jungs war noch voll im Gange, wobei sich langsam aber sicher herausstellte, dass Christian die Führung übernehmen würde.

So war es dann auch; Christian begann, seine Pärchen immer schneller zu finden, wohingegen Max und Tim sich ständig irrten und ärgerlicherweise meist ein bis zwei Bilder daneben aufdeckten. Das hatte zur Folge, dass sich die Zurückliegenden irgendwann gar nicht mehr konzentrieren konnten. Ihre Motivation war wahrscheinlich sowieso bereits irgendwo auf dem Weg zum Ziel zurückgeblieben oder abhanden gekommen.

Folglich gewann Christian die Runde, obwohl die anderen Beiden das so nicht wollten stehen lassen. Sie forderten eine Revanche und trugen diese auch sofort aus, da es immer noch eine Weile bis zum Abendessen dauerte.

Während dieser Revanche blieb Andreas die gesamte Zeit bei den dreien sitzen und spielte in Gedanken fieberhaft mit, um zu sehen, wie gut sein eigenes Gedächtnis funktionierte.

Wenn er mitgespielt hätte, läge jetzt wohl auch eine beachtliche Anzahl von Pärchen an seinem Platz. Aber daran konnte er sich in diesem Moment nicht festhalten. Das, was er vor wenigen Minuten herausgefunden hatte, schockte ihn einfach viel zu sehr, als dass er es mal eben hätte verdrängen können. Es war zu viel gewesen und er würde sich Christian heute Abend im Zelt erst einmal anvertrauen, um seiner Angst, seinen Vermutungen, den Tatsachen und noch so vielen anderen Dingen Luft machen zu können. Es ging nicht anders.

Vermutlich würde Christian ebenso geschockt reagieren wie Andreas. Doch das war eines der Risiken, die Andreas hinnehmen musste, ob er nun wollte oder nicht.

Noch viel mehr befürchtete Andreas allerdings, dass Christian ihm unter Umständen keinen Glauben schenken würde. Andererseits: Warum sollte er das nicht tun? Er konnte den Spanier kein bisschen besser leiden als Andreas. Von daher war es Unsinn, sich über Christians Reaktion zu machen.

Während Andreas wieder zunehmend in seine Gedanke abdriftete, gewann Christian nun schon die zweite Runde. Doch

Max und Tim wollten sich damit einfach nicht abfinden. Es musste doch auch einmal möglich sein, zu gewinnen. Selbst gegen einen derart zähen Spieler, wie Christian einer zu sein schien.

Die drei einigten sich, noch eine Runde zu spielen, um zu sehen, ob sich die Leistungen von Max und Tim wenigstens von Runde zu Runde verbesserten. Dies war tatsächlich der Fall. Die beiden verloren zwar auch diese dritte Runde, aber nicht ganz so haushoch wie die zweite Runde, geschweige denn wie die erste.

Das brachte ihnen einiges an erneut erwachender Zuversicht und konnten wieder ein klein wenig lächeln.

Sie wollten Christian gerade dazu auffordern, eine vierte Runde gegen sie zu spielen. Aber Christian wehrte ab, indem er sagte: „Es gibt doch gleich Abendessen und ich habe auch bereits einen Bärenhunger. Könnt ihr nicht auch schon die herrlich gegrillten Maiskolben und die saftigen Steaks riechen?"

„Du hast doch bloß Angst davor, dass du die nächste Runde verlieren könntest", rief Tim erbost aus. „Komm schon, eine Runde schaffen wir locker noch!"

„Aber es sind noch nicht einmal zehn Minuten vor sechs, das schaffen wir garantiert nicht mehr", gab Christian zu bedenken. „Außerdem möchte ich nochmal kurz ins Zelt und mich danach im Bad frisch machen. Wir haben doch schon drei Runden hinter uns. Morgen können wir gerne wieder spielen, aber für heute bin ich erstmal mit meinen mentalen Kräften am Ende."

„Na schön, das sehe ich ein", erwiderte Max und gab nach. „Dann morgen wieder."

„Dann morgen wieder", sagte nun auch Tim und es war deutlich zu spüren, dass er sich beruhigt hatte.

„Danke für euer Verständnis", entgegnete Christian und gemeinsam packten die sechs Freunde ihre Siebensachen zusammen, um sie anschließend wegräumen zu können.

„Nicht dafür", meinte Tim und lächelte leicht in Christians Richtung, um ihm zu signalisieren, dass er tatsächlich Verständnis für dessen Begründungen zeigte.

„Lasst uns jetzt rausgehen", sagte Mira sanft. Und um einem sentimentalen Moment vorzubeugen, eröffnete sie ihren Freunden: „Ich kann nämlich auch schon die leckere Grillkost riechen. Aber ich weiß leider nicht, wie lange ich diesen herrlichen Geruch noch ertragen kann, ohne irgendetwas anzuknabbern. Von daher sollten wir uns besser beeilen."

Sie lachte und alle stimmten mit ein. Sogar Andreas, obwohl ihm unverändert sehr unwohl zu Mute war. Er konnte einfach nicht vergessen, was er gelesen und herausgefunden hatte. Zudem hörte er ein Wort in seinem Kopf immer aufs Neue widerhallen. Erpressung ... Erpressung ... und nur dieses eine Wort: Erpressung.

Draußen vor dem Grill hatte sich schon eine kleine Schlange von Kindern gebildet, von denen jedes natürlich unbedingt zuerst bedient werden wollte. Es herrschten ein Geschnatter und Gedrängel, das die sechs Freunde erst einmal abwarten und verebben lassen wollten. Jedes Mal, wenn ein weiteres Kind gerade bedient worden war, ging ein Raunen durch die Menge und das Geschrei schien immer noch ein klein wenig anzuschwellen.

Irgendwann war allerdings auch der Punkt erreicht, ab dem das Geschrei wieder leiser wurde. Als schließlich alle Kinder saßen und vor sich hin futterten, war nur noch das Klirren von Besteck und Geschirr zu hören. Zwischenzeitlich konnte man auch vereinzelt das ein oder andere Kind etwas sagen hören.

Doch die meiste Zeit konzentrierte man sich aufs Essen.

Auch mal schön, dachte Andreas bei sich und knabberte genüsslich an einem Maiskolben. Es ist kaum etwas zu hören, zumindest bis auf leises Vogelgezwitscher und die ein oder andere leichte Windbrise. Einfach herrlich!

So ging es auch noch eine Weile weiter. Nach ungefähr einer halben Stunde des Beisammenseins lösten sich allerdings die ersten Kinder von der Gruppe. Mit dieser Handlung begannen zudem erneute Gespräche und es wurde wieder lauter. Es dauerte darüber hinaus keine weiteren 15 Minuten, bis es so laut war, wie zu Beginn des Grillabends.

Doch die sechs Freunde ließen sich davon nicht beirren. Sie aßen langsam und in aller Ruhe weiter, um es sich besonders gut schmecken zu lassen. Außerdem warteten sie geduldig aufeinander, bis jeder von ihnen fertig sowie satt geworden war.

Im Anschluss brachten auch sie gemeinsam die Teller, Gläser und Bestecke in die Küche.

Nachdem sie sich noch freundlich bei den Betreuern bedankt und diese für das gute Essen gelobt hatten, schlenderten sie über die Wiese zu ihren Zelten.

Bei Andreas' und Christians Zelt angekommen, besprachen sie, wie sie den Abend miteinander gestalten wollten.

„Ich weiß ja nicht, wie es euch geht", begann Tim die Unterhaltung, „aber ich hätte große Lust darauf, mich bereits in wenigen Minuten mit euch an der Lagerfeuerstelle zu treffen." Dieser Vorschlag traf auf klare Zustimmung.

„Das ist eine tolle Idee!", rief Christian begeistert aus. „Ich will nur noch eben meine Gitarre stimmen und sie mitbringen. Dann können wir gemeinsam ein bisschen dazu singen. Also nur wenn ihr mögt … natürlich." Er lächelte ein wenig verlegen.

„Ich bin dabei!", begeisterte sich nun Andreas, der Feuer und Flamme war, wenn es um Musik ging.

„Ich natürlich auch!", machte jetzt Ida ihrer Freude Luft und warf zuerst Mira und dann Max einen auffordernden Blick zu.

„Das ist doch gar keine Frage", sagte Max viel ruhiger als die anderen, wobei man bereits das Lagerfeuer in seinen Augen lodern sehen konnte.

„Da fragt ihr noch?", warf Mira ein und, wie schon so oft, blitzten ihre Augen schelmisch. „Übrigens, während ihr alle noch hier steht, sitze ich sozusagen schon an der Feuerstelle und warte dort auf euch. Also auf geht's!"

„Ich wollte mich eigentlich noch kurz frisch machen", murmelte Tim künstlich schmollend in sich hinein und blickte zu Boden.

„Und ich hatte dasselbe vor", meldete sich nun Andreas zu Wort. „Von daher geht ihr ruhig schon vor, Tim und ich kommen nach."

Die Freunde hätten sich nicht einiger sein können und teilten sich deshalb auf; Ida Mira, Christian und Max machten sich auf den Weg zum Lagerfeuer und Andreas und Tim verschwanden in Richtung der Herrenwaschsäle. Dort begaben sie sich in zwei nebeneinanderliegende Duschkabinen und gönnten sich jeweils eine wunderbare Erfrischung. Es war herrlich, unter dem kühlen Wasser zu stehen und es auf den Körper hinunterprasseln zu lassen. Es war so ähnlich wie am See, nur mit dem Unterschied natürlich, dass das Wasser aus der Dusche noch viel klarer war.

Tim kam schließlich als erster aus seiner Kabine heraus und trocknete sich ab.

„Soll ich auf dich warten?", hörte Andreas ihn plötzlich fragen, „oder soll ich schon nach draußen gehen zu den anderen?"

Nach kurzem Zögern antwortete Andreas: „Geh ruhig vor. Ich brauche noch ein paar Minuten. Nachher geselle ich mich dann zu euch ans Feuer."

„Ist in Ordnung", entgegnete Tim, „dann bis gleich."

„Bis später", bestätigte Andreas und widmete sich erneut dem Auswaschen von Shampoo und Duschgel.

Nachdem er wenige Minuten später das Wasser abgedreht und sich abgetrocknet hatte, begann er, sich anzuziehen. Gerade war er dabei, die Socken über die Füße zu streifen, als er leise Schritte zu hören glaubte.

Tim, dachte Andreas im ersten Moment. Er wartet ja doch auf mich.

Doch sogleich hörte Andreas eine männliche Stimme. Es war die von Herrn Tschantaj. Der Mann sagte irgendetwas auf Spanisch. Leider Andreas nicht heraushören, um was es ging, so ausgefeilt war seine Spanischkenntnisse noch nicht. Außerdem waren es nur einzelne Wortfetzen, die er hörte. Und zu allem Übel sprach der Betreuer auch noch ziemlich leise.

Was da wohl vor sich geht, fragte sich Andreas. Und mit wem redet Herr Tschantaj da bloß? Telefoniert er etwa oder ist da noch jemand bei ihm? Und warum spricht er so gedämpf? Oh je, was hat das alles zu bedeuten?

Lautlos schlich Andreas zur Tür des Waschsaales hin und achtete dabei auf jeden Laut, den er vernehmen konnte.

Während er lauschte, hörte er Herrn Tschantaj immer wieder das Wort 'bosque' sagen. Erst war es 'el bosque', dann sagte er 'en el bosque' und schließlich noch einmal 'el bosque'. Ganz zum Schluss, Andreas hatte mittlerweile herausgefunden, dass der Spanier telefonierte, hörte er die Worte 'cerca del pantano' und 'a media-noche'.

Der Spanier verabschiedete sich von seinem Gesprächspartner und verschwand irgendwo in einem der umliegenden Räume. Andreas hörte, wie eine Tür einigermaßen leise ins Schloss fiel.

Zeit zum Aufatmen.

Wenn ich doch nur wüsste, dachte der Junge verzweifelt,

was der ach so saubere Spanier da gerade alles gesagt und natürlich gehört hat. Das wäre bestimmt sehr aufschlussreich gewesen.

Nach kurzem Überlegen fiel ihm auf, dass er eine Sache sehr wohl wusste: Diese Nacht musste irgendetwas Wichtiges geschehen, denn Herr Tschantaj hatte 'a media-noche' gesagt und Andreas konnte sich soeben entsinnen, dass dies „um Mitternacht" hieß.

Wenn es sich also tatsächlich um eine Erpressung handeln sollte, musste bald etwas geschehen. Warum sollte man somit noch länger warten, wenn es auch bereits diese Nacht passieren konnte?

Andreas war frohen Mutes; er hatte ein weiteres Puzzleteil gefunden und mit Sicherheit ließ sich auch dieses bald einsetzen.

Nun musste er sich aber beeilen, endlich fertig zu werden und sich zu den anderen gesellen. Er wollte nämlich nicht, dass sie irgendeinen Verdacht schöpften. Deshalb er sich rasch an und verließ die Herrenwaschsäle, als er festgestellt hatte, dass die Luft rein war.

Noch bevor er bei den Freunden am Lagerfeuer ankam, hörte er beruhigende Gitarrentöne. Christian hatte das Instrument offenbar bereits gestimmt und spielte jetzt, wie Andreas vermutete, das erste oder zweite Stück für diesen Abend.

Zwar brannte kein Feuer, da die Sonne noch nicht hinter dem Horizont verschwunden war. Aber gegen Musik hatte niemand etwas auszusetzen gehabt. Also spielte Christian sich schon einmal warm. Das war auch unbedingt notwendig, wenn sie noch die eine oder andere Stunde an der Feuerstelle verweilen wollten. Und für sie alle stand fest, dass sie dies vorhatten. Jedenfalls solange, bis der unsympathische Spanier sie erneut alle in ihre Zelte verscheuchen würde.

Mit der Zeit war nun auch die Sonne ganz untergegangen, sodass vom Horizont nur noch ein schwacher Schein ausging, der den kleinen noch sichtbaren Rest des Abendhimmels in ein wunderschönes rotes Licht tauchte. Dieser Anblick war so atemberaubend in Andreas' Augen, dass er sich gar nicht daran hätte satt sehen können. Gemeinsam mit der ruhigen Gitarrenmusik sorgte es für eine angenehme Stimmung am Lagerfeuer; bei Andreas selbst reichte es sogar für einige wohlige Gänsehautmomente.

Es hätte gut und gerne die ganze Nacht so weitergehen können. Doch Andreas wusste, dass er Christian lange vor dem kommenden Morgengrauen von allem berichtet haben wollte, was er wusste. Möglicherweise konnte es dann bereits zu spät sein, falls Herr Tschantaj diese Nacht gemeint haben sollte.

Zudem wusste Andreas auch immer noch nicht, was 'el bosque' und 'el pantano' waren. Er vermutete lediglich, dass das eine davon der Wald sein konnte. Doch selbst wenn es tatsächlich der Wald war, was war dann das Andere?

Andreas dachte fieberhaft darüber nach und die Antwort schien ihm geradezu auf der Zunge zu liegen. Dennoch war sie einfach nicht greifbar.

Als der unsympathische Betreuer sie schließlich alle in ihre Zelt schickte, geschah es dann endlich: Andreas glaubte, die Bedeutung des zweiten und entscheidenden Wortes des Spaniers am Telefon herausgefunden zu haben. So musste es sein!

Er beschloss, Christian in alles einzuweihen, wenn sie nur erst einmal im Zelt waren. Gemeinsam würden sie dann beschließen, wie sie gegen die Verbrecher vorgehen konnten, ohne sich selbst in allzu große Gefahr zu begeben. Eventuell würden sie sogar alle sechs losziehen müssen.

Andreas brannten es so sehr unter den Nägeln. Er wollte

seine Informationen endlich mit den anderen teilen. Und wenn alles glatt lief, würden sie nicht nur vor Sonnenaufgang aufgestanden sein, sondern während der frühen Morgenstunden bereits im Wald unterwegs sein, um sich dem Spanier und seinen Leuten an die Versen zu heften.

Kapitel 14 – Kriegsrat

Andreas und Christian hatten sich vom Rest der Truppe verabschiedet und waren nun ebenfalls in ihrem Zelt verschwunden.

Dann mal los!, dachte Andreas in hitziger Aufregung und fasste sich ein Herz. „Wenn du mir einmal kurz deine Aufmerksamkeit schenken könntest, Christian."

Überrascht drehte der Angesprochene sich um. „Was ist denn mit dir los?", fragte er besorgt, als er Andreas' starren Blick erwiderte. „Ist dir nicht gut? Du zitterst ja wie Espenlaub. Komm, setz dich mal auf deinen Schlafsack."

Behutsam packte Christian den Freund am Arm und bedeutete ihm, sich niederzulassen.

„Was ist passiert, Andreas? Hast du Heimweh oder so etwas? Hier, trink mal einen Schluck. Du bist ja kreidebleich!" Christian reichte Andreas eine Flasche Wasser, um diesen mit der kühlen Flüssigkeit zu versorgen. Vorsichtshalber blieb er noch einige Momente neben ihm in der Hocke. Andreas nahm die Flasche dankbar entgegen, drehte den Deckel ab und hob sie an den Mund, um daraus zu trinken. Er nahm einige kräftige Schlucke, bis er sie schließlich wieder sinken ließ. Nach weiteren zahlreichen Schlucken – Andreas hatte sich mittlerweile wieder ein wenig beruhigt – senkte er die Flasche ein letztes Mal und gab sie mit einem erschöpften „Danke!" an Christian zurück. Dieser nahm sie still entgegen und machte dann seiner Neugier Luft.

„Nun, Andreas", begann er die Unterhaltung, „was ist los? Macht dich die Hitze so fertig oder ist da noch irgendetwas

Anderes, was du gerne loswerden möchtest?" Er hob eine Augenbraue.

„Es ist Folgendes, Christian", antwortete Andreas immer noch ziemlich in Aufruhr, aber auch wieder etwas gefasster, „Herr Tschantaj ist ein Verbrecher! Ein Erpresser! Er will und wird ein Ding drehen – und das sehr wahrscheinlich sogar -"

„Schhh...", Christian hielt den Zeigefinger an seinen Mund und bedeutete Andreas damit, leiser weiterzureden. Dieser hatte nämlich in seiner Erregung gar nicht gemerkt, dass er immer lauter geworden war.

„Nochmal von Neuem, bitte", fuhr Christian schließlich mit äußerst gedämpfter Stimme fort. „Was hast du beobachtet? Was hat der Spanier gemacht oder gesagt oder wie auch immer?"

Völlig verblüfft starrte Andreas sein Gegenüber an. Er hatte nicht mit einer derartigen Geduld gerechnet, die von Christian ausging. Und dennoch hockte dieser immer noch total entspannt vor Andreas, als ob die gerade ausgesprochenen Worte einfach an ihm vorbeigezogen seien. Andreas verstand die Welt nicht mehr. Und als im nächsten Moment ein flüchtiges Lächeln über Christians Züge huschte, war Andreas völlig perplex. Was war bloß los?

„Es ist so – oh je, ich weiß gar nicht, wo ich anfangen soll", setzte Andreas völlig verzweifelt an.

„Ich würde vorschlagen, du berichtest der Reihe nach", meinte Christian und setzt sich nun neben Andreas auf dessen Schlafsack. „Am Montag bist du hier angekommen, wir haben uns kennengelernt, du hast uns allen bewiesen, wie sportlich du bist, und so weiter."

„Schon ja", bestätigte Andreas die Aufzählung der Geschehnisse, „aber das ist nicht das, was ich meine. Weißt du, das hier ist mein erster großer Ausflug ohne Eltern. Ich bin zum allerersten Mal ungefähr zwei Wochen lang mit Leuten zusammen, die vorher weder meinen Eltern noch mir bekannt waren. Das ist jetzt eine völlig neue Situation, jedoch nicht nur für meine Eltern, sondern auch für mich.

Die beiden sind außerdem der Meinung, dass ich mir viel zu viel vorgenommen habe mit diesem Ferienlager. Aber das stimmt nicht! Ich traue mir selbst nämlich viel mehr zu, als so manch einer glaubt."

Er machte eine kurze Pause, um tief Luft zu holen und seinen Worten einen gewissen Nachdruck zu verleihen. Und während er derart verzweifelt und in sich zusammengesunken da saß, bemerkte er gar nicht, dass Christian ihn äußerst aufmerksam und prüfend musterte. Es war, als suchte dieser etwas in der Verzweiflung des Anderen, wobei jetzt bereits feststand, dass er sehr lange danach würde suchen müssen.

„Sag mal, Andreas", führte Christian schließlich die Unterhaltung ein wenig zaghaft fort. Er war dabei bedacht, erst dann weiterzureden, wenn Andreas ihm wieder seine volle Aufmerksamkeit widmete. „Ist es möglich, dass du deinen Eltern etwas beweisen möchtest – koste es, was es wolle?"

Als Andreas den leicht scharfen Unterton in Christians Stimme wahrnahm, wurde er mit einem Mal ganz hellhörig. Nun war es an ihm, den Blick seines Gegenübers auf dieselbe bizarre und nicht weniger prüfende Art und Weise zu erwidern. So saßen sich die beiden kurze Zeit schweigend gegenüber und blickten einander an. Keiner sprach ein Wort oder regte sich. Um sie herum hätte glatt Totenstille herrschen können, wären da nicht das Zirpen vereinzelter Grillen und das Summen einiger Mücken zu hören gewesen.

Nach einer gefühlten Ewigkeit war es letztendlich Andreas, der die unangenehme Stille mithilfe seiner Antwort auf Christians Frage durchbrach. Mit einer beinahe unheimlich und beschwörerisch ruhigen Stimme sagte er: „Das mag sein, aber

_"

Er brach ab, schlug die Augen nieder und suchte nach den richtigen Worten.

„Aber -?", hakte Christian einige Sekunden später nach, wobei er hoffte, dass seine Stimme provokant genug klang, um Andreas eine zufriedenstellende Antwort zu entlocken. Als nichts dergleichen geschah, versuchte Christian es auf eine andere Art und Weise, von der er sich mehr versprach. „Du meintest vorhin, Herr Tschantaj sei ein Verbrecher. Ein Erpresser, wenn ich das richtig in Erinnerung habe?"

Andreas nickte bestätigend, woraufhin Christian innerlich triumphierte. Vorerst jedoch, ohne es sich anmerken zu lassen. Er hatte Andreas am Haken und er hatte es darüber hinaus geschafft, diesen zu beruhigen. Die Gefahr, dass der Junge gleich einen Kreislaufkollaps erleiden musste, war somit gebannt.

„Magst du mir mehr darüber erzählen?", bat Christian äußerst interessiert, „Ich bin mir ziemlich sicher, dass du da auf einer heißen Fährte bist."

Andreas sah ihn überrascht an. Er vermutete, dass der Andere bereits einiges von dem wusste oder zumindest erahnte, was er selbst beobachtet und erlebt hatte. Von daher war er sich nun endgültig sicher: Er musste Christian einfach alles erzählen, was er selbst wusste. Nur so konnte sich dieser ein konkretes Bild von der gesamten Situation machen. Wahrscheinlich war es sogar von großem Vorteil, wenn sie die gesamte Angelegenheit im Beisein der anderen Vier besprachen. Andreas dachte kurz über diesen Gedanken nach und beschloss daraufhin, seine Idee mit Christian zu teilen.

Dieser war hellauf begeistert von dem Vorschlag und erklärte sich bereit, die Freunde zu wecken und mit ihnen zurückzukommen. Andreas sollte sich in der Zwischenzeit noch einmal in Ruhe sammeln, um in jenen wenigen Minuten alle wichtigen Informationen in seinen Kopf zu sortieren und aufzubereiten. Da dies alles sehr aufregend für ihn war, gelang es ihm kaum, ruhig auf seinem Schlafsack sitzen zu bleiben. Dennoch – er hatte es geschafft! Er hatte sich Christian anvertraut und würde ihm und den anderen nun von all dem berichten, was sich bisher ereignet hatte. Gleich würde es einen Kriegsrat geben.

Bereits aus einiger Entfernung konnte Andreas keine fünf Minuten später mehrere Stimmen vernehmen. Darunter waren zwei weibliche Stimme, die aufgeregt durcheinander schnatterten und kicherten. Eine weitere, aber männliche Stimme – sie klang kräftig und höchst unerfreut, ob der unnötigen Störung mitten in der Nacht – übertönte die anderen Beiden allerdings bei Weitem. Teilweise protestierte sie sogar derart laut, dass die Mädchen kaum noch zu hören waren.

Um diesem ungewollten Lärm Einhalt zu gebieten, stieß eine vierte Stimme immer wieder aufs Neue zischende Laute aus. Allerdings hatte sie keinen Erfolg damit. Genauso wenig, wie mit sämtlichen verbalen Aufforderungen, bitte gefälligst leise zu sein und den Mund zu halten, weil man sonst möglicherweise noch entdeckt werden könnte.

Über diese völlig ignorierten Vorsichtsmaßnahmen musste Andreas unwillkürlich ziemlich gequält schmunzeln. Sie ließen ihn kurz darüber nachdenken, wie geradezu peinlich vorsichtig auch seine Eltern immer schon gewesen waren. Seine Gesichtszüge verhärteten sich jedoch schlagartig, als er unweigerlich daran denken musste, dass gerade diese Unsicherheit beinahe dazu geführt hätte, dass er nicht an dieser

Ferienfreizeit teilgenommen hätte. Es war eine äußerst unschöne Vorstellung, da die Zeit in diesem Zeltlager die bisher beste Zeit seines Lebens gewesen war. Er mochte gar nicht daran denken, wie er sich fühlen würde, sobald das alles hier erst einmal vorbei war.

Glücklicherweise wurde Andreas im nächsten Moment aus seinen trüben Gedanken herausgerissen. Er kam wieder im Hier und Jetzt an, als die beiden Mädchen, gefolgt von Tim, Max und Christian das Zelt betraten.

Tim, immer noch stark protestierend, machte lauthals seinem Ärger Luft: „Ich hoffe mal, es gibt einen guten Grund, uns mitten in der Nacht aus dem wohlverdienten Schlaf zu reißen und hierher zu bestellen. Ach, und dabei war ich gerade so schön eingeschlafen. Das hätte doch bestimmt auch noch bis morgen früh Zeit gehabt, oder? Ich meine, was kann denn so wichtig sein, dass - ?"

Er brach augenblicklich ab, als er Andreas erblickte, der immer noch ziemlich blass im Gesicht aussah, obwohl er sich Dank Christian bereits ein wenig gefasst hatte.

„Was – ich – also -", stammelte Tim plötzlich und schien keinen vernünftigen Satz mehr zusammensetzen zu können. Das schlechte Gewissen und die unangenehm peinliche Berührtheit waren ihm nicht nur anzusehen, sondern geradezu im gesamten Zelt zu spüren.

„Das war – nicht böse gemeint – es ist nur -". Er brach auch diesen Satz ebenso so schnell ab, wie er ihn begonnen hatte und blickte nervös zwischen Andreas und Christian hin und her. Um sich selbst zu beruhigen, schluckte er im nächsten Moment erst einmal kräftig und atmete dann tief durch.

Einige Sekunden lang gab niemand einen Laut von sich, während Tim betroffen in die Leere starrte und sich aufgrund seines unmöglichen Verhaltens in Grund und Boden zu schämen schien. Die erneute Totenstille wurde schließlich von Andreas beendet, als dieser sanft seine Stimme in Tims Richtung erhob.

„Ist schon gut", sagte er in leisem, aber wohlmütigem Ton, „ich habe mich schon wieder ein wenig gefangen."

„Aber was ist denn überhaupt passiert, Andreas?", fragte nun Mira mit ernsthaft besorgter Miene und setzte sich neben ihn auf den Schlafsack. „Du siehst wirklich ziemlich bleich aus. Hast du nicht genug getrunken heute über Tag?"

Sie war gerade in Begriff, ihm die Flasche zu geben, die auch Christian ihm bereits angeboten hatte, als er aufgeregt abwinkte.

„Nein, nein, das ist es nicht", entgegnete Andreas und warf einen verunsicherten Blick in die Runde. „Es gibt da einige Dinge, über die ihr Bescheid wissen solltet. Deshalb seid ihr hier." Er suchte nach weiteren Worten, um sich zu erklären, doch er fand keine. Schließlich ergriff Christian das Wort.

„Setzt euch doch bitte erst einmal alle hin. Am besten so, dass wir im Kreis sitzen. Dann kann Andreas uns die Geschichte nochmal in allen Einzelheiten schildern.

Die drei Angesprochenen – Ida, Max und der noch immer ziemlich beschämte Tim – taten wie geheißen und nahmen im einigermaßen engen Sitzkreis Platz. Nun, da sie endlich alle zur Besprechung der heiklen Situation beisammen saßen, konnte Andreas die Informationen über die vergangenen Ereignisse mit seinen Freunden teilen.

Er hatte diesen Gedanken kaum zu Ende bringen können, als sich auch schon alle Augenpaare erwartungsvoll auf ihn richteten.

Der Moment, dem er eine gefühlte Ewigkeit entgegengefiebert hatte, war nun angebrochen. Fünf Leute waren anwesend, die alle nur ein Ziel verfolgten; Sie wollten hören, was er, Andreas, zu erzählen hatte. Er konnte es einfach nicht glauben. Fünf Leute würden ihm jetzt Beachtung schenken – und das auch noch gleichzeitig.

Ein derartiges Gefühl von Erfüllung, gepaart mit Dankbarkeit, hatte er in seinem Leben bisher noch nie verspüren dürfen. Es war großartig, durchweg großartig! Andreas glaubte, zum ersten Mal wirklich und wahrhaftig wahrgenommen und respektiert zu werden.

Gestärkt von all diesen Gedanken und nicht weniger dadurch bestätigt, sog er noch einmal tief Luft in seine Lungen, um diese gleich darauf wieder ausströmen zu lassen. Jetzt war er bereit, zu berichten.

„Vorhin habe ich Christian bereits das eine oder andere erzählt", begann er und warf dem Freund einen flüchtigen Blick zu. Dieser nickte bestätigend, schwieg ansonsten jedoch.

„Wir waren recht schnell einer Meinung, als es darum ging, euch an diesem Wissen teilhaben zu lassen", fuhr er fort. „Denn -", Andreas brach ab und sammelte sich einen Moment lang. Mit neu aufkeimendem Mut verkündete er: „ - es könnte äußerst gefährlich werden."

Er hatte gerade den Satz beendet, als sich seine Freunde zuerst allesamt gegenseitige Blicke zuwarten und im darauffolgenden Moment erneut ihn mit ihren Blicken fixierten. Die Mischung aus Gefühlen, die unmittelbar auf ihn niederprasselte, war beinahe überwältigend. Er verspürte zur selben Zeit Hitze- und Kälteschauer, Machtlosigkeit trotz voller Kontrolle sowie einige andere Gefühlsgegensätze. Seinen Freunden standen nicht nur dieselben Emotionen, sondern noch einige zusätzliche, vor allem aber negative Ausdrücke in die Gesichter geschrieben.

Sie erstreckten sich von Verwunderung und Überraschung über Panik bis hin zu blanker Angst, sodass Andreas sich plötzlich nicht einmal mehr sicher war, ob er es verantworten konnte, überhaupt noch weiter zu berichten.

„Was – ich meine, was meinst du damit?", fragte Mira, die sich als erste aus ihrer Starre befreit hatte.

„Ich bin auf eine ziemlich üble Sache gestoßen, bei der es aller Wahrscheinlichkeit nach um Erpressung geht", wisperte Andreas mit gedämpfter Stimme. „Und einer von denen, der in diese Angelegenheit verwickelt ist, scheint niemand Anderer zu sein als der von uns allen sehr geschätzte Herr Tschantaj."

Es ging ein Raunen im Sitzkreis herum und schwoll derartig an, dass Andreas befürchtete, niemand würde ihm jetzt noch zuhören, geschweige denn Glauben schenken.

Wider Erwarten fragte Max im Flüsterton: „Wie kommst du auf diese Idee? Gibt es dafür Beweise? Hast du etwas aufgeschnappt – irgendwas?"

Andreas berichtete davon, wie er sich den Namen des Spaniers mithilfe des Wörterbuches hatte erschließen können. Auch erzählte er vom Drohbrief des Unbekannten und dass der unsympathische Betreuer diesen als harmlos hatte abstempeln wollen.

Gerade wollte Andreas die Begegnung im Morast schildern, als Christian ihm wortlos bedeutete, leise zu sein und in die Nacht zu horchen.

„Da war was", flüsterte er lautlos, sodass sich im Grunde genommen nur seine Lippen bewegten. Er gestikulierte etwas, das wohl so viel wie 'Ich sehe mal nach.' bedeuten sollte und schnappte sich seine Taschenlampe.

Vorsichtig und kaum hörbar verließ er das Zelt, um der Sache auf den Grund zu gehen. Die fünf Anderen hielten derweil gespannt den Atem an.

Kapitel 15 – Pläne schmieden

In den nächsten zwei Minuten geschah erst einmal nichts. Es war mucksmäuschenstill und keiner der Freunde wagte es, auch nur daran zu denken, sich zu bewegen. Allesamt saßen sie wie versteinert da und hofften, der Sechste im Bunde möge einfach nur so schnell wie möglich ins Zelt zurückkehren. Er würde ihnen sagen, dass alles in Ordnung sei, sodass sie sich wieder zusammensetzen und Pläne schmieden konnten.

Doch die Sekunden vergingen quälend langsam und Christian ließ auf sich warten. Nachdem insgesamt fünf Minuten vergangen waren, glaubte Andreas, aus dem Augenwinkel heraus ein weiß-bläulich schimmerndes Licht wahrgenommen zu haben. Das musste Christians Taschenlampe gewesen sein! In Andreas breitete sich neuer Mut aus. Seltsam nur, dass jenes Licht im nächsten Moment umgehend wieder erloschen war. Was wäre, wenn es letzten Endes gar nicht die Taschenlampe gewesen war. Wenn -

Hektische Schritte näherten sich dem Zelt. Man hörte ein Keuchen und keine fünf Sekunden später erschien Christian im Zelteingang. Abgehetzt, als hätte der leibhaftige Teufel ihn gejagt, japste er nach Luft.

„Freunde, folgt mir", sprudelte es aus ihm heraus. Andreas hatte ihn noch kein einziges Mal so sehr außer sich erlebt. „Wir müssen rüber – ins Gebäude – und da waren Männer – weiß der Kuckuck -"

Ein tiefes Grollen erfüllte mit einem Mal die Stille und ließ Christian augenblicklich verstummen.

„Es gewittert!", stellte Mira entgeistert fest und warf den

Freunden einen enttäuschten und gleichermaßen verzweifelt gequälten Blick zu. „Das kann doch jetzt wirklich nicht wahr sein. Andreas wollte uns doch seine Beobachtungen schildern. Ich bin mir sicher, dass er da tatsächlich auf irgendetwas Wichtiges gestoßen sein muss."

„Ja, natürlich", mischte sich Tim ein, der sich inzwischen von seinem blamablen Einsatz erholt hatte, „Aber ich schätze, ein bis zwei Minuten haben wir noch, bis wir uns aufgrund des Sturms spätestens nach drüben zu all den Anderen begeben sollten. Von daher habe ich folgenden Vorschlag."

Der Junge gestikulierte Christian und den übrigen Freunden, den Kreis enger zu machen, damit sie die Köpfe erneut zusammenstecken und sich kurz und knapp untereinander beratschlagen konnten. Er fuhr fort, sie sollten im gesamten Gebäude einen kleinen Raum suchen, um sich dort über alles Weitere Gedanken machen zu können, ohne, dass irgendjemand sie großartig störte. Für den Fall, dass jemand etwas daran auszusetzen haben könnte, warf der bisher schweigsam gebliebene Max ein, dass Andreas Heimweh oder etwas Ähnliches vorschützen konnte. Immerhin hatte ihn noch niemand wirklich kennengelernt während dieser Ferienfreizeit – jedenfalls niemand außer eben jene guten Freunde, die gerade in diesem Moment mit Andreas zusammen in einem Zelt saßen.

„Das ist eine gute Idee, Max", begeisterte sich nun – zur leichten Verwunderung aller Anderen – Andreas selbst für diesen Einfall und warf Max einen zufriedenen, aufmunternden und vor allem würdigenden Blick zu. „Allerdings sollten wir auch noch einen Notizblock und einen Stift mitnehmen, um eventuell gewisse Kleinigkeiten direkt aufschreiben und festhalten zu können. Denn gerade die kleinen Details sind oftmals von großer Bedeutung."

„Ja, das ist richtig", pflichtete Christian dieser Aussage bei und fügte unmittelbar hinzu: „Dann werde ich euch gleich drüben direkt erzählen, was ich eben im aufflackernden Blitzlicht gesehen habe. Es wird bestimmt nicht unwichtig sein."

„Schön", meldete sich jetzt auch Mira noch einmal zu Wort, wobei sie sehr nervös zu sein schien. „Wahrscheinlich kann Andreas uns auch noch weitaus mehr berichten als all das, was wir bis jetzt mittlerweile gehört haben. Aber lasst uns doch bitte erstmal nach drüben gehen. Ich möchte nur sehr ungern klatschnass werden."

„So machen wir es", bekräftigte nun Tim die Worte des Mädchens. „Dann los."

Mit diesen Worten erhoben sie sich aus ihrem Sitzkreis und verließen das Zelt einer nach dem anderen. Andreas hatte seinen kleinen Notizblock sowie einen Kugelschreiber und einen Bleistift in den Hosentaschen verstaut.

Christian und er hatten gerade als die letzten beiden das Zelt verlassen, da lief ihnen eine hochgewachsene Gestalt mit großen Schritten entgegen. Im Näherkommen erkannte Andreas, dass es Herr Schneider war. Der Betreuer trat auf die sechs Freunde zu und bedeutete ihnen hektisch gestikulierend, ihm zu folgen. Plötzlich zuckte ein weiterer Blitz am sommerlichen Nachthimmel und offenbarte die deutlich verzerrte Miene des leitenden Betreuers.

„Bitte alle zusammen in den Aufenthaltsraum", forderte er die sechs auf, ohne auch nur eine einzige Sekunde für großartige Erklärungen oder Einwände zu erübrigen. „Das scheint gerade erstmal noch die Ruhe -"

Ein tosendes Donnergrollen schnitt ihm das Wort ab. Andererseits hätte er beinahe schon schreien müssen, damit sie ihn hätten verstehen können. Es dauerte einen weiteren kurzen Moment, bis der Betreuer wieder zu sprechen ansetzen konnte.

Schließlich wiederholte er noch einmal die Information, die

vor wenigen Sekunden im plötzlichen Lärm untergegangen war: „Das scheint gerade erstmal noch die Ruhe vor dem Sturm zu sein. Von Garmberg zieht ein schweres Unwetter hierher. Mit Hagel, schweren Sturmböen und -"

Ein weiterer Blitz zuckte durch die Nacht und ließ die gesamte Umgebung in blau-weißem Licht taghell erstrahlen. Herr Schneider deutete erneut auf das Gebäude, um den Freunden unmissverständlich klarzumachen, dass sie sich auf direktem Wege dorthin begeben sollten. Da der Abstand zwischen Blitz und Donner immer kürzer wurde, zögerten sie nicht länger, sondern machten sich auf den Weg.

Hinter sich vernahmen sie noch einmal Herr Schneiders Stimme, als dieser ein wenig verzweifelt versuchte, seine Betreuerkollegen zurückzurufen. Anscheinend waren nun alle Kinder und auch die Jugendlichen alarmiert und in Sicherheit, sodass die Erwachsenen nun auch ihre eigene Haut retten durften.

Keine zwei Minuten darauf – alle Kinder und natürlich Andreas mit dem Rest der Truppe hatten sich bereits versammelt – kamen die Betreuer zur Tür hereingestürzt. Herr Fehnhupp betrat den Raum als Letzter und schloss die Tür hinter sich. Direkt danach zückte er einen Schlüssel, um sie gleich doppelt zu verriegeln. Andreas zweifelte keinen Moment lang daran, dass dies notwendige Maßnahmen waren, denn die Blitze zuckten mittlerweile im Sekundentakt und der Wolkenbruch, der nun bevorstand, musste jederzeit niederprasseln.

Es war eine ziemlich beklemmende Situation, die durchaus den Eindruck erweckte, dass sie alle in diesem Raum den nächsten Sonnenaufgang nicht mehr erleben würden. Ganz einfach aus dem Grund, weil es diesen nicht mehr geben würde. Geradezu apokalyptisch, gestand sich Andreas und es fröstelte ihn.

Plötzlich geschah es – ohne Vorwarnung und völlig unerwartet: Es blitzte derart hell, dass die Kinder, die sich das Naturschauspiel aus nächster Nähe ansehen wollten, allesamt vom Fenster aufsprangen und in sämtliche Richtungen, außer zur Tür, auseinanderstoben.

Sekundenbruchteile später krachte es über ihren Köpfen, sodass sie befürchten mussten, das gesamte Gebäude würde in diesem Moment in sich zusammenfallen wie ein Kartenhaus. Da das Beben im Boden, in den Wänden und sogar im eigenen Körper deutlich zu spüren war, ging in der Menge der Kinder ein klagendes Wimmern um.

Dieses war letztendlich auch das Zeichen für Andreas, den Plan mit der Simulation umzusetzen. Deshalb machte er Christian auf sich aufmerksam und warf einen vielsagenden Blick zu den Betreuern. Christian begriff sofort, bemühte sich, die anderen vier unauffällig zu verständigen, und bahnte sich anschließend seinen Weg zu Herrn Schneider.

Dieser hatte sich mittlerweile gemeinsam mit Herrn Fehnhupp hinter die Theke zurückgezogen, um zu beratschlagen, wie es nach dem Gewitter weitergehen sollte.

Denn eines war völlig klar: Wenn das Unwetter erst einmal vorbei war, würde sich das Ausmaß der Katastrophe offenbaren. Nach und nach würde man die Schneise der Verwüstung begutachten und sich anschließend an die unvorstellbaren Aufräumarbeiten begeben müssen. Man würde von Glück reden können, solange keine Menschenleben in Gefahr schwebten.

Während die beiden Männer also darüber sprachen, welche Sicherheitsmaßnahmen nun zu treffen und auszuführen waren, kümmerten sich die Betreuerinnen um ein paar Kinder, die sich besonders stark vor den grellen Blitzen und den angsteinflößenden Donnerschlägen fürchteten.

Christian konnte die Angst durchaus nachvollziehen; Zwar war er selbst nicht allzu schwer davon betroffen, wofür er überaus dankbar war. Andererseits hatte er ein derart heftiges Unwetter während der gesamten Zeit im hiesigen Zeltlager und selbst im Verlauf seines kompletten Lebens noch nicht erlebt.

Es erleichterte ihn sehr, als er einen Moment später bei den beiden Erwachsenen ankam, die bereits in eine hitzige Diskussion verwickelt waren. Herr Fehnhupp bemerkte ihn zuerst.

„Na, Junge", begann der Betreuer und Christian wurde auf Anhieb bewusst, dass auch der Mann bereits einigermaßen erschöpft und ausgelaugt war.

Da musste sich der Junge kurz räuspern, bevor er die Erwachsenen anzusprechen begann. „Herr Fehnhupp, Herr Schneider, dürfte ich Sie einen Moment sprechen?"

„Nur zu, Junge", beantwortete Herr Schneider die Frage und warf ihm, so freundlich, wie er immer war, einen aufmunternden Blick zu. Da bemerkte Christian, dass selbst auf den Gesichtszügen des leitenden Betreuers bereits erste Anzeichen von Erschöpfung zu erkennen waren.

„Sehen Sie, es ist so", erklärte der Junge, „ich möchte nicht lange ausschweifen, deshalb -" Er sammelte sich und sprach weiter, als er merkte, dass er sich wieder gefangen hatte. „Es geht um den neuen Jugendlichen, Andreas. Er sagt, es geht ihm wohl gerade nicht so gut und deshalb würde er gerne mit einem von Ihnen sprechen. Da habe ich es als meine Pflicht gesehen, Sie darüber zu informieren, damit Sie sich um ihn kümmern können."

Christian hielt einen Moment lang inne, um die Reaktion der Betreuer abzuwarten und angemessen einschätzen zu können. Es fiel ihm unangenehm schwer, den Blicken der beiden standzuhalten. Deshalb wechselte er unruhig von einem Gesicht zum anderen, in der Hoffnung, dass der Schwindel nicht aufflog. Das Gefühl, diesen gutmütigen Männern eine Lüge aufzutischen, war geradezu scheußlich. Selbst die Tatsache, dass es nicht anders möglich war, machte die Sache kein bisschen besser.

Zu Christians Erleichterung verging jener qualvolle Moment erstaunlich schnell und endete damit, dass Herr Fehnhupp sich anbot, nach Andreas zu sehen. Er war gerade in Begriff, sich von seinem Platz an der Theke zu erheben, als Herr Schneider ihn mit einer sanften, aber dennoch bestimmten Handbewegung davon abhielt.

„Lass nur, ich mach das", gebot der leitende Betreuer und fixierte Andreas mit seinem Blick. Dann erhob er sich und kam mit geisterhafter Langsamkeit hinter der Theke hervor, jedoch ohne den Jungen aus den Augen zu verlieren.

Er hat etwas gemerkt, schoss es Christian schlagartig durch den Kopf, sodass es ihm einen eisigen Schauer über den Rücken jagte. Jetzt werden wir aufflogen!

Mit viel Mühe gelang es Christian gerade noch, sich die plötzlich anschwellende, mit Verzweiflung gemischte Panik nicht anmerken zu lassen. Herr Schneider, der davon tatsächlich nichts mitzubekommen schien, weil er Andreas aufmerksam beobachtete, wirkte in diesem Moment sogar noch geschaffter als wenige Sekunden zuvor. Er gab Christian jedoch keine Zeit, detaillierter darüber nachzudenken, sondern bahnte sich seinen Weg durch die wehklagende und weinerliche Masse, um zu Andreas vorzustoßen.

Christian, der dem Betreuer wie in Trance versetzt, nur mit dem Blick folgte, wurde vom nächsten tief dröhnenden Donnergrollen unsanft aus seinen Gedanken gerissen. Er zuckte kaum merklich zusammen, sortierte sich kurz und räusperte sich, um Herrn Fehnhupp ein „Vielen Dank!"

entgegenzubringen. Der Mann erwiderte mit einem müden, aber nicht unfreundlichen „Gerne!", woraufhin der Junge sich umdrehte und den Rückzug antrat.

Herr Schneider war in der Zwischenzeit bei Andreas angekommen und hatte sich neben ihn gesetzt. Seine Hand ruhte väterlich auf der Schulter des Jungen, während dieser ihm das Problem schilderte, das ihn derzeit stark belastete; Er berichtete dem Betreuer, dass er an Astraphobie leide, der krankhaften Angst vor Gewitter, und dass diese bei ihm besonders stark ausgeprägt war.

Der aufmerksam zuhörende Mann nickte immer wieder bestätigend und stellte Fragen, um die Problematik zunehmend besser verstehen zu können. Nach einem weitestgehend ausführlichen Gespräch willigte er ein, Andreas und – auf dessen ausdrücklichen Wunsch hin – auch seinen fünf treuen Kumpanen den Ruheraum aufzuschließen. Darin stehe eine Liege, auf der Andreas sich erholen könne. Außerdem habe der Raum keine Fenster und sei zusätzlich schallisoliert, sodass sie vom Gewitter – wenn überhaupt – nur noch leichtes Grummeln vernehmen sollten. Der Rest der Gruppe würde auf bequemen Stühlen Platz finden, die um die Liege herum verteilt waren.

Nachdem sie den Raum betreten und sich herzlich bei Herrn Schneider bedankt hatten, setzten sie sich und steckten auf ein Neues die Köpfe zusammen.

Das Gewitter machte Andreas zu schaffen, denn die Phobie war keine Erfindung gewesen, sondern unverblümte Wahrheit.
Aber da war noch etwas, das außer Andreas anscheinend niemand gemerkt hatte; Herr Tschantaj war während des gesamten Sturms nicht im Aufenthaltsraum gewesen. Und irgendein weiteres Detail glaubte selbst Andreas übersehen zu haben. Doch es erschloss sich ihm nicht, was es war.

Dennoch – der Spanier war fort, um seine kriminellen

Machenschaften umzusetzen.

Wenn die sechs Freunde ihn noch aufhalten wollten, hatten sie keine Zeit zu verlieren. Sie mussten handeln – heute Nacht!

Kapitel 16 – Eine wunderschöne Blume

Im Ruheraum war vom Unwetter, das über ihren Köpfen tobte, tatsächlich nicht mehr viel zu hören. Ab und zu grollte es noch ordentlich und der Regen trommelte kräftig auf das Dach. Ansonsten waren sie hier aber ungestört und würden über alles reden sowie ihre weiteren Schritte gegen den kriminellen Spanier und seine Mittäter planen können.

Allerdings, so abenteuerlich das alles bereits jetzt war, bereitete es Andreas mittlerweile weitaus mehr Bauchschmerzen, als er zugeben wollte. Die äußerst unschönen Witterungsverhältnisse machten das natürlich nicht gerade besser.

Um sich wenigstens kurzzeitig eine wohlverdiente Auszeit von all dem zu gönnen, machte es sich Andreas, so gut es eben ging, auf der Liege bequem.

Er war furchtbar erschöpft. Andererseits war er so aufgewühlt, dass er vor lauter Aufregung wahrscheinlich kein Auge hätte schließen können.

„Ist alles in Ordnung, Andreas?", fragte plötzlich eine besorgte junge männliche Stimme neben ihm. Er schreckte ruckartig hoch, ließ sich aber sofort darauf wieder sinken. Im nächsten Atemzug stieß er ein leises Seufzen aus und fasste sich an die Stirn.

„Geben wir ihm einen Moment", meinte jetzt eine weibliche Stimme. „Dann geht es ihm gleich bestimmt wieder besser."

Es vergingen einige wenige Minuten der Stille, die Andreas wie eine halbe Ewigkeit vorkamen. Als er wieder einigermaßen bei Sinnen war, bemerkte er nach und nach die Schemen der beiden Personen, die neben ihm an der Liege standen.

Innerlich zuckte er erneut zusammen, als er die beinahe erschrocken dreinblickenden Gesichter von Mira und Christian über sich vollends erkannte.

„Ist schon okay", hauchte Andreas vor Erschöpfung. „Ich brauchte nur mal kurz eine Pause. Es geht mir auch schon wieder richtig gut."

„Hmm, schon klar", erwiderte Christian in unverkennbar ironischem Tonfall. „Das sieht man, ist nicht von der Hand zu weisen." Er warf Andreas einen Blick zu, der so viel bedeuten sollte wie 'Verkauf uns bitte nicht für dumm!'.

Andreas konnte dem Blick nur schwer standhalten und begann deshalb erneut – wenn auch bedeutend langsamer als zuvor – sich aufzurichten. Er hoffte, auf diese Weise Christians prüfendem und fast schon unangenehm durchdringenden Augenpaar entgehen zu können.

„Nur damit wir alle auf demselben Stand sind", setzte Christian von Neuem an, den Blick unverändert auf Andreas gerichtet, „was hast du Herrn Schneider erzählt? Ich habe ja leider nichts davon mitbekommen."

Der Gefragte warf einen zögerlichen Blick in die Runde und ließ seinen Kopf langsam von links nach rechts wandern. Er war darauf bedacht, jedes Gesicht kurz zu betrachten und grob zu ergründen, um sogleich zum Nächsten übergehen zu können. Bei Christian angekommen, fiel ihm direkt auf, dass dessen Gesichtszüge bereits um einiges sanfter wirkten, als gerade eben noch.

Andreas antwortete nicht sofort; Er überlegte zunächst fieberhaft, wie er seinen Freunden die missliche Lage erklären sollte. Denn – da machte er sich nichts vor – sie hatten alle gemerkt, dass da etwas ganz und gar nicht stimmte. Ein wenig zögernd, begann er schließlich seine Schilderung, bedacht, jedes Wort sorgfältig auszuwählen.

„Ich habe Herrn Schneider gesagt", waren die ersten Worte des in die Leere Starrenden, „dass ich an panischer Angst vor Gewittern leide."

Er richtete sich jetzt direkt an Mira und Christian, als ob einer der beiden irgendetwas gegen seine Angst hätte ausrichten können. Im Verlauf der letzten Tage, das wurde Andreas nun schlagartig und vor allem schmerzlich bewusst, hatte er viel zu viel für sich behalten. Wenn er doch nur früher so viel Vertrauen zu jedem der Freunde in diesem Raum gehabt hätte, wie in eben diesem jetzigen Moment -

Unter jenen Bedingungen, da ging Andreas jede Wette ein, hätte der verbrecherische Spanier längst hinter schwedischen Gardinen gesessen.

Aufgrund dieser Möglichkeit, die derzeit leider noch kein Tatbestand war, stieß Andreas innerlich Verwünschungen über seine krampfhafte Verklemmtheit aus. Er wünschte sich – besonders jetzt für die Zeit mit diesen fünf wunderbaren und absolut fürsorglichen Menschen – unbeschwerte Gelassenheit. Und wenn es auch nur ein Hauch dessen sein sollte.

Diese plötzlich aufkommende Anspannung ließ Andreas unwillkürlich daran denken, dass er während des Sportwettstreits in den Tiefen des Waldes den seltsamen Mann erspäht und verjagt hatte.

Die Erinnerung spielte sich vor seinem inneren Auge ab, als läge das Geschehen noch keine fünf Minuten in der Vergangenheit; Er hatte den Mann entdeckt und sich kurzum dazu entschlossen, diesen zur Rede zu stellen. Der Mann hatte allerdings andere Pläne gehabt und war völlig unvermittelt getürmt, da Andreas ihn, wenn auch unbeabsichtigt, von der Ausführung jener Pläne abgehalten hatte.

Bevor der Junge den gesamten Ablauf dieser sonderbaren

Begegnung noch Revue passieren ließ, beschloss er, die anderen daran teilhaben zu lassen. Er wollte keinerlei Geheimnisse mehr vor ihnen haben. Ganz im Gegenteil, er wollte ihnen allen zeigen, dass er mindestens genauso viel Vertrauen in sie hatte, wie sie in ihn.

Der Motivation hinter diesem Gedanken folgend, gab Andreas sich einen Ruck und wandte sich erneut den Freunden zu. Als er den Blicken von Mira und Christian begegnete, wunderte er sich über die darin liegende Anteilnahme.

„Das muss in einem Moment wie diesem bestimmt furchtbar für dich sein, nehme ich an", sagte Mira plötzlich und senkte den Kopf. Andreas verstand kein Wort und sah die anderen fragend an. Doch niemand machte Anstalten, ihm zu erklären, was Mira gemeint hatte.

Christian brach schließlich das Schweigen, als ihm klar wurde, dass Andreas den Anschluss verloren hatte. „Sie meint das Problem, von dem du uns gerade erzählt hast – deine Angst vor Gewittern."

Wie aufs Stichwort vernahmen sie mit einem Mal ein erneutes entfernt klingendes Grollen. Der Sturm musste sich bereits ein wenig abgeschwächt haben. Dass er komplett über sie hinweggezogen war, hielten sie allesamt doch eher für unwahrscheinlich. Dafür prasselte der Regen viel zu laut auf das Dach.

„Ach das, ja, richtig", murmelte Andreas und fühlte sich sogleich wieder ein wenig benommener. „Das ist eine Kleinigkeit, die ich schon mein ganzes Leben lang mit mir herumtrage, aber -" Er brach ab und machte eine wegwerfende Handbewegung.

„Im Moment gibt es wichtigere Dinge, um die wir uns kümmern müssen." Er hielt kurz inne, um seinen Worten den Nachdruck zu verleihen, der gerade jetzt an den Tag gelegt werden musste.

„Wir haben uns vorgenommen, den Spanier und seine Leute ins Visier zu nehmen. Denn ich denke, wir sind uns alle einig, dass da auf jeden Fall etwas faul ist mit diesem ekelhaften Miesepeter."

Der Junge legte eine weitere Pause ein, während der er die Freunde nacheinander eindringlich ansah und jeden Einzelnen von ihnen mit einem äußerst prüfenden Blick bedachte. Kurzzeitig glaubte er sogar, Max und Tim unter seinen Augen zusammenschrumpfen zu sehen.

Von sich selbst beeindruckt und fast schon ein wenig erschrocken über die Macht seiner Worte, fuhr er schließlich in deutlich sanfterem Ton fort: „Vergessen wir doch jetzt mal meine Angst und konzentrieren uns auf das Wesentliche. Ich konnte euch nämlich vorhin im Zelt das eine oder andere noch gar nicht erzählen, weil wir völlig unerwartet vom Sturm überrascht wurden."

„ - und ich habe da ja auch noch eine Kleinigkeit beizusteuern", fügte Christian unmittelbar hinzu, um zu verhindern, dass seine zusätzliche Information in der ganzen Hektik unterging.

„Richtig, du hast eben auch noch etwas beobachtet, das durchaus von enormer Bedeutung sein könnte", bestätigte Andreas die Ergänzung des Freundes und warf ihm einen interessierten sowie neugierigen Blick zu. „Bevor du uns jedoch deine Situation schilderst, würde ich gerne noch etwas loswerden, was mir furchtbar unter den Nägeln brennt. Wenn es dir also Recht ist -?"

Christian entgegnete auf diese unvollständige Frage mit einer einladenden Geste in Andreas' Richtung. Um die Bewegung abzurunden, lächelte er ihm freundlich zu. Jetzt war es erneut an Andreas, die Stimme zu erheben.

„Wie ihr euch sicherlich erinnern könnt", begann er ruhig und sachlich, „waren wir vor ungefähr zwölf Stunden noch unten im Wald, wo wir im See gebadet und uns erfrischt haben." Die Zuhörenden schienen aufmerksamer denn je.

„Damit wir ein bisschen unter uns sein konnten – nur wir sechs – hatten wir uns von allen Anderen abgeschottet und zu der kleinen Grillhütte zurückgezogen."

Andreas hielt erneut inne, da es ihn zu Tränen rührte und beinahe übermannte, wie gebannt sie seinen Worten lauschten. Es fiel ihm unsagbar schwer, ein von tiefster Dankbarkeit erfülltes Schluchzen zu unterdrücken. Und um sich möglichst schnell zu fangen, nahm er den Faden direkt wieder auf, indem er sich zwang, konzentriert zu bleiben. Zu seiner eigenen Verwunderung gelang ihm dies recht schnell, sodass er, ohne kostbare Zeit verschwenden zu müssen, sogleich fortfahren konnte.

„Während wir uns also ungestört dort aufhielten" - seine Stimme blieb gedämpft - „genossen wir gemeinsam die Zeit. Immerhin waren nur wir sechs zugegen, wie gesagt. Andererseits", sein Tonfall wurde härter und jetzt flüsterte er fast schon, „vielleicht waren wir ja doch nicht ganz so alleine, wie wir dachten."

Der Satz war kaum vollständig ausgesprochen, als sich auch schon eine unheilschwangere und gleichermaßen bedrückend unheimliche Stille im gesamten Raum entwickelte. Jedem der fünf Zuhörer stand blankes Entsetzen ins Gesicht geschrieben. Hinzu kamen vereinzelte Ausdrücke, von Verwirrung über Missbilligung bis hin zu Verständnislosigkeit.

Niemand wusste Andreas' Aussage korrekt zu deuten. Deshalb sahen sie sich alle nichtsahnend untereinander an. Um das Eis zu brechen, stellte Mira schließlich die Frage, deren Antwort sie alle brennend interessierte.

Mental hatte sich Andreas bereits darauf eingestellt; In wenigen Sekunden würde sich also zeigen, wie gut ihm die Umsetzung diesmal gelang.

„Was meinst du damit? Inwiefern waren wir 'doch nicht ganz so allein'?" Trotz der geistigen Vorbereitung auf jene Worte, trafen sie ihn überraschenderweise mit ordentlicher Härte. Besonders die letzten fünf; Allerdings hatte das Mädchen gerade diese hypnotisch langsam und wie in einer Art Trance über die Lippen gebracht.

„Wir -", versuchte Andreas, nach den passenden Worten suchend, die Frage zu beantworten, „wir sind -", er fand einfach keine schonende Auflösung zu dieser recht harmlos klingenden Nachfrage. Plötzlich – er hielt die Verzweiflung nicht länger aus und wollte und *musste* seiner Geheimniskrämerei gewaltig Luft machen – platzte er heraus: „Wir waren nicht allein. Schlimmer noch: Wir wurden beobachtet!"

Obwohl er weiterhin beinahe flüsterte, hatte seine Stimme eine unüberhörbare Härte angenommen. Da er etwas Derartiges von sich selbst überhaupt nicht gewohnt war, jagte es ihm einen ziemlichen Schauer über den Rücken. In den Gesichtern der anderen war jetzt nur noch ein einziger Ausdruck zu erkennen: Absolute Fassungslosigkeit!

„Beobachtet? Wir? Was -? Warum -? Und von wem? Das – mir fehlen die Worte!" Während dieses Ausbruchs seiner Entrüstung hatte Tim gar nicht gemerkt, dass er mit jedem Wort lauter geworden war.

„Pssst!", zischte Andreas warnend und fuchtelte wild mit den Armen durch die Luft, „nicht so laut, Tim! Gar nicht auszudenken, was passieren könnte, wenn irgendwer dich hört!"

Der Angesprochene atmete einmal tief ein und gleich darauf genauso tief wieder aus. Mit dem nächsten Atemzug hauchte er ein halb ersticktes „Entschuldige, bitte!" aus und hängte noch eine ganze Spur kleinlauter an: „Das kam nur sehr überraschend, was du da gerade -", er benötigte die ein oder andere Sekunde, um ein halbwegs passendes Wort zu finden, „- behauptet hast." Es war deutlich zu hören, wie der Junge sich darum bemühte, seine Skepsis zu überspielen.

„Ich weiß, Tim", entgegnete Andreas flüsternd. Er hätte einiges darum gegeben, zu wissen, dass seine Aussage eine glatte Lüge gewesen wäre. „Aber leider muss ich euch sagen, dass -" Er brach ab und senkte den Kopf.

Für kurze Zeit herrschte Stille. Dann hob Andreas erneut den Blick und setzte zur Vollendung seines Satzes an. „Ich wollte nur sagen, dass -" Obwohl er mit ruhiger und kräftiger Stimme zu sprechen begonnen hatte, wurde ihm der Satz abgeschnitten.

„- dass es der Wahrheit entspricht!"

Andreas war plötzlich wie vom Donner gerührt und auch seinen Freunden erging es nicht anders.

„Der Spanier scheint seine Augen wirklich überall zu haben."

Die Worte lagen spürbar unangenehm in der Luft, ganz so, als ob sie versuchten, den sechs Jugendlichen langsam und qualvoll die Sauerstoffzufuhr abzudrehen. Einige weitere Augenblicke lang herrschte Stille, sodass nur noch das mittlerweile ziemlich abgeschwächte Prasseln des Regens zu hören war. Das Unwetter hatte sich anscheinend größtenteils ausgetobt.

Vermutlich würde Herr Schneider dementsprechend auch nicht mehr allzu lange auf sich warten lassen, um nach ihnen zu sehen. Von daher mussten sie sich beeilen, um das, was noch zu besprechen war, möglichst zügig und detailliert untereinander klären zu können. Denn wahrscheinlich waren dies jetzt die letzten Minuten, während derer sie sich frei austauschen konnten.

„Ich würde sagen", begann Andreas, wenn auch recht

zaghaft, „du erzählst uns kurz, was du meinst. Denn" - jetzt richtete er den Blick auf die beiden Mädchen sowie auf Max und Tim - „ich bin mir sicher, dass auch ihr wissen wollt, worauf Christian hinaus will?"

Mira und Tim nickten zögernd, wohingegen Ida und Max sich anscheinend noch nicht wieder rühren konnten.

„Du spielst darauf an, was du vorhin gesehen hast, richtig?" Andreas konzentrierte sich nun erneut auf Christian und die anderen taten es ihm gleich.

„Völlig richtig", entgegnete der Junge, sehr erfreut darüber, nun endlich seine Entdeckung preisgeben und teilen zu dürfen. „Allerdings möchte ich euch nicht sagen, was, sondern vielmehr *wen* ich gesehen habe."

Die Luft war, wie schon so oft, zum Zerreißen gespannt.

„Es waren vier großgewachsene Personen, vier Männer, vermute ich mal. Einer dieser Männer kam mir sehr bekannt vor. Das wäre euch aber bestimmt auch so ergangen. Denn ich habe zwar sein Gesicht nicht wirklich erkennen können. Doch seine Gangart hat ihn letztendlich verraten; Ich gehe jede Wette ein, dass es Herr Tschantaj war – oder mehr noch: dass es geradezu Herr Tschantaj gewesen sein *muss*! Da gibt es für mich gar keinen Zweifel."

„Ist ja unglaublich!", staunten die Mädchen wie aus einem Mund. Nicht weniger verblüfft und mindestens genauso neugierig auf weitere Einzelheiten und Informationen, starrte Max den Erzählenden an. Tim rutschte unruhig auf seinem Platz hin und her, er schien von Sekunde zu Sekunde nervöser zu werden. Andreas dagegen – das überraschte ihn selbst – war für seine eigenen Verhältnisse äußerst gelassen.

„Aber", obwohl ihm das alles nicht besonders geheuer war, meldete sich Tim noch einmal zu Wort, „wer von den Männern hat uns denn beobachtet? Und, was hat es mit diesem Wilderer auf sich?"

Andreas wusste, dass er sich jetzt erklären musste. Schweren Herzens sammelte er sich und erläuterte den Freunden das Problem mit seiner Verschwiegenheit.

Es war durchaus keine leichte Aufgabe, doch er bewältigte sie und erntete Verständnis von allen Seiten. Bei jedem von ihnen hätte sich das Vertrauen zu fünf völlig Fremden wohl erst aufbauen müssen, beschwichtigte Mira ihn. Doch was dort unten im Wald nun wirklich passiert sei, interessiere sie brennend.

Ida und die drei Jungs nickten eifrig.

Andreas berichtete, wobei er sich bemühte, ins Detail zu gehen und nichts zu vergessen. Die Zuhörer staunten erneut Bauklötze und waren beeindruckt von der Souveränität des Jungen. Dass er das Feuerzeug hatte mitnehmen können, musste wohl eine Laune des Schicksals gewesen sein, bemerkte er beiläufig.

„Du besitzt es doch noch, oder?", erkundigte sich Christian in gespannter Erwartung. Andreas bejahte, holte es aus seiner Hosentasche hervor und reichte es dem Jungen. Dieser betrachtete es von allen Seiten und stutzte schließlich beim Anblick der Unterseite. „Was ist denn das hier?"

Andreas nahm das Feuerzeug erneut an sich und besah sich die eingravierte Entdeckung. Er stellte überrascht fest, dass sie ihm äußerst bekannt vorkam. Die Frage war nur, woher?

„Darf ich mal?", fragte Max plötzlich und wirkte geradezu erfreut beim Anblick des Bildes, das sich ihm bot.

„Ach, wenn ich nur wüsste -", grübelte Andreas zähneknirschend. „Woher kenne ich dieses Symbol?" Die Verzweiflung stand ihm unübersehbar ins Gesicht geschrieben.

„Nicht nur ein Freund von Tieren, sondern auch von Ruhe, Schönheit und rauer Natur, unser Andreas – toll!"

Max war völlig außer sich vor Freude. Unglücklicherweise verstand niemand auch nur ein einziges Wort.

„Natürlich weißt du, was das ist", motivierte Max den Vegetarier, sich zu erinnern. „Du kennst diese Pflanze, da bin ich mir absolut sicher. Es ist immerhin eine wunderschöne Blume!"

Kapitel 17 – Im Reich der Schatten

„Das ist der 'Fünfprinzler'", verkündete Max, als handele es sich um eine Pflanze, die jeder Mensch kennen sollte. „Er ist üblicherweise beheimatet in Gebieten, die von Wasserläufen durchzogen sind. Da gibt es beispielsweise die 'Leuchtende Frostheide' bei Deschkendorf, den 'Tiefen Bruch' bei Kest an der Alten Hütte sowie das "Rothe Moor" bei 'Finsterwald am Teich'.

Allerdings weiß ich nur von der 'Leuchtenden Frostheide' ganz sicher, dass der "Fünfprinzler" dort wächst.

„Im 'Tiefen Bruch' bei Kest an der Alten Hütte, meine ich, ihn auch gesehen zu haben", entgegnete Andreas nachdenklich. „Aber sicher bin ich mir nicht."

Sogleich lenkte er jedoch die Aufmerksamkeit auf etwas viel Wichtigeres: Er war nämlich überzeugt, endlich die Übersetzung des zweiten Wortes aus dem Telefongespräch zwischen Herrn Tschantaj und dem unbekannten Gesprächspartner herausgefunden zu haben.

Natürlich gab es darauf keine lückenlose Garantie, doch worauf gab es die schon?

Andreas erläuterte seine Eingebung und die bis hierher daraus entstandene Theorie.

„'Bosque' ist also 'der Wald'"?, fragte Tim unsicher, da er mit der spanischen Sprache kaum vertraut war.

Andreas bestätigte wortlos und mit einem flüchtigen Nicken.

„Und dieser andere Begriff" - seltsamerweise betonte der Laie ihn richtig - „'pantano' bedeutet dementsprechend -?"

„Ich schätze, es wird 'der Sumpf' sein, 'der Bruch', 'das Moor'", erklärte Andreas. „Das lässt mich auch den Gedanken weiterverfolgen, dass unser Beobachter im Dickicht wusste, wie man sich in sumpfigen Gegenden gekonnt fortbewegt. Zumindest muss er gedacht haben, er wisse es. Aber da hat er sich wohl geirrt."

Den letzten Satz sprach Andreas mit einer gewissen Spur von Genugtuung und einem Hauch Missmut in der Stimme aus. Immerhin hatte der Unbekannte ihnen mit dem Feuerzeug nicht nur einen Hinweis hinter-, sondern unfreiwilligerweise auch überlassen.

Zwar hatte Andreas ihn nicht fassen können, doch andererseits war er sich ziemlich sicher, dass der Mann den nicht gerade günstig aussehenden Gegenstand gerne wieder in seinem Besitz wüsste. Dafür würde er den Jugendlichen allerdings persönlich gegenübertreten müssen.

„Und wie", bemerkte Tim betont, während sein Gesicht begann, sich zu einem hämischen Grinsen zu verziehen.

Mira, die für gewöhnlich schelmische Blicke aufsetzte, sah in diesem Moment fast schon leicht angewidert aus. Um sich selbst abzulenken und die kriminalistischen Planungen weiter voranzutreiben, fragte sie: „Wie wollen wir jetzt vorgehen? Ich denke nicht, dass wir heute Nacht noch viel ausrichten können."

„Wir müssen", gab Andreas zu bedenken, „sonst wird es zu spät sein. Denkt an Herr Tschantajs Worte am Telefon: 'a media noche', 'um Mitternacht'. Ich fürchte, wir können von Glück reden, wenn es jetzt noch nicht zu spät ist, um einzugreifen."

„Er hat Recht", beschwichtigte Christian die Worte des Freundes, „wir haben alleine aufgrund dieses blöden Sturms eine ganze Menge Zeit verloren. Jede weitere Sekunde zählt."

„Und was schlagt ihr vor?", fragte Tim mit leicht spöttischem Unterton. „Sollen wir uns etwa in den Wald begeben und bei der Grillhütte auf die Lauer legen? In den frühen Morgenstunden und wahrscheinlich, ohne die Hand vor den Augen sehen zu können?"

„Wenn wir die Verbrecher noch aufhalten wollen, haben wir keine andere Wahl." Obwohl Andreas die Worte mit Ruhe und Bestimmtheit aussprach, brachten sie die Luft zum Erbeben. Die Tatsache, dass er mit seiner Aussage Recht hatte, verstärkte diesen Eindruck nur.

„Da du das gerade so ernst gesagt hast, wie du es anscheinend meinst", hob Mira den Faden erneut auf, „gebe auch ich dir völlig Recht. Ich bin dabei!" Sie sah Tim, Max und Ida auffordernd an.

„Ich schätze, wir haben keine Wahl", seufzte Tim. „Von daher bin ich einverstanden."

„Gar keine Frage", verkündete Max euphorisch und fügte unmittelbar hinzu: „Lehren wir diese Gauner im Wald das Fürchten!"

„Das machen wir", ließ sich nun auch endlich Ida mitreißen. „Bringen wir die Bösewichte hinter Schloss und Riegel – und zwar alle – ausnahmslos!"

Mira und die vier Jungs waren derart verblüfft über den plötzlichen enthusiastischen Ausbruch des Mädchens, dass sie augenblicklich freudiges Gelächter anstimmten. Als Ida den Grund dafür erkannte, errötete sie vor Verlegenheit und kicherte leise.

„Herr Schneider?"

Die Jugendlichen hatten den Ruheraum hinter sich gelassen und wollten jetzt so schnell wie möglich hinunter in den Wald. Dazu mussten sie wohl oder übel an den Betreuern vorbei.

Mira machte den Anfang. Sie erklärte Herrn Schneider, mit ihren Freunden in den Zelten nach dem Rechten sehen zu wollen. Möglicherweise waren gewisse Gegenstände nicht von den Witterungseinflüssen beschädigt worden und konnten unversehrt geborgen werden. Zudem täte ihnen allen ein wenig frische Luft bestimmt gut. Und wann konnte diese wohl klarer sein als nach einem heftigen Sommergewitter?

Der Mann willigte ein, bat jedoch darum, sich nicht länger als unbedingt notwendig draußen aufzuhalten. Man könne nie wissen, ob und wenn ja, wann der Wind sich drehe und das Wetter unerwartet umschlug.

„Was das angeht, werden wir vorsichtig sein", versicherte Christian und die anderen stimmten sofort zu.

Herr Schneider überlegte kurz – er wirkte, als ob er ahnte, was die Jugendlichen vorhatten – und verkündete: „Seht euch ruhig um. Sobald ihr zurück seid, geht einfach direkt in den Ruheraum. Da seid ihr alleine und ungestört. Ich werde euch einen Stapel Decken zur Verfügung stellen. Das ist nicht viel, aber es ist immer noch besser als nichts.

Ihr müsst euch auch nicht mehr melden. Versucht, so gut es geht, zur Ruhe zu kommen. Ich wünsche euch eine gute Nacht."

Trotz aller Müdigkeit und Erschöpfung zwinkerte er ihnen ein letztes Mal zu. Dann wandte er sich ab und gesellte sich zu den übrigen Betreuern.

„Vielen Dank, Herr Schneider!", riefen die Freunde, bevor auch sie sich umdrehten, um zu gehen.

Sie waren gerade noch in Hörweite, als Frau Römer plötzlich mit gedämpfter Stimme fragte: „Sagt mal, wo steckt eigentlich Cristofer? War er nicht vorhin noch hier?"

„Ich weiß es, ehrlich gesagt, nicht", bedauerte Herr Fehnhupp. „Aber der taucht schon wieder auf."

„Das sehe ich auch so", beschwichtigte ihn Herr Schneider. „Wahrscheinlich braucht er nur kurz mal ein bisschen frische Luft."

„Das wird es wohl sein", seufzte Frau Römer und das Thema war damit beendet.

„Habt ihr das gehört?", sprudelte es plötzlich aus Tim hervor. „Er ist bereits fort. Der Spanier hat sich einfach so aus dem Staub gemacht. Ein toller Betreuer ist das!"

„Ach, als ob ihn das kümmert", grummelte Christian. „Ich hoffe bloß, dass wir es schaffen, ihm die Tour zu vermasseln."

„Da bin ich optimistisch", sagte Mira aufmunternd, „es ist doch keiner von uns auf den Kopf gefallen."

„Ganz Recht, Freunde", warf ebenfalls Andreas bekräftigend ein, „und deshalb schlage ich vor, dass wir nochmal kurz in die Zelte gehen. Wir schnappen uns das Nötigste und treffen uns in spätestens zehn Minuten wieder hier. Dann ziehen wir gemeinsam los in Richtung Wald."

Der Vorschlag traf auf Zustimmung.

„Eine Sache noch, Leute", versetzte Christian in heller Aufregung, während sie die Runde auflösten. Die anderen sahen ihn verdutzt an.

„Versammeln wir uns doch lieber vor Andreas' und meinem Zelt. Dann nehmen wir eine Abkürzung, die uns auf direktem Weg zum Waldrand führt. Das erspart uns einiges an Zeit -"

„ - und Kraft", fügte Max beschwichtigend und dementsprechend erschöpft hinzu.

„Völlig richtig", bestätigte Christian.

„Dann los", drängte Andreas, der zunehmend unter Spannung stand. „Lasst uns keine Zeit verlieren. Davon haben wir ohnehin schon viel zu wenig."

Sie trennten sich und suchten ihre jeweiligen Zelte auf. Es waren nicht einmal fünf Minuten vergangen, bis sich die

Jugendlichen zum Aufbruch bereit am vereinbarten Treffpunkt versammelt hatten.

Gerüstet für das Vorhaben, in beinahe völliger Dunkelheit in die Tiefen des Waldes vorzudringen, zogen sie entschlossen los.

Christian führte sie an den Rand der Wiese. Dieses Mal allerdings nicht in Richtung des Gebäudes und der Feuerstelle, sondern davon weg, auf eine dichte, grüne Wand aus Ästen und Laubwerk zu. Es sah ganz so aus, als müsse sich unmittelbar dahinter bereits das Herz des Waldes befinden.

Der Junge spürte gleichermaßen die Erwartungen als auch die Zweifel seiner Freunde wie schwere Gewichte auf den Schultern. Diese grüne Wand sollte man durchdringen können? Das war doch nicht möglich.

Und doch klappte es! Christian trat an einer, wie es schien, absolut beliebigen Stelle an das Buschwerk heran und leuchtete es mit seiner Taschenlampe sorgfältig ab. Es dauerte einen kurzen Moment, bis er fand, was er suchte. Schließlich hatte er Erfolg und lehnte sich zur Verwunderung der Umstehenden gegen die Wand. Die Freunde staunten noch viel mehr, als diese plötzlich unter Christians nicht allzu schwerem Gewicht nachgab und nach links aufschwang.

„Eine Tür!", flüsterten sie aufgeregt und völlig verblüfft durcheinander.

„Pssst, seid um Himmels Willen leise", zischte Christian warnend. „Und lasst uns keine langen Reden halten, sonst erwischt man uns noch."

Er wartete kurz, bis wieder Ruhe eingekehrt war, und bedeutete seinen Freunden schließlich, ihm auf Zehenspitzen zu folgen.

Sie taten wie geheißen und durchschritten neugierig die Tür. Nachdem Max, der die Nachhut bildete, die Öffnung hinter sich gelassen hatte, machte Christian sich daran, die Tür sorgsam, vorsichtig und vor allem leise zu verschließen. Kaum war er damit fertig, als er den Schein seiner Taschenlampe auf die mit hoch bewachsenen Gräsern überwucherte Wiese richtete, die nun vor ihnen lag.

„Weiter", flüsterte er tonlos und schritt motivierend voran. Dem Schein der Taschenlampen folgend, stiefelten sie in einer Reihe hintereinander durch das beinahe kniehohe Gestrüpp. Christian hoffte, sich besonders jetzt, während er die Gruppe anführte, auf seinen natürlichen Orientierungssinn verlassen zu dürfen.

Wie sich wenige Minuten später herausstellte, hatte er auch hierbei Erfolg; Das Gras vor ihnen wurde zwar allem Anschein nach immer höher, sodass Christian bereits befürchtete, eine völlig falsche Richtung eingeschlagen zu haben. Doch plötzlich offenbarten ihm die Lichter der Taschenlampen eine graue Fläche in unweiter Ferne.

Es fiel ihm ein riesiger Stein vom Herzen, als er mit zunehmender Sicherheit erkannte, dass es der asphaltierte Weg war, auf dem sie am Nachmittag alle gemeinsam entlanggeschlendert waren.

Die Freunde waren überaus froh, erneut festen Boden unter den Füßen zu spüren. Wenn Schuhe wie auch Füße sich klamm oder sogar nass anfühlten, Christian hatte den Weg gefunden. Ab hier wusste selbst Andreas weiter.

So folgten die Jugendlichen dem Weg bis zu der Stelle, von der aus sie bei Tageslicht die Hochhäuser und Windräder in und um Garmberg hatten sehen können. Dementsprechend war es im Grunde genommen nur logisch, dass diese nachts überhaupt nicht auszumachen waren. Aber genau das ließ die Freunde stutzig werden.

Selbst wenn ein einziges Windrad in der Finsternis und dazu

mit ordentlichem Abstand zum Betrachter irgendwo willkürlich in der Gegend herumstünde, würde man in jedem Fall die Spitze des Energieriesen entdecken können. Denn auf dem Rotorkopf, an dem die Flügel einen solchen Windkraftgiganten befestigt waren, thronte für gewöhnlich eine Apparatur, die entweder blinkte oder aber dauerhaft leuchtete.

Von einem derartigen Licht, geschweige denn von mehreren, war allerdings nichts zu erkennen.

Die Freunde blickten in Richtung Garmberg. Doch überall um sie herum war, bis auf die verhältnismäßig schwachen Lichter ihrer Taschenlampen, nichts als Schwärze. Andererseits waren wenigstens Geräusche zu hören, ohne die es für die wagemutigen Jugendlichen sicherlich eine äußerst schaurige Atmosphäre gewesen wäre.

So hatten das Zirpen der Grillen und das Gluckern dahinfließender Rinnsale des übermäßigen Regens einiges für sich. Doch plötzlich -

„Was ist das?" Die Frage wurde dermaßen zischend ausgestoßen, dass erschrockene wie erstickte Laute durch die kleine Gruppe gingen.

„Da ist jemand", flüsterte Mira kaum hörbar und kommentierte damit gleichermaßen Tims Entdeckung.

„Tatsächlich", gab auch Christian, wie in einen Bann gezogen, von sich. „Eine riesige Gestalt. Seht nur, wie geisterhaft langsam sie sich fortbewegt."

„Das ist viel zu groß für einen Menschen, Christian", raunte Andreas. „Nein, Leute, das ist überhaupt kein Mensch."

„Was willst du damit sagen, Andreas?", fragte Max genauso verängstigt wie erstaunt. „Was soll es denn sonst sein? Meinst du etwa, es könnte auch ein Tier sein?"

„Nein", erwiderte Andreas tonlos, „es ist weder ein Mensch noch ein Tier."

„Ja, aber was ist es dann?" Max wurde ein wenig ungeduldig.

„Zum Kuckuck -"

„Christian", wisperte Andreas übernatürlich ruhig.

„Ja, bitte, Andreas?", kam es leicht nervös zurück.

„Richte bitte dein Licht vorsichtig und vor allem nicht zu ruckartig auf dieses Etwas."

„Verstanden", entgegnete Christian und ging der Bitte nach. Er ließ den Schein seiner Lampe langsam über die Umgebung wandern, bis er das Ziel erreicht hatte.

Augenblicklich machten sich Gefühle wie Erleichterung, ein gewisses Unbehagen, vor allem jedoch Erstaunen unter den Freunden bemerkbar.

„Ich habe es doch gewusst", hauchte Andreas, absolut fasziniert von dem, was er da sah. „Das ist genau das, was ich erwartet hatte."

„Nebel", bemerkte Mira ähnlich gefasst. „Kein Mensch, dessen Beschattung jetzt aufgeflogen wäre und auch kein Tier, das hier nachts herumstreift. Nein, es ist lediglich Nebel."

„ - der uns natürlich auch den Blick auf die blinkenden Lichter der Windräder verbirgt.", ergänzte Tim, der mit einem Mal ganz heiter klang.

„ - und in den wir uns jetzt hineinwagen müssen", fügte Christian fortführend hinzu.

„Wohl wahr", äußerte sich Tim erneut. Dabei war jene Heiterkeit, die wenige Sekunden zuvor noch da gewesen war, schlagartig verschwunden. Ganz so, als hätte es diese niemals gegeben.

„Meint ihr, da unten im Tal wird man wieder mehr sehen können?", fragte Ida mit zittriger Stimme.

„Ich fürchte nicht", entgegnete Mira, die das verängstigte Mädchen in diesem Moment unsagbar bemitleidete.

„Hab keine Angst", entschärfte Andreas die Situation, „wir

sind alle fünf bei dir."

„Ist gut", flüsterte Ida, wobei Andreas sich nicht einmal sicher war, ob sie wirklich etwas gesagt hatte.

Ohne jedoch länger darüber nachzudenken, konzentrierte er sich auf das, was im Hier und Jetzt zu erledigen war. Sogleich wurden die Freunde endgültig vom Nebel verschluckt. Der einzige Weg, den sie von hier aus gehen konnten – das war ihnen allen bewusst – führte geradewegs ins Tal hinab. Ein Abstieg mit ungewissem Ausgang und dennoch unausweichlich.

Kapitel 18 – Todesschreie

Obwohl es sie eine gefühlte Ewigkeit gekostet hatte, waren sie mittlerweile bis in die Tiefen des Waldes vorgedrungen. Jeder von ihnen hatte auf seine ganz individuelle Art und Weise dazu beigetragen. Sei es nun der Orientierung, dem Adrenalin oder der Fähigkeit, eine Gruppe Jugendlicher durch ein Abenteuer zu lotsen, gedankt. Früher oder später würde sich der gesamte Aufwand auszahlen. Da waren sich die Freunde einig.

„He, pssst", machte Mira plötzlich auf sich aufmerksam und blieb abrupt stehen. Sie legte einen Finger an den Mund und hoffte, die anderen konnten ihre Geste trotz der weißen Luft überall um sie herum erkennen. Offenbar war dem so, denn im nächsten Moment hörte man einzig und allein das Fließen und Glucksen von Wasser aus scheinbar allen erdenklichen Richtungen.

„Hört ihr?", fragte Mira, wobei sie tatsächlich nur den Mund bewegte. „Das ist nicht nur der abfließende Regen."

„Beileibe nein, ganz bestimmt nicht", kommentierte Christian ruhig. „Das klingt nach mehr. Nach weitaus mehr."

„Weitaus mehr? Was meinst du damit?", fragte Max fordernd und mit anschwellender Panik in der Stimme.

„ - dass es nicht nur irgendwelche Sumpf- und Wassertiere sind, die wir da hören", antwortete Andreas besänftigend, um seine eigene Anspannung ein wenig zu überspielen.

„Nicht nur?", erkundigte sich Ida. Ihre Stimmlage verriet, dass sie nicht mehr weit von einem Ohnmachtsanfall entfernt sein konnte. „Heißt das etwa – die Männer – sie sind hier -?"

„Das ist sehr gut möglich", bestätigte Christian und hoffte inständig, das angsterfüllte Mädchen möge ihnen um Himmels Willen nicht zusammenbrechen.

Um die Wahrscheinlichkeit einer solchen Unannehmlichkeit zu verringern, ergriff er umgehend die Initiative. Er wies die Freunde an, sich an den Händen zu fassen und immer dicht beieinander zu bleiben.

„Es wird das Beste sein, wir laufen den Geräuschen der Tiere entgegen", schlug Andreas vor. „Auf diesem Weg werden wir den See wohl schnellstmöglich erreichen."

„ - und den Männern direkt in die Arme laufen?!", entrüstete sich Tim. „Das wäre doch blanker Selbstmord! Wer weiß, was für Waffen diese Verbrecher mit sich führen. Ich setze bestimmt nicht mein Leben -"

„ - wir folgen den Geräuschen, denn das ist der sicherste Weg, der uns direkt zum See führt", räumte Christian ruhig, aber bestimmt ein. „Dann sehen wir weiter."

„Und wenn die Kerle uns schnappen -", gab Tim zu bedenken, „sehen wir dann auch weiter?"

„Ja", antwortete Mira völlig nüchtern, um Christian den Rücken zu stärken. Sie fühlte sich positiv bestätigt, als sie bemerkte, wie sehr ihr Konter den temperamentvollen Tim verwirrt hatte. „Na, vorwärts, auf geht's", drängte sie den Jungen belustigt. „Immerhin haben wir noch etwas zu erledigen, bevor die Sonne aufgeht. Los, los."

„Ja, wie jetzt – Moment mal -", protestierte Tim, als Mira ihren Griff fest um sein Handgelenk legte und ihn zunehmend energisch hinter sich her zog. „Ist ja gut, ich habe verstanden", murrte der Junge zähneknirschend und fügte sich seinem Schicksal. „Du kannst mein Handgelenk ruhig loslassen. Ich werde schon nicht weglaufen. In diesem Nebel sieht man ja doch nichts."

Das Mädchen lockerte den Griff und die Freunde tasteten sich gemeinsam durch die dichten Schwaden aus weißer Luft dem See entgegen. Glücklicherweise wurden das Quaken der Frösche sowie das Schnattern vereinzelter Enten von Moment zu Moment lauter. Es konnte somit kein besonders großer Abstand mehr zwischen dem See und den Jugendlichen liegen. Wahrscheinlich waren es allein bis zur Wiese, auf der sie alle gelegen hatten, keine fünfzig Meter mehr.

Und tatsächlich: So dicht aneinandergedrängt, wie sie den Weg entlangschlichen, hatten sie den nächsten Zwischenhalt bald erreicht. Christian, der nach wie vor die kleine Gruppe anführte, ließ den Schein seiner Lampe nach rechts wandern. Als er die Lichtung erblickte, war er ein ums andere Mal erleichtert.

Es war nicht mehr weit bis zum Ziel. Und da sie es gemeinsam vom Zeltlager hinab in die Tiefen diesen großen Waldes bis an den See geschafft hatten, würden sie auch alle weiteren Hürden meistern. Ganz gleich, was ihnen dieses Abenteuer derzeit noch vorzuenthalten pflegte.

In wenigen Augenblicken würden sie also den kleinen See links liegen lassen und die gleichermaßen gemütliche als auch abgelegene Anlage mit der Grillhütte betreten.

Was mochte dort wohl auf sie zukommen? Und was war zu tun, falls die Männer den Freunden tatsächlich an jenem Ort auflauerten?

Bestimmt werfen sie uns in den See, dachte Christian verächtlich. Das wäre ja gemeingefährlich! Und von wegen See – mit der geringen Menge an Wasser ist das nicht mehr als ein großer Teich. Aber gut, solche Leute wollen sich eben nur ungern die eigenen Hände -

„Christian, mach deine Taschenlampe aus", zischte es plötzlich an seinem Ohr. Derart überraschend als auch unsanft aus seinen Gedanken gerissen, hätte der Junge vor Schreck beinahe die besagte Lichtquelle fallen lassen und laut aufgeschrien. Dies konnte lediglich dadurch verhindert werden, dass Andreas ihn fest am Arm packte und mithilfe eines erneuten scharfen Zischens zum Schweigen brachte. „Sssssch!"

Der fast zu Tode Erschrockene löschte sein Licht, die Lampe mit beiden Händen krampfhaft umklammernd. Er wollte kein unnötiges Risiko eingehen.

„Was – was war denn -?", stammelte er immer noch völlig benommen.

„Da drüben, im Morast -", begann Andreas, stockte jedoch sogleich. Mira nahm den Faden umgehend auf – sie durften keine Zeit mehr verlieren. „ - wir sind alle der Meinung, den ein oder anderen schwachen Lichtschein gesehen zu haben. Zwei waren es auf jeden Fall, vielleicht sogar drei."

„ - wenn sich nicht noch mehr von der Sorte dazugesellen", fiel Tim in den Bericht ein. Obwohl auch er flüsterte, war nicht zu überhören, dass er seine Zähne fest aufeinanderbiss.

„Aber wie wollt ihr die denn bitte gesehen haben?", fragte Christian perplex und skeptisch zugleich. „Durch diesen dichten Nebel kann man doch kaum irgendetwas erkennen."

Er hatte allerdings gerade den Satz zu Ende ausgesprochen, als er feststellte, dass diese Aussage nicht mehr ganz der Wahrheit entsprach. Man konnte wieder mehr erkennen, denn der Nebel hatte sich ein Stück weit gelichtet.

„Tatsache", gluckste Christian und klang dabei fast schon leicht amüsiert. „Ich habe doch sogar das Wasser glitzern sehen, als ich eben dorthin geleuchtet habe."

Er deutete zum Ufer, auch wenn er in der Dunkelheit wahrscheinlich allerhöchstens seine eigene Nase ausmachen konnte. „Aber jetzt hört man, wenn man die Ohren spitzt, nur noch die Frösche quaken."

„Wenn überhaupt", raunte Tim flüsternd. „Man könnte glatt meinen, die Waldbewohner wüssten, was hier vor sich geht. Ganz so, als würden sie unseres Rätsels Lösung bereits kennen."

Er hielt inne, um genau wie seine Freunde zu horchen, ob sich in der Still etwas tat. Nach diesem schier endlos andauernden Moment, brach er schließlich das Schweigen: „Freunde, es ist so still. Noch nicht einmal mehr die Frösche geben irgendwelche Laute von sich. Was ist das bloß?"

„Jedenfalls keine normal Stille mehr", hauchte Andreas tonlos.

„Das gefällt mir ganz und gar nicht", bekundete Mira in einem für ihre eigenen Verhältnisse außerordentlich besorgniserregenden Tonfall. Andreas hatte das sonst stets freche Mädchen bis zu diesem Moment noch kein einziges Mal so außer sich erlebt. „Leute, hier ist irgendwas ganz gewaltig nicht in Ordnung."

Die Freunde standen erneut dicht aneinandergedrängt am Rand der Badewiese. Wie in die Enge getriebene Tiere, sahen sie sich verängstigt und nach Feinden Ausschau haltend in alle Richtungen um. Sie konnten zwar kaum etwas erkennen, ein möglicher Angriff blieb jedoch ebenso aus.

Dann, wie ein Blitz aus heiteren Himmel geschah es plötzlich; Max entdeckte es als Erster und zögerte keine Sekunde, es den anderen mitzuteilen.

„Seht", bemerkte er leise, „da, im Morast – die Lichter."

Und tatsächlich, da huschten ein paar Lichtkegel durch die Nebelschwaden, die wiederum ihrerseits wie Geister über dem sumpfigen Land waberten. Es war nicht ganz leicht, zu sagen, um wie viele es sich handelte. Mehr als fünf konnten es aber kaum sein.

Die Freunde beobachteten das faszinierende Geschehen mit

einer Mischung aus Anspannung und Verblüffung. Unzählige Fragen waren weiterhin nicht geklärt. Das würde sich jedoch hoffentlich in dieser Nacht ändern. Vielleicht ließe sich sogar der gesamte Fall aufklären, bevor die kommende Mittagsstunde anbrach.

Jener Gedanke, so schön er auch sein mochte, wurde im nächsten Moment schlagartig weggefegt. Den Grund dafür lieferte ein markerschütternder Schrei aus dem Dickicht, der die Jugendlichen angsterfüllt zusammenfahren ließ.

Das Schlimmste hingegen waren die unheilverheißenden Worte, die von derselben Person ohne jegliches Mitgefühl und erfüllt von tiefem Hass regelrecht ausgespien wurden. Genauso, hatten die Freunde den Eindruck, musste sich der leibhaftige Tod anhören, bevor er eine verstoßene Seele aus der Welt der Lebenden davontrug.

„Die Kinder! Bringt mir diese Kinder! Ich werde sie mit meinen eigenen Händen zerquetschen! Wenn es sein muss, auch jedes Kind einzeln. Bringt sie mir! Sie sollen meinen grenzenlosen Zorn zu spüren kriegen!"

Frau Römer erschrak und saß mit einem Mal kerzengerade auf dem Stuhl, auf dem sie sich niedergelassen hatte. Sie hatte sich zu einer Gruppe leicht unruhig schlafender Kinder dazugesellt.

Wenn diese Nacht schon eine derart beängstigende Wendung hatte einschlagen müssen, war ihr durch den Kopf geschossen, wollte sie trotz eigener Erschöpfung zumindest für ihre Schützlinge da sein. Andernfalls hätte sie diesen Posten gar nicht verdient.

Was – ach, du Schreck, was war denn das?, fragte sie sich,

wobei sie eine starke Benommenheit spürte. Ich muss wohl eingenickt sein.

Sie schmunzelte ein wenig verlegen über dieses Versehen und warf einen verstohlenen Blick auf die Kinder. Diese lagen unverändert überall um sie herum eng aneinandergerückt auf Wolldecken, Isomatten und ähnlichen halbwegs bequemen Schlafunterlagen auf dem Boden.

Wie schaffen sie es nur, überhaupt ein Auge zu schließen, obwohl es vor wenigen Stunden noch so aussah, als ginge die Welt unter?

Es war durchaus kein Tadel, der die Gedanken der Betreuerin untermalte. Nein, ganz im Gegenteil: Sie war lediglich verblüfft und nicht weniger überrascht. Möglicherweise war sie auch einfach nur leicht verwirrt. Aber nach all den Strapazen, die sie hier kürzlich gemeinsam erlebt hatten, gab es wohl niemanden, der diese vorübergehende Haltung kritisch oder generell irgendwie hinterfragt hätte. Außerdem, selbst wenn die Kinder schliefen, waren sie mit Sicherheit nicht sonderlich zu beneiden.

„Letizia", erklang plötzlich eine sanfte Stimme irgendwo neben oder auch hinter ihr. Die Angesprochene erschrak erneut und ließ ihren Blick ein weiteres Mal umherwandern. Sie war jedoch so furchtbar müde und erschöpft, dass sie nichts als Dunkelheit wahrnahm. Kein Wunder, sie hielt immerhin ihre Augen geschlossen.

„Begib dich zur Nachtruhe, Letizia", fuhr die Stimme fort. Sie sprach so sanft und wohlwollend, als beabsichtigte sie, die Betreuerin in eben dieser Sekunde wie auf schwerelosen Wolken ins Reich der Träume zu geleiten. „Du hast bemerkenswert gute Arbeit geleistet und dir deinen Schlaf redlich verdient. Die Kindern schlummern doch auch schon alle. Wir Männer halten schon die Stellung. Mach dir darüber mal

157

keine Sorgen. Gönn dir ein bisschen Ruhe, Letizia – Letizia - Letizia."

Sie schreckte auf – zum dritten Mal bereits.

„Peter?", fragte sie wispernd. Vielleicht dachte sie es auch nur.

„Na komm, steh schon auf."

Der Betreuer stand jetzt direkt vor ihr. Aus seinen gutmütigen und strahlenden blauen Augen heraus, sah er sie an und lächelte herzerwärmend.

„Wie spät ist es?", hauchte sie ihm entgegen. Vor lauter Entkräftung gaben ihr Beine augenblicklich nach. Herr Schneider packte sie instinktiv und hielt sie solange sicher in seinen Armen, bis ihre Beine ihr wieder festen Halt gaben.

„Jedenfalls schon so spät, als dass du hier nicht auch nur noch eine Sekunde länger sitzen solltest." Er lachte leise. „Leg dich bitte jetzt hin. Du hast weitaus mehr geleistet, als es deine Pflicht ist. Die Kinder werden schon alleine klarkommen."

Er zwinkerte ihr lustig und voller Dankbarkeit zu. Mit letzten Kräften brachte sie ihrerseits ein schwaches, aber mindestens genauso dankbares Lächeln für dieses – im wahrsten Sinne des Wortes – ausgesprochen herzliche Lob zustande.

Natürlich, die Kinder kommen alleine klar. Der Satz klang so hohl und ohne jeglichen Zusammenhang im Kopf der Betreuerin nach, dass sie sich fragte, warum er ihr so bedeutsam erschien.

Sie kommen klar, sie kommen zurecht, sie schaffen das – alleine.

Weshalb hatte Herr Schneider das gesagt? War es bloß eine Floskel gewesen? Nein, bestimmt nicht. Die Betreuerin hatte das ungute Gefühl, dass an dieser Aussage mehr dran sein musste, als es den Anschein hatte.

Der Ruheraum!, fiel es ihr plötzlich siedend heiß ein. Peter hat den Jugendlichen den Ruheraum aufgeschlossen, weil es dem neuen Jungen nicht gut ging. Wie hieß er doch gleich? Andreas! Richtig, das war sein Name. Hatte er Heimweh gehabt? Ach was, nein! Es war doch etwas ganz Anderes. Wie komme ich denn nur auf Heimweh?

Nein, was hatte Peter doch gleich erzählt? Is- nein, es- nein, auch nicht. Moment – ach, es liegt mir doch auf der Zunge -

Sie überlegte fieberhaft. Ach ja, richtig!, besann sie sich. Ich weiß es wieder! Astraphobie – die panische Angst vor Gewittern.

Sie freute sich, dass es ihr wieder in den Sinn gekommen war. Gleich darauf schämte sie sich dieses Hochgefühls, obwohl es dem Jungen gegenüber natürlich nicht böse gemeint war.

Der arme Junge, bedauerte sie. Bei dem Sturm vorhin muss er ja wirklich furchtbare Qualen durchgestanden haben. Da kann man nur hoffen, dass man sowas selbst nie bekommt.

Aber jetzt weiter. Ich will mal nachsehen, wie es den Freunden gerade geht. Obwohl sie wohl schlafen? So wie die übrigen Kinder?

Die Betreuerin hatte das Gefühl, dass das eher nicht der Fall war.

Auf leisen Sohlen begab sie sich in Richtung Ruheraum. Je näher sie dem kleinen Zimmer kam, desto nervöser wurde sie. Ihr Herz pochte von Moment zu Moment heftiger. Bald schon hämmerte es so stark, dass sie befürchtete, es müsse jederzeit ihren Brustkorb sprengen.

So viele Fragen spukten ihr durch den Kopf. Warum hatte sie so ein seltsames Gefühl? Steckte mehr dahinter, als sie selbst vermutete? Falls ja, wie viel mehr steckte dahinter und vor allem *was*? Außerdem: Was vermutete sie selbst eigentlich? Waren es lediglich Hirngespinste, die aus all ihrer Müdigkeit und Erschöpfung heraus entstanden waren? Ging allmählich vielleicht einzig und allein ihre Fantasie mit ihr durch? Was, wenn sie noch immer bei den Kindern saß, in einer äußerst ungesunden Haltung schlief und das alles nur träumte? Zugegeben, die Vorstellung war durchaus verlockend.

Bitte befreie mich jemand aus diesem Traum, dachte Frau Römer verzweifelt. Es ist ein Alptraum. Sie hielt inne. So hilf mir doch jemand. Peter – Jochen – Lydia – Cristofer – Claus! Hilfe!

Die Betreuerin war den Tränen nahe. Was geschah hier gerade? War sie tatsächlich wach? Oder träumte sie? Alles um sie herum wirkte so furchtbar unwirklich und gleichzeitig doch so real.

Plötzlich spürte sie einen stechenden Schmerz in der linken Brust. Sie stöhnte qualvoll auf und bewegte den Arm in Richtung ihres Herzens. Doch der Arm wollte ihr nicht lange gehorchen. Frau Römer war bemüht, nicht in Panik zu verfallen, aus Angst, diese könne unkontrolliert ausufern.

Behalt jetzt bloß die Nerven, Letizi, ermahnte sie sich in Gedanken, wenn auch eher hysterisch als gefasst. Beiß die Zähne zusammen und mach dich auf zu den anderen. Na los doch.

Mit zunehmenden Schmerzen schlurfte sie den Weg zurück. Jeder Schritt war eine noch schlimmere Tortur als der Vorherige. Die Betreuerin spürte ein immer rascher anschwellendes Brennen in sämtlichen Gliedern. Die mit Abstand heißesten Flammen dieses unablässig kräftezehrenden Feuers schienen auf ekelerregend gierige Art und Weise ihr Herz zu fressen.

Eines stand nun mit grausiger Gewissheit fest: Das war kein Traum. Es war auch nicht nur ein schrecklicher Alptraum. Nein, es war echte, bitterernste Realität.

„Hilfe!"

Frau Römer sammelte ihre letzten Kraftreserven zusammen und schrie. Wer wusste, wie lange ihre Lungen dies noch zuließen? Zahlreiche Tränen rannen über ihre Wangen und ihr schwanden die Sinne. Hatte man sie gehört? Zum Kuckuck – irgendjemand musste sie doch gehört haben!

Sie meinte, Schritte zu vernehmen. Oder war es doch nur ein Hirngespinst? Nein, Tatsache – hastigen Schrittes kam jemand herbeigeeilt. Es gab wieder Hoffnung. Man hatte sie gehört!

„Letizia? Um Himmels Willen, Letizia!"

Herr Schneider entdeckte die völlig verzweifelte Frau und stürzte auf sie zu. Er kam keine Sekunde zu früh; geradeso gelang es ihm, die zu Boden sinkende Betreuerin aufzufangen. Somit blieb ihr eine Platzwunde am Kopf erspart.

„Du solltest dich doch schlafen legen", raunte er der überwältigten Frau zu, während diese wie bewusstlos in seinen Armen lag. „Das hätte nicht passieren müssen."

Er fragte sich, ob sie ihn überhaupt noch hörte. Doch ganz gleich, ob dem so war oder nicht, es konnte nun auf jede Sekunde ankommen.

„Jochen, Lydia! Wo seid ihr?", rief der Betreuer. „Kommt bitte umgehend zum Ruheraum. Ein Notfall!"

Die beiden hatten ihn gehört und waren bereits unterwegs.

„Was ist denn los?", ertönte Herr Fehnhupps Stimme, noch bevor Herr Schneider ihn sah. „Was meinst du mit Notfall?" Er erblickte die beiden auf dem Boden. „Meine Güte, Letizia!" Er kniete nieder und kontrollierte ihren Puls. „Dem Schicksal sei Dank, sie lebt. Aber wir brauchen einen Notarzt."

„Ich kümmere mich darum", versetzte Frau Grauländer, heilfroh, sich absetzen zu können. Sie wusste, dass sie es nicht lange ertragen würde, ihre Mitarbeiterin und gute Freundin so sehen zu müssen. Was das anging, ging es auch den Männern nicht anders.

„Was ist denn passiert, Peter?", erkundigte sich Herr Fehnhupp äußerst schockiert.

„Ich weiß es nicht, Jochen", gab der Gefragte nachdenklich

zurück. „Aber ich fürchte, es war einfach zu viel."

„Ja, wahrscheinlich", bestätigte der Andere langsam und gedankenverloren.

In diesem Moment kehrte Frau Grauländer zurück. „Der Notarzt ist unterwegs", erklärte sie. „Wie geht es Letizia? Was sagt der Puls?"

„Den Umständen entsprechend", murmelte Herr Fehnhupp. Die Situation hatte auch ihm ordentlich zugesetzt. Er war für seine eigenen Verhältnisse ziemlich angespannt.

„Bitte, packt mit an", begann Herr Schneider sanft, aber bestimmt. „Lasst uns Letizia in den Ruheraum legen, bis der Notarzt da ist. Ich wüsste nicht, was wir anderweitig -"

„Cristofer, Claus, Peter, Ly-"

Die Anwesenden sahen sich überrascht an. Sogleich senkten sie ihre Blicke auf die geschwächte Mitarbeiterin. Aus minimal geöffneten Augen erwiderte diese den Blick.

„Ganz ruhig, Letizia", besänftigte Frau Grauländer sie. „Es wird alles wieder gut. Der Notarzt -"

„Im Ruheraum -", hauchte Frau Römer wie in Trance. „Die Jugendlichen – Andreas – ich wollte nur nachsehen – ob -" Sie brach ab.

„Ob – ob was?", rief Frau Grauländer fordernd und verzweifelt zugleich. Sie warf den Männern einen hilflosen Blick zu. Tränen schimmerten in ihren Augen.

„Lass nur, Lydia", sagte Herr Schneider sanft. Er hatte plötzlich einen schrecklichen Verdacht.

Hinter dieser Tür verbirgt sich die Wahrheit vor uns, dachte er. Sorgenvoll drückte er die Klinke nieder, öffnete die Tür und knipste das Licht an. Der leere Raum war ein Schock fürs Leben.

„Nein -", wisperte Frau Grauländer mit erstickter Simme. „Nein -"

Frau Römer hatte Recht behalten: Die sechs Jugendlichen waren verschwunden und niemand hatte auch nur die leiseste Ahnung, wohin es sie verschlagen hatte.

Wenigstens sind sie jetzt gewarnt, dachte die treue Seele bei sich. Sucht die Kinder, Lydia, Peter, Cristofer, Claus! Rettet die Kinder!

Die Gedanken versiegten, sie schloss die tränenverschmierten Augen und entschwand in ein Reich substanzloser Schwärze.

Kapitel 19 – Erwischt!

Niemand regte sich, niemand sprach ein Wort. Das einzige, was sie taten, war, in Richtung der geheimnisvollen Lichter zu starren und zu realisieren, was soeben geschehen war.

Die Lichter hatten mittlerweile aufgehört, wie wild durch den Nebel zu huschen. Stattdessen schienen sie nun alle auf den Boden zu leuchten. Die sechs Freunde – nach wie vor unfähig, sich zu rühren – beobachteten gebannt, was sich da vor ihnen abspielte.

Warum kamen die Männer nicht hierher, um sie zu schnappen? Skrupellose Verbrecher machten doch sonst nicht vor abenteuerlustigen Jugendlichen oder generell vor irgendwem Halt. Viele Ganoven schreckten noch nicht einmal davor zurück, über Leichen zu gehen. Ein nicht gerade beruhigender Gedanke für Momente, in denen man keine 100 Meter Luftlinie zwischen derartigen Menschen und sich selbst zu haben wusste. Was hatte es bloß mit all dem auf sich?

„Leute", wisperte Max, der sich als Erster ganz allmählich aus seiner Starre befreien konnte, „worauf warten die Kerle? Nicht, dass ich scharf darauf wäre, von ihnen geschnappt und verschleppt und weiß der Himmel, was noch zu werden, aber-"

„Spar dir deine motivierenden Ausschweifungen", zischte Mira gereizt.

Max ignorierte den Kommentar und fuhr fort: „Ich dachte, die wären in Null Komma nichts hier."

„Sind sie aber nicht", ergänzte Tim gedankenverloren. „Und das ist doch sehr merkwürdig.

„Nicht wahr?", fragte Mira geheimnisvoll, wobei es natürlich keine Frage, sondern vielmehr eine Feststellung war. „Was meint ihr wohl, was das zu bedeuten hat?" In ihrer Stimme schwang starke Erregung mit.

„ - dass sie uns in Wirklichkeit gar nicht gesehen haben", antwortete Andreas und spann den Faden, seinem Spürsinn folgend, weiter: „Ich weiß ja nicht, ob es euch aufgefallen ist -" Er machte eine kurze Pause, um den Freunden Zeit zum Nachdenken zu geben. Nach knapp zehn Sekunden hob er erneut die Stimme und erklärte: „Kein einziger Lichtstrahl hat bisher in unsere Richtung geleuchtet. Die Männer *können* uns dementsprechend gar nicht gesehen haben."

Ein erleichtertes Raunen ging durch die Gruppe.

„Aber warum hat dieser Typ dann vorhin diese verbalen Todesflüche uns gegenüber ausgespien?", fragte Christian verwirrt. „Von wegen 'jedem von uns einzeln und mit seinen eigenen Händen zerquetschen'. So, wie er das gesagt hat, kam ich mir vor, als hätte ich direkt vor ihm gestanden und alleine sein Blick hätte mich zu Staub zerfallen lassen."

„Ich nehme an, das war einfach nur ein unglückliches Schicksal – zur falschen Zeit am falschen Ort", erwiderte Andreas achselzuckend. Gleich darauf fiel ihm ein, dass die anderen diese Bewegung in der Dunkelheit natürlich nicht sehen konnten. Deshalb fügte er rasch hinzu: So etwas kommt schon mal vor."

„Okay, schön und gut. Dem Glück sei es gedankt, dass nochmal alles glimpflich verlaufen ist", kommentierte Max mit hörbarer Erleichterung in der Stimme. „Die Frage ist aber, was wir jetzt machen und wie wir uns weiter an den Fall heranwagen wollen. Mich interessiert vor allem, warum sich dieser Mann vorhin fast die Kehle heiser geschrien hat. Man schreit doch nicht grundlos einen ganzen Wald zusammen."

„Darauf kann ich dir eine Antwort geben, wie sie simpler

kaum sein könnte, Max", erklärte Andreas mit einer Gelassenheit, die er von sich selbst und gerade in einer Situation wie der Momentanen niemals erwartet hätte. „Er sucht das Feuerzeug, das er verloren hat, nachdem ich ihn während seines Beobachtungsmanövers erwischt habe." Der Junge machte eine kurze Pause, um seinen Worten einen gewissen Nachdruck zu verleihen. „Aber das kann er natürlich nicht mehr dort finden, war ich doch clever genug, es an mich zu nehmen."

„Das stimmt schon", beschwichtigte Max, „aber was nun? Meint ihr, diese Sumpfknaben kommen doch noch hierher, um uns eventuell mitzunehmen?" Er gab sich alle Mühe, die Frage möglichst verächtlich klingen zu lassen. „Bisher haben sie uns nicht entdeckt. Ich wäre schon zufrieden, wenn das weiterhin so bleibt. Lasst uns abhauen, solange wir noch die Chance dazu haben."

„Unsinn", zischte Mira, „wir bleiben an der Sache dran. Wenn du ganz ehrlich zu dir selbst wärst, Max, dann wüsstest du genau, dass auch du diesen ganzen Ungereimtheiten nachgehen willst."

„Na ja, also, ich -", stammelte der Junge, nach den passenden Worten suchend, und hinterfragte in Gedanken die Behauptung des Mädchens. Zu seinem eigenen Verdruss musste er sich eingestehen, dass sie Recht hatte.

Bevor er sich jedoch dazu äußern konnte, stärkte Tim ihm bereits den Rücken: „Den Heimweg anzutreten, ist eine ausgezeichnete Idee. Mir fällt zurzeit, ehrlich gesagt, auch nichts Besseres ein."

Mira schnaubte verächtlich. „Dann lauft doch zurück. Aber die Taschenlampen bleiben hier. Lasst euch das gesagt sein." Sie wandte sich den drei Anderen zu: „Ida, Jungs, seid ihr soweit?"

Von Christians Seite kam ein kurz angebundenes „Es kann weitergehen". Sogleich setzten die beiden Mädchen, Andreas und Christian ihre Reise fort.

„Leute", gab Tim flehend und beinahe entsetzt von sich, „seid doch vernünftig."

Doch der Abstand zwischen den Freunden wurde von Sekunde zu Sekunde größer. Die in der Dunkelheit zurückgelassenen Jungs waren hin- und hergerissen und von den unterschiedlichsten Gefühlen überwältigt.

„Jungs? Wo seid ihr?", fragte plötzlich Max mit zitternder Stimme. „Ich komme ja schon mit. Aber wo – ach, zum Kuckuck -" Er verstummte.

„Moment, warte", erwiderte Andreas, „ich komme euch entgegen." Es folgte eine Pause. Max glaubte, Andreas auf sich zukommen zu hören. „Bist du hier?"

„Unmittelbar vor dir", entgegnete der Verängstigte. „Achtung, ich strecke meinen Arm aus."

Ein erleichtertes Aufatmen verriet Christian und den Mädchen, dass Andreas, Max und Tim den Anschluss zueinander gefunden hatten.

„Bereit?", erkundigte sich Andreas flüsternd. Die für diese Hilfsbereitschaft unbeschreiblich dankbaren Jungs bejahten. Gemeinsam, mit Andreas an ihrer Spitze, legten sie die wenigen Meter bis hin zu den Wartenden zurück.

Schon waren sie, zu ihrer aller Freude, erneut vollzählig beisammen. Der Sicherheit halber, fassten sie sich an den Händen.

Da brach auch bereits der nächste Schockmoment über sie herein; Vom Morast her waren die Stimmen der Verbrecher zu hören – fünf wutentbrannte Männer, deren Wortwechsel, wenn auch langsam, immer deutlicher und zu allem Übel zunehmend lauter wurden. Auch die Lichtkegel ihrer Taschenlampen wurden trotz des Nebels von Moment zu Moment erschreckend schnell klarer und klarer. Erneut drohte das Blut in den Adern der sechs

Freunde, zu gefrieren.

„Sie kommen hierher." Max' Stimme überschlug sich, obwohl er es weiterhin nicht wagte, mehr als ein Flüstern von sich zu geben. Mit seinen eigenen Gedanken sowie denen der anderen verhielt es sich genauso.

„Ins Gebüsch, schnell", forderte Christian die Freunde auf. „So beeilt euch doch."

Sie taten wie geheißen und schwärmten ins umliegende Unterholz aus; Die Mädchen mit Max zur einen Seite, Christian und Tim zur Anderen.

Eventuell hätten die Männer sie gar nicht bemerkt. In all der Aufregung und dem plötzlichen Durcheinander war Andreas jedoch ins Straucheln geraten. Äußerst unsanft und auch nicht sonderlich leise war er anschließend in einem Gebüsch ein wenig abseits von Christian und Tim gelandet. Vor lauter Überraschung hätte er beinahe laut aufgeschrien.

Jetzt haben sie ihn!, schoss es Christian voller Entsetzen durch den Kopf. Und uns noch dazu!

In der Gegenwärtigkeit dieses abscheulichen Geistesblitzes wäre der Junge am liebsten aufgesprungen, um dem Anderen beizustehen. Aber es war zu spät. Nur ein Wunder würde Andreas in diesem Moment noch helfen können. Deshalb hoffte Christian darauf, dass genau dies nun passieren möge.

„Habt ihr das gehört?", fragte eine Stimme schneidend und kalt. Sie kam den sechs Freunden unangenehm bekannt vor. Gleich darauf begriffen sie: Es war der Kerl, der vorhin wie fuchsteufelswild gewütet und geschrien hatte.

„Of course, ich meine, natürlich", erwiderte ein anderer mit englischem Akzent. „Klang wie ein – animal – ähm – ein, ein, ein Tier. You know?"

„Das muss aber ein ziemlich großes Tier gewesen sein", blaffte der Schreihals den vermeintlichen Engländer verächtlich an. „Du glaubst wohl, hier laufen Elefanten durch den Wald, he?"

„No, no, no, no!", verteidigte sich der Engländer. „Ein Fuchs – ein Wolf – oder – wie heißt -? Oh yes, ein Bär!"

„Ein -" Der Schreihals schien erneut seinem Ärger Luft machen zu müssen. „Ein Bär?! Sag mal, hast du in deinem Oberstübchen noch alle Teetässchen beisammen, kleiner Soldat vom Buckingham Palace?!" Oh, ich werde dich -"

„Du wirst dich jetzt erstmal ein gewaltiges Stück zurücknehmen, Freddy!", erklang eine dritte Stimme in einem Ton, der keinen Widerspruch duldete. Der einwandfreien Aussprache nach zu urteilen, war er ein Deutscher. „Austin trifft keine Schuld, dass du das Feuerzeug des 'Meisters' verloren hast! Du hättest eben besser aufpassen müssen! Hast dich von einem Kind erwischen lassen! Das kriegt ja jeder Anfänger eleganter hin! Du bist kein echter 'Fünfprinzler', du bist ein Grünschnabel!"

Es waren harte Worte, die der gereizte dritte Mann dem ungeschickten Freddy geradezu ins Gesicht schmetterte. Aber jeder der anwesenden Männer – anscheinend hatten sie ihrer Organisation den Namen jener hübschen und zudem seltenen Brachlandpflanze gegeben – wusste, dass er lediglich die Wahrheit ausgesprochen hatte. Jedenfalls würde der 'Meister' es so sehen.

Wer allerdings dieser 'Meister' war, entzog sich bislang der Kenntnis der Jugendlichen. Vorläufig war nun auch dies ein ungelöstes Rätsel.

„Andreas", murmelte eine vierte, merkwürdig ruhige Stimme. Den Freunden lief es eiskalt den Rücken hinunter; jene Stimme, sie war von einem starken spanischen Akzent durchzogen, gehörte zu niemand Anderem als einem gewissen Herrn Tschantaj.

„Wie bitte?", fragte der Deutsche sichtlich irritiert.

„Eins von diesen Kindern, es un chico, ein Junge. Er ist neu im Zeltlager", erklärte der Spanier. „Er heißt Andreas. Ist ein Schnüffler, eine – wie nennt man – sí, eine Spürnase. Hat mich beobachtet, im Auge behalten, wie auch ich seine Freunde und ihn. Bestimmt hat er dich entdeckt, Freddy."

Er räusperte sich. „Ich weiß nicht, wie viel er weiß, ob er hinter Geheimnis gekommen ist. Hat vielleicht seinen Freunden erzählt. Wir können nur hoffen, dass nicht, sonst könnten wir große Probleme kriegen."

„Dann sind sie uns wahrscheinlich schon auf den Fersen!", rief der Deutsche alarmiert aus. „Sie könnten sich hier irgendwo verstecken – in diesem Moment. Ich werde sie suchen. Und wenn ich sie gefunden habe -"

Er stieß ein grässliches, von Boshaftigkeit und Durchtriebenheit erfülltes Lachen aus, das einem die Haare zu Berge stehen ließ.

„Ich mache das, Wolfgang!", widersprach Herr Tschantaj dem Deutschsprachigen. Täuschte sich Andreas oder lag da tatsächlich eine gewisse Spur von Angst in des Spaniers Stimme?

„Kenne mich hier besser aus als du und finde in dieser dichten Luft notfalls schneller zu euch zurück. Außerdem habe ich die stärkste Taschenlampe von uns allen."

„Spiel dich nicht auf!", protestierte Wolfgang erregt. „Ich werde es ja wohl hinkriegen -"

„Will nichts hören – nada!", donnerte Herr Tschantaj außer sich. „Ich gehe! Buscaré a los niños – werde die Kinder suchen! Entendido, amigo? No discutiré contigo – werde nicht mit dir diskutieren! Hast du mich verstanden, muchachíto?"

Der temperamentvolle Spanier wartete nicht auf die Reaktion seines Gegenübers. Fest entschlossen stapfte er in den Nebel, um Andreas und dessen Freunde ausfindig zu machen. Seine Gefährten, die vier verbleibenden, von der bilingualen Tirade völlig verdatterten 'Fünfprinzler', ließ er ohne ein weiteres Wort stehen.

Was war nur in den Spanier gefahren? Die Freunde verstanden die Welt nicht mehr. Genauso wenig, wie die übrigen Männer es taten. Wahrscheinlich war nur Herr Tschantaj selbst darüber im Bilde, was er da gerade getan hatte und warum. Oder er war sich dessen noch nicht einmal selbst ganz sicher. Mochte der Himmel wissen, was es mit diesem Gefühlsausbruch auf sich hatte.

So schlurfte der Mann mit seiner Taschenlampe scheinbar ziellos durch den Nebel. Er leuchtete jedoch auf den Boden, denn die Schwaden waren wieder ein wenig dichter geworden. Mit unzähligen nassen und kalten Händen griffen sie nach ihm. Er hingegen schenkte ihnen keinerlei Beachtung. Stattdessen suchte er wie besessen jeden einzelnen Zentimeter des im Lichtschein vor ihm auftauchenden Waldbodens ab. Die zwei Jungs im Gebüsch auf der einen Seite hatte er zum Glück nicht entdeckt; blickdichtes Astwerk sowie Schleier aus weißer Luft hatten ihm die Sicht verwährt. Gegenüber bei Max und den Mädchen hatte es ziemlich ähnlich ausgesehen. Wenngleich der Betreuer die Gebüsche ein wenig länger inspiziert hatte.

Aber wie würde es bei Andreas aussehen? Er lag mehr *auf* dem Gebüsch als darunter. Letztendlich konnte gar kein Zweifel daran bestehen, dass der durch den Nebel irrende Betreuer ihn entdeckte.

Andreas' Herz pochte – nein, es hämmerte geradezu. Der Junge hätte sich nicht im Geringsten gewundert, wenn jeder der hier und in diesem Moment Anwesenden das Geräusch – oder vielmehr den Lärm – vernommen hätte.

Der Mann näherte sich der Stelle, an der Andreas zu Boden

gegangen war. Schritt für Schritt nahm der Junge die Geräusche, die der Mann verursachte, immer lauter und deutlicher wahr. Die beiden waren mittlerweile nicht einmal fünf Meter voneinander entfernt. Am Ende jedoch, dessen war sich der Junge absolut sicher, würden sich die Kontrahenten von Angesicht zu Angesicht gegenüberstehen.

Gleich war es soweit. Aber was würde überhaupt geschehen? Andreas Gedanken rasten und es kostete ihn einige Mühe, nicht in Panik zu verfallen.

Verhalte dich ganz ruhig, tapferer Knabe, redete er sich selbst in Gedanken gut zu. Mit diesem iberischen Halbstarken wirst du doch allemal fertig. Du hast doch schon viel kniffligere Situationen als diese hier gemeistert.

Der Halbstarke, wie Andreas ihn insgeheim bezeichnete, stand jetzt keine zwei Meter entfernt von jener Stelle, an der ihm der Junge wie eine Spinne im Netz auflauerte. Der Schein der Taschenlampe leuchtete nach wie vor jeden Zentimeter des Dickichts sorgfältig ab. Andreas hatte das Gefühl, dass der Suchende den Lichtkegel zunehmend langsamer fortbewegte. Ganz so, als ob er bereits ahnte, jeden Moment eine bedeutende Entdeckung zu machen.

Beinahe hypnotisch tastete sich das Licht vorwärts. Ein Ast nach dem anderen. Schließlich, als ob es nicht schon alles qualvoll genug für einen verängstigten Jugendlichen gewesen wäre, kletterte das Licht seine Beine hinauf. Jetzt würden wahrscheinlich nicht einmal zehn weitere Sekunden vergehen, bis der falsche Betreuer erkannte, wen er hier vor sich hatte.

Was würde dann geschehen? Würde der Mann ihn zwingen, ihm alles zu verraten, was er gemeinsam mit seinen Freunden herausgefunden hatte? Würde er Andreas entführen, kidnappen, oder sogar -?

Er wagte es nicht, den Gedanken weiterzuverfolgen.

172

Noch drei Sekunden, zwei, eine allerletzte -

Der helle Schein traf sein Gesicht wie ein Schlag. Es blendete ihn, als hätte er versucht, in die Sonne zu blicken. Erneut war er unfähig, sich zu bewegen. Er kniff die Augen fest zusammen und fürchtete, die Orientierung zu verlieren.

Warum hatte es soweit kommen müssen? War der Fall doch eine Nummer zu groß für sechs Jugendliche? Sollten denn all ihre Bemühungen umsonst gewesen sein?

Totenstille – die Welt hielt den Atem an – die Zeit schien gänzlich stillzustehen. Andreas spürte sozusagen nichts mehr.

Er hatte versagt. Er hatte den Kampf angenommen, aber er hatte ihn genauso sehr verloren. Ganz gleich, was jetzt noch geschehen mochte, es war bedeutungslos. Ohne jeglichen Sinn. Es war vorbei mit der Verbrecherjagd, das Ende ihres Abenteuers. Andreas' Gedanken verloren sich in der gleißenden Helligkeit des Lichts.

Und plötzlich -

Kapitel 20 – Blut im August

„Ihre Mitarbeiterin hat, wie ich fürchte, einen Herzanfall erlitten." Der Notarzt machte ein ernstes Gesicht. „Des Weiteren ist davon auszugehen, dass sie unter Schock steht. Wir werden sie zur Beobachtung mitnehmen und die ein oder andere Untersuchung durchführen müssen. Alle übrigen Schritte werden sich erfahrungsgemäß nach und nach ergeben. Es wäre jetzt noch hilfreich, wenn Sie mir beschreiben würden, wie sich alles abgespielt hat.

Was genau ist passiert? Bei welcher Tätigkeit war – Moment, bitte, entschuldigen Sie – Frau Römer zum größten Teil involviert? Hat sie irgendwelche schweren körperlichen Aufgaben erledigt, bei denen sie sich zu sehr überanstrengt haben könnte? Hat sie zu wenig getrunken? Bei diesem Wetter kommt das weitaus häufiger vor, als die meisten Leute denken. Gibt es diesbezüglich irgendetwas? Ganz gleich, was Ihnen einfällt, es könnte äußerst wichtig sein.

Herr Schneider und Herr Fehnhupp tauschten unbehagliche und verschwiegene Blicke aus, Frau Grauländer sah unsicher und betroffen zu Boden. Keiner von ihnen hatte derzeit genügend Mut oder Kraft, den prüfenden Blick des Notarztes zu erwidern, geschweige denn, diesem standzuhalten.

Ihnen war allen sehr wohl bewusst, dass sie in einem solchen Moment verpflichtet waren, den Mediziner über alles in Kenntnis zu setzen, was sich in dieser Nacht im Zeltlager zugetragen hatte. Jedenfalls alles, was in irgendeiner Art und Weise mit Frau Römers aktuellem Zustand zusammenhing.

Doch dann würden sie ihm auch die restlichen Details

beichten müssen. Eine Katastrophe, angesichts der Tatsache, dass sechs Jugendliche spurlos verschwunden waren. Von erfolgreich ausgeführter Aufsichtspflicht konnte hier beileibe keine Rede mehr sein.

Andererseits stellten sich die Drei in diesem Moment die Frage, ob sie ihrer tüchtigen und beinahe unermüdlichen Mitarbeiterin dieses Opfer nicht zweifellos schuldig waren.

„Spontan fällt mir nichts ein", antwortete Frau Grauländer abwesend, „obwohl – nein, das – das ist nicht -"

„Obwohl was - ?", fragte der Notarzt lauernd. Er war mit einem Mal ganz aufmerksam und hellhörig geworden. „Was wollten Sie gerade sagen? Zögern Sie nicht, es mir mitzuteilen. Jede einzelne Information kann wichtig sein."

Im nächsten Moment entstand eine äußerst unangenehme Gesprächspause; die beiden männlichen Betreuer bissen sich innerlich auf die Lippen und wünschten sich, die Pädagogin hätte einfach den Mund gehalten. Sie selbst fragte sich, warum sie überhaupt das Wort ergriffen hatte. Es wäre so viel sinnvoller gewesen, wenn sie Herrn Schneider das Reden überlassen hätte. Er hatte nicht ohne triftigen Grund die Leitung des Zeltlagers übernommen.

„Eigentlich -", fuhr Frau Grauländer zögernd fort, „- ach, es – es hat sich bereits erledigt, weil -"

Sie verwünschte sich für ihre eigene Dummheit. Warum hatte sie nicht schweigen können?

„Ich wollte lediglich anmerken", nahm sie den Faden unsicher wieder auf, „dass Letizia, also Frau Römer, tatsächlich zu wenig getrunken hat. Außerdem war sie furchtbar erschöpft. Das Unwetter hat uns allen sehr zugesetzt."

„Ja, das wird es sein", bestätigte Herr Schneider mit kraftvoller Stimme. Er hielt es für angebracht, der brüchigen Aussage einen stärkenden Nachdruck zu verleihen. Herr

Fehnhupp begriff sofort den Ernst der Lage und räusperte sich: „Ganz Recht, wie konnten wir das nur vergessen?"

Die nun einsetzende zweite Gesprächspause erschien den drei Pädagogen noch beklemmender als die Erste. Nervös blickten sie in unterschiedliche Richtungen und hofften, der Mediziner würde endlich mitsamt seiner beiden Sanitätskräfte nach Garmberg zurückfahren. Frau Römer musste schließlich fachgerecht versorgt werden.

Ob er wohl ahnt, dass es hier um mehr geht, als nur um das, wonach es aussieht?, überlegte Herr Fehnhupp in gespannter Erwartung. Er hatte den leicht verstörenden Eindruck, dass der Arzt ihrer aller Gedanken lesen und sogar hören konnte.

Fahren Sie doch bitte endlich los und kümmern Sie sich um Letizia!, bat Frau Grauländer im Stillen. Sie fürchtete, dem geradezu peinigend qualvollen Blick nicht mehr lange standhalten zu können. Sonst werde ich mich gleich dazulegen müssen -

Es war wie eine Folter, lediglich dazustehen und das grausame Geheimnis wahren zu müssen. Wie lange würden die drei das noch aushalten können?

Herr Schneider hatte die große Sorge, Frau Grauländer würde jeden Moment das Schweigen brechen und alles ausplaudern.

Wenige Sekunden später erfolgte endlich die sehnlichst herbeigewünschte Erleichterung; der Notarzt löste seinen musternden und kritisch prüfenden Blick von den Pädagogen und wandte sich seinen Begleitern zu.

„Krähmeister, Doytelmud, haben Sie die Patientin für den Transport adäquat vorbereitet und stabilisiert?"

„Es ist alles bestens, Herr Doktor Westock", antwortete die Rettungssanitäterin Doytelmud aus dem Krankenwagen. „Die Patientin ist ein wenig unruhig, allem Anschein nach aber verhältnismäßig normal in Bezug auf ihren derzeitigen Zustand. Es lassen sich keine außergewöhnlichen Merkmale feststellen. Andererseits -", Doytelmud stutzte und fuhr mit seltsam belegter Stimme fort, „sie faselt sämtliche, völlig zusammenhangslosen Dinge vor sich hin. Ich wage sogar, zu bezweifeln, dass es richtige Worte sind. Vermutlich -"

Die Frau versuchte, sich verständlich zu machen. Doch es wollte ihr nicht gelingen.

„Was sagt sie denn?", wollte Herr Schneider wissen. Die Gefragte gestikulierte hektisch, brachte jedoch keinen Laut hervor. Krähmeister antwortete an ihrer Stelle.

„Es sind lediglich Wortfetzen; 'Tschan, Tschan, August in rot'. Und noch irgendwas mit 'Morr' oder 'Morf' – ich kann es Ihnen wirklich nicht sagen -"

Der Mann brach ab. Er klang beinahe so verzweifelt, dass sich in Herrn Schneiders gesamtem Körper ein fürchterlich schlechtes Gewissen ausbreitete. Der Pädagoge musste sich wahnsinnig zusammenreißen, einen kühlen Kopf zu bewahren. An Frau Grauländer und Herrn Fehnhupp wagte er in diesem Moment gar nicht zu denken.

„Ich nehme an", bemerkte Frau Doytelmud ruhig und völlig geistesabwesend, „dass ihr Unterbewusstsein Morphium verlangt."

In ihrer Stimme schwangen Bedauern und Betroffenheit mit. Zusätzlich lag für einen kurzen Moment eine seltsame Stille über allem; wenn Herr Fehnhupp es nicht besser gewusst hätte, wären es seiner Meinung nach zehn Jahre und nicht bloß zehn Sekunden gewesen.

Dieses Mal verspürten jedoch auch die Sanitäter ein unbehagliches Gefühl in ihren Magengruben. Es war eine kaum auszuhaltende Situation. Der Notarzt verstand sich allerdings darauf, diese zu beenden und die ohnehin schon malträtierten

Pädagogen nicht länger mit seinen unangenehmen Fragen zu quälen.

„Das mag sein", antwortete er, um den ausgesprochenen Gedanken der Rettungssanitäterin zu kommentieren. „Von daher fahren wir jetzt schleunigst stadteinwärts. Ich werde mich währenddessen schon einmal um die Patientin kümmern. Sollte Ihnen" - er wandte sich ein letztes Mal den bestürzt dreinblickenden Pädagogen zu - „in der nächsten Zeit noch etwas in den Sinn kommen, das zu Frau Römers Genesung beitragen könnte, dann melden Sie sich bitte. Je mehr Informationen wir haben, desto schneller wird sich alles aufklären."

Er musterte die drei abschließend mit einem bedauernden Blick, bevor er in den Krankenwagen stieg und mit den Sanitätern davonfuhr.

Wie vom Blitz getroffen, regungslos, standen sie dort; Frau Grauländer und die beiden Männer.

Was war nur aus dem Zeltlager geworden? Wie hatten sechs Jugendliche ohne einen einzigen ersichtlichen Grund einfach verschwinden können? Warum musste die langjährige Mitarbeiterin, die treue Seele dieser Ferienfreizeit, derartige Qualen erleiden? Wenn irgendjemand so etwas am wenigsten verdient hatte, dann konnte dieser Jemand niemand Anderes sein als die gutherzigste Betreuerin, die diese Welt noch zu bieten hatte: Letizia Römer. Ein Herzanfall, der nicht nur hätte verhindert werden können, sondern ein solcher, der um jeden Preis hätte verhindert werden *müssen*!

Was wäre, wenn Letizia tatsächlich -?

Nein, niemand wagte es, diesen Gedanken bis zum Schluss zu verfolgen, geschweige denn, ihn auszusprechen. Niemand hatte den Mut, offen über den unschönen Vorfall zu sprechen. Natürlich wollte auch niemand das Thema öffentlich machen, den Fall an die Polizei weitergeben, sich die Schande eingestehen. Doch es war geschehen und niemand war dazu fähig, die Zeit zurückzudrehen und den Skandal ungeschehen zu machen.

Wahrscheinlich war es das Beste, die Polizei hinzuziehen und einzusehen, dass man einen Fehler gemacht hatte.

Sie standen noch einen Moment beisammen und stierten mit ausdruckslosen Mienen in die Dunkelheit. Herr Schneider nahm schließlich – nach einer weiteren gefühlten Ewigkeit – den Faden wieder auf und räusperte sich.

„Lasst uns zurück ins Gebäude gehen", sagte er in sanftem und gutmütigen Ton zu den anderen beiden. „Da drinnen sind noch ein paar Kinder, die auf uns warten. Die Ärzte werden ihr Möglichstes für Letizias Wohl geben."

Beim letzten Satz war Herr Schneider sehr darum bemüht, viel Zuversicht in seine Stimme zu legen.

„Okay", hauchte Frau Grauländer, kaum noch in der Lage, einen vollständigen Satz zu bilden.

„Da hast du Recht", bestätigte auch Herr Fehnhupp, der allerdings mehr Kontrolle über seinen Körper und Geist hatte. „Wo stecken eigentlich Cristofer und Claus? Ich weiß gar nicht, wann und wo ich die beiden zuletzt gesehen habe. Ob sie drinnen sind?"

„Schon möglich", entgegnete Herr Schneider, „das werden wir wohl gleich herausfinden. Kommt!"

Gemeinsam begaben sie sich zurück, schweigend und jeder in seinen ganz eigenen Gedanken versunken.

Ganz gleich, was heute noch geschehen mochte, für Frau Grauländer stand fest, dass sie in den nächsten Nächten vorerst nicht sonderlich gut würde schlafen können. Doch solange es ihrer guten Freundin bald wieder besser erginge, sollte ihr das schon Recht sein.

Die drei verzweifelten Seelen verschwanden im Gebäude und allmählich zog vom Tal her leichter Nebel auf.

„Die Worte hatten definitiv eine Bedeutung!", entrüstete sich Frau Grauländer, den Tränen nahe. „Peter, Jochen! Versteht ihr denn nicht? Letizia wollte uns etwas mitteilen. Sie scheint, zu wissen, was hier vor sich geht. Aber jetzt ist sie -"
Völlig aufgelöst brach sie ab.
„So beruhige dich doch, Lydia", forderte Herr Schneider in seiner gewohnt sanften Art. „Es wird schon alles wieder gut werden."
„Wie kannst du dir da so sicher sein, Peter?", fragte sie fast schon ein wenig trotzig. „Woher nimmst du diese Zuversicht?"
Eine Träne rann über ihre Wange.
„Ich verlasse mich lediglich auf mein Gefühl", antwortete der Gefragte gelassen und von Frau Grauländers Temperament absolut unbeeindruckt. „Und dieses Gefühl sagt mir, dass alles auf den richtigen Weg zurückfinden wird."
Er lächelte ihr so gutmütig zu, wie er es stets zu tun pflegte. Sie war bereits in Begriff, ihren Mund für eine bissige Bemerkung zu öffnen, als sie plötzlich innehielt. Ihr war, als sei soeben ein Teil von seiner Gelassenheit auf sie übergesprungen. Täuschte sie sich oder wollte ihr Mund sogar selbst lächeln.
„Das denke ich ebenfalls", erklärte Herr Fehnhupp langsam, während er geistesabwesend in die Leere starrte. Weder Frau Grauländer noch Herr Schneider verstand, worauf der Mann hinauswollte.
„*Was* denkst du ebenfalls?", fragte Herr Schneider daraufhin langsam, seine Aufmerksamkeit voll und ganz auf den

Denkenden gerichtet.

„Es *gibt* eine Bedeutung", sagte Herr Fehnhupp betont. „Die Frage ist nur, welche."

Er verzog das Gesicht wie zu einer vor Schmerz verzerrten Grimasse und gab ein verzweifeltes Stöhnen von sich. „Ach, ich habe das Gefühl, dass ich mit Letizias Worten etwas anfangen kann. Es liegt mir förmlich auf der Zunge."

Er legte sich die Hand auf die Stirn und kniff die Augen fest zusammen. Die anderen beiden sahen ihn in gespannter Erwartung an.

Fällt dir nach und nach wieder ein, was es war?", fragte Frau Grauländer geduldig und mit gedämpfter Stimme. Sie hatte sich allmählich erneut gefangen.

„Nein", presste der Gefragte zwischen krampfhaft aufeinandergebissenen Zähnen hervor. „Ich kriege es einfach nicht mehr zusammen. Es war irgendwas mit – mit – ach, zum Kuckuck! Weiß der Himmel, was es war und was eben nicht. Ich weiß es jedenfalls nicht mehr.

'August in rot, August in rot' – diese Ferienfreizeit fiel nicht immer in den August.

Und 'Morr, Morr, Morr'! Vielleicht brauchen wir zurzeit alle ein bisschen Morphium. Ich jedenfalls brauche jetzt erstmal eine ganze Menge frischer Luft!

Das hält man ja im Kopf nicht aus! Was ist ist denn bloß los in unserer Welt? Hier springen ja selbst die dreieckigen Dreiecke in den Dreiecken im Dreieck! Ach, es ist doch alles Wahnsinn! Ich drehe bald noch am Rad, wenn das so weitergeht! Ich muss erstmal raus hier!"

So abrupt, wie sie begonnen hatte, endete die Tirade des aufgebrachten Herrn Fehnhupp auch wieder. Der in Rage Hochgeschraubte schnaufte noch einmal tief durch und machte daraufhin, wie bereits angekündigt, einen rasanten Abgang nach draußen.

Nachdem er die beiden Anderen wutentbrannt hatte stehen lassen, brauchten diese erst einmal einen Moment, um zu realisieren, was da gerade, vor wenigen Sekunden, direkt vor ihren Augen eigentlich geschehen war. Sie fühlten sich, als habe sie der Blitz getroffen; bewegungsunfähig und irritiert bis in die letzten Ecken ihres Bewusstseins.

Was war hier gerade passiert? Wer war dieser Mann, der auf jene phänomenale und atemberaubende Art und Weise seine enorme Verzweiflung derart beeindruckend zum Ausdruck gebracht hatte? Jedenfalls war dies *nicht* der Herr Fehnhupp, den sie über all die Jahre hinweg in diesem Zeltlager hatten kennenlernen dürfen. Darüber waren Frau Grauländer und Herr Schneider sich ohne jeglichen Zweifel einig. Was diese Frage anging, mussten sie nicht mal ein einziges Wort miteinander wechseln.

„Ich werde mal nach ihm sehen", erklärte Herr Schneider ruhig und holte einmal tief Luft. „Tust du mir bitte einen Gefallen, Lydia?"

Dass es keine Frage, sondern eine eindringliche Aufforderung war, hatte sie auf Anhieb verstanden. Sie blickte in seine strahlend blauen Augen und entgegnete die einzige Antwort, die in diesem Moment geduldet wurde.

„Selbstverständlich doch."

Er nickte kaum merklich, zufrieden und dankbar zugleich.

„Begib dich bitte unverzüglich in den Aufenthaltsraum und bleib bei den Kindern. Sie benötigen jetzt zwingend eine vertrauensvolle Bezugsperson."

Nun war sie diejenige, die zur Bestätigung nickte. „Du kannst dich auf mich verlassen, Peter."

In stiller Übereinkunft wandte sie den Blick ab und tat wie ihr geheißen. Herr Schneider hielt einen Moment inne, bevor er sich noch einmal zu ihr umdrehte.

„Lydia!"

Überrascht blieb sie stehen, wandte sich zu ihm um und sah ihm aus müden Augen entgegen.

„Danke!", wisperte er.

Sie schien kurz zu überlegen, nickte ihm dann erneut mit einem schwachen Lächeln zu und ging schließlich weiter. Nun tat er es ihr gleich und machte sich auf den Weg nach draußen. Er wollte Herrn Fehnhupp seelischen Beistand leisten.

Als er jedoch draußen vor dem Gebäude stand, war von jenem zerstreuten Mitarbeiter weit und breit nichts zu sehen. Verwirrt trat Herr Schneider in den Nebel hinaus, der sich, obwohl er nicht besonders dicht war, zäh in der Luft hielt. Doch da war niemand. Keine Menschenseele. In seinem Rücken vernahm er plötzlich, wie eine Tür mehr ruckartig als sanft aufgerissen wurde.

„Peter!", erklang die gedämpfte Stimme von Herrn Fehnhupp durch den Nebel. „Peter, komm schnell her! Es gibt unglaubliche Neuigkeiten! Du wirst es nicht für möglich halten! Peter! Wo bist du denn?"

Die Gedanken des Gerufenen überschlugen sich; Was mochte da passiert sein? Welche Neuigkeiten waren wohl ans Tageslicht gekommen.

„Ich komme schon!" erwiderte der Pädagoge aufgeregt. „Moment!"

Er kämpfte sich durch die weißen Schwaden, durch die nicht greifbaren Gegner, zurück zum Hauptgebäude. Einen Augenblick später stand er bei Herrn Fehnhupp und Frau Grauländer an der Tür.

„Was ist los?", fragte er, auf das Schlimmste gefasst.

„Sieh dir das an, Peter!", forderte Herr Fehnhupp ihn erregt auf. „Ich habe es Lydia gerade schon gezeigt. Die Lage scheint sehr ernst zu sein -"

Herr Schneider nahm ein kleines bekritzeltes Stück Papier von seinem Gegenüber entgegen und las die Botschaft. Seine Augen wurden von Sekunde zu Sekunde größer.

„Wo hast du das her?", fragte er voller Entsetzen.

„Gleich, Peter, gleich", wehrte Herr Fehnhupp wild gestikulierend ab. „Ich werde euch unterwegs über alles aufklären – versprochen! Aber jetzt müssen wir wirklich unbedingt los – sofort! Wir dürfen keine Zeit mehr verlieren!"

Er machte ein derart ernstes Gesicht, dass die Miene des Notarztes dagegen wie ein freudestrahlendes Lächeln ausgesehen hätte.

„Wenn wir uns nicht beeilen, könnte es wortwörtlich ein 'August in rot' werden. Ein blutiger August, um es mal ganz präzise auszudrücken."

Kapitel 21 – Wo die Natur alte Wunden heilt

Die Entscheidungen waren bald gefällt worden: Herr Fehnhupp hatte im Beisein von Frau Grauländer und Herrn Schneider die Polizei verständigt. Diese sollte sich – so hatte er äußerst schleierhaft und seltsam geheimnisvoll gebeten – auf dem Parkplatz 'Raue Lichtung' einfinden. Der Geheimniskrämer bestätigte dem ortskundigen Beamten, dass dies jener Treffpunkt sei, von dem aus die meisten Besucher ihre Wanderungen durch den hiesigen Teil des Garmberger Forsts begannen. Der Standort unmittelbar neben dem weitläufig bekannten Gasthaus 'Zum Blühenden Moos'. Auch mit der Vermutung, es handele sich hierbei um jene Schenke, an der sich der 'Hansenbach' entlangschlängelte, lag der Kriminalist richtig. Ein kleines Rinnsal, dass sich unweit hinter der Schenke auf dem Weg ins Tal verlor.

Gegen Ende des Gesprächs appellierte Herr Fehnhupp noch daran, ein größeres Polizeiaufgebot zum vereinbarten Treffpunkt zu beordern. Diesbezüglich stellte der Polizeibedienstete noch eine letzte Frage. Mit einem Mal war Herr Fehnhupp derart überrascht, verstört und gleichermaßen irritiert, dass nun natürlich auch die Neugier der anderen beiden geweckt war. Was konnte nur so wichtig oder erschreckend oder vielleicht lediglich verblüffend gewesen sein, dass es den Mann kurzzeitig aus den Latschen hatte kippen lassen? Die eine oder andere Frage zum mysteriösen Gemütsumschwung von Herrn Fehnhupp am Telefon.

„Nun aber mal Hand aufs Herz, Jochen", begann Herr Schneider ruhig, als er wenige Minuten später mit Herrn Fehnhupp im Auto saß – auf direktem Weg zur 'Rauen Lichtung'. Frau Grauländer war auf eigenen Wunsch hin im Zeltlager geblieben; das Angebot, eine Beamtin könne ihr während der Abwesenheit der Männer ein wenig unter die Arme greifen, hatte sie unendlich dankbar angenommen. „Was geht hier in diesem Sommer vor sich? Derartige Zustände hatten wir zuletzt vor -" - er dachte fieberhaft nach - „ - also, wenn ich mich recht entsinne, noch nie! Du weißt doch zehnmal mehr als du zugeben würdest, oder? Jochen, bitte äußere dich! Was – ist – los?"

Unter all diesem Druck, dem auch Herr Schneider jetzt endlich einmal Luft ließ, schrumpfte der Andere ein ganz ordentliches Stück zusammen. Dann jedoch atmete er tief durch und begann, seinen Vorgesetzten über alles zu informieren, was er selbst wusste oder zumindest ahnte.

Der oberste Betreuer staunte nicht schlecht über all das, was er in eben diesen Minuten hinter dem Steuer des Pkw erfuhr. Zwar mochte vieles davon rein spekulativ sein, da es teilweise sehr danach klang, völlig unwillkürlich aus der Luft gegriffen zu sein. Doch aus irgendeinem Grund, den Herr Schneider selbst nicht in Worte fassen konnte, wurde er das Gefühl nicht los, dass all diese Dinge und Fakten auf bizarre Weise einen Sinn ergaben. Die Frage war nur: Wo liefen die Stränge zusammen?

„Und du glaubst nicht an einen Zufall?" Herr Schneider hatte die Stirn in Falten gelegt. „Ich meine -", er lachte traurig erheitert auf, makabere Verzweiflung in jedem seiner Worte, „ein Kidnapper? Ein Verbrecher? Unser Cristofer? Also -"

Glaub mir, Peter", bat Herr Fehnhupp geduldig. „Im Moment wünschte ich mir wirklich nichts mehr als dass es sich nur um einen unglücklichen Zufall handeln würde. Aber die Indizien sind, wie ich finde, leider viel zu eindeutig. Wir dürfen natürlich trotzdem nicht die Hoffnung verlieren. Immerhin gibt es für jedes Problem eine passende Lösung."

„Da hast du wohl auch wieder Recht", seufzte der Mann hinterm Steuer. Mittlerweile stand ihm die Anspannung ins Gesicht geschrieben. Er klang so teilnahmslos, dass seinem Beifahrer nicht entging, bis zur 'Rauen Lichtung' besser Ruhe walten zu lassen anstatt weiteren Staub aufzuwirbeln.

Kurz darauf war es endlich soweit: Sie hatten den Parkplatz an der Wirtsstube erreicht. Leicht verwundert stellten sie fest, dass sich die ausgerückte Belegschaft der Polizei bereits dicht beieinander versammelt hatte. Nachdem die ersten Beamtinnen und Beamten auf sie aufmerksam geworden waren, löste sich einer von ihnen aus der Menge. Mit breiten Schultern und hoch erhobenem Haupt kam der Bedienstete auf sie zu. Herr Fehnhupp bedeutete dem obersten Betreuer, die Scheibe herunterzukurbeln.

Jetzt bin ich aber mal gespannt, dachte er in fiebriger Aufregung.

Wie erwartet, trat der Ordnungshüter an die Fahrerseite des Wagens und begrüßte die Neuankömmlinge.

„Guten Morgen, die Herren. Sie sind die Betreuer vom Zeltlager an der Garmberger Grillhütte, nehme ich an?"

„Das sind wir", bestätigte Herr Schneider ganz sachlich. Er deutete auf seinen Beifahrer. „Der Mitarbeiter Jochen Fehnhupp und meine Wenigkeit, Peter Schneider, guten Morgen." Er zögerte einen Moment. „Und Sie sind - ?"

„Mein Name lautet Wendelberg, Joachim Wendelberg. Ich bin Kriminalkommissar bei der Stadt Garmberg.

Meine Herren, wir sollten nicht zu viel Zeit verlieren." Er deutete nach links. „Fahren Sie bitte in diese Richtung und stellen den Pkw auf dem nächstbesten freien Platz ab. Danach werden wir, sprich mein Team und ich, gemeinsam mit Ihnen eine kurze Lagebesprechung abhalten."

„Das machen wir, Herr Kommissar", entgegnete Herr Schneider. „Bis gleich."

„Haben Sie vielen Dank", fügte Herr Fehnhupp hinzu, bevor das Fenster wieder hochgekurbelt wurde. Der Kommissar quittierte diese letzten Worte mit einem Nicken. Dann ging er auch schon zu seiner Truppe zurück, um mit dieser erneut die Köpfe zusammenzustecken. Die Männer im Auto taten wie geheißen und fuhren mit Schrittgeschwindigkeit über den Parkplatz.

„Dort kannst du parken, Peter." Herr Fehnhupp deutete auf die erste Nische, die er entdeckte. Der Angesprochene folgte dem ausgestreckten Arm zuerst mit den Augen und schließlich mit dem kompletten Wagen. Er stellte das Fahrzeug sicher auf der dafür vorgesehenen Fläche ab und atmete noch einmal tief durch. Die beiden Männer sahen sich an.

„Und – bereit?", fragte Herr Fehnhupp wie selbstverständlich.

„Das wird sich noch zeigen", antwortete der Andere plump.

„Und ob es das wird -", erwiderte der Beifahrer gedankenverloren. „im roten August -"

„Hab keine Angst", wisperte die befremdliche Stimme wohlwollend, „es wird alles gut werden. Sieben sind mehr als vier. Gemeinsam werden wir sie überrumpeln. Die Natur heilt alte Wunden."

Mehr hatte die Stimme nicht zu sagen. Das war alles. Was konnte sie mit ihren Worten bloß gemeint haben? Er hatte weder den Sinn hinter den wenigen Sätzen verstanden, noch konnte er sich einen Reim darauf machen, wer oder vielleicht auch was sich hinter der Stimme verbarg. Sie hatte einerseits einen fremdartigen Klang gehabt, andererseits war sie ihm auf seltsame Art und Weise vertraut vorgekommen. Er konnte sie einfach nicht zuordnen.

War es eventuell eine Täuschung seiner eigenen Sinne gewesen? Halluzinierte er möglicherweise? Lebte er überhaupt noch oder war er sogar bereits tot?

Er sollte keine Angst haben, hatte die Stimme ihm zugeflüstert. Und alles werde gut. Aber es war doch bereits alles gut. Oder irrte er sich, was diese Vermutung anging? Außerdem, da er nicht verängstigt war, mochte es wohl etwas geben, das durchaus dazu beitragen konnte? So sehr er auch suchte, er fand keine Antworten auf all diese Fragen.

Da war jedoch noch etwas. Die Stimme hatte noch weitergesprochen. Was hatte sie doch gleich gesagt? Sieben bei – nein – sieben für – was war es denn nur gewesen? Sieben mit – sieben –

Aus allen Himmelsrichtungen stachen die Äste des umliegenden Buschwerks auf ihn ein. Andreas konnte sich nicht daran erinnern, wann er zuletzt derart von der Natur zugerichtet wurde. Es juckte ihn am ganzen Körper und in unregelmäßigen, aber trotzdem häufigen Abständen strömten Zuckungen durch sämtliche seiner Gliedmaßen. Liebend gerne hätte er sich über diese Unannehmlichkeiten aufgeregt und lauthals herumgenörgelt. Doch ihm war bewusst, dass ihn diese überflüssige Anstrengung lediglich Energie gekostet hätte. Diese wiederum erachtete er als viel zu wertvoll, sodass er sich entschied, sich seinen Teil zu denken und es dabei zu belassen.

Der Spanier ist weg, wunderte sich Andreas im Stillen. Er ist einfach zu seinen Spießgesellen zurückgegangen und hat mich im wahrsten Sinne des Wortes links liegen gelassen. Dabei muss er mich auf jeden Fall gesehen haben. Immerhin hat er mir mit seiner Taschenlampe direkt ins Gesicht geleuchtet. Was mag es mit diesem sonderbaren Kauz nur auf sich haben? Wer verbirgt sich hinter der Fassade dieses absolut undurchsichtigen Menschen? Er ist ein Mysterium, das definitiv seines Gleichen sucht. Wirklich alles Andere als transparent, dieser Mann. Daran besteht gar kein Zweifel.

Der Junge besann sich zurück auf das, was momentan das Wichtigste war; Er musste sich irgendwie aus diesem Gebüsch befreien, seine Freunde im Nebel finden und gemeinsam mit ihnen die Beschattung der 'Fünfprinzler'-Bande wiederaufnehmen. Sie durften die Spur der Verbrecher nicht verlieren. Nicht jetzt, da sie der Auflösung des Falls immer näher kamen. Andreas wurde das Gefühl nicht los, dass es nicht mehr allzu lange dauern konnte.

„Andreas", er zuckte überrascht zusammen. „Andreas, bist du hier? Wo bist du denn mit deinem Hechtsprung gelandet. Hast du dich verletzt? Andreas!"

„Hier bin ich, Christian", presste Andreas gedämpft hervor. „Bin mitten im Gebüsch gelandet. Von sämtlichen Ästen und weiß der Kuckuck von was noch zerkratzt und aufgeschürft. Alles ansonsten geht es mir gut. Seid ihr anderen wenigstens alle unversehrt?"

„Soweit so gut", antwortete ein anderer Junge. Andreas erkannte ihn sofort: Es war Tim.

„Das ist beruhigend, zu hören", wisperte Andreas.

„Ja schon", erwiderte Christian, „aber jetzt lass dir doch erstmal aus dem Gestrüpp heraushelfen. Ist bestimmt nicht sonderlich bequem da drin, oder? Warte, ich reiche dir meine

Hand." Andreas hörte, wie der Freund vorsichtig auf ihn zu trat. „Schaffst du es? Kannst du nach meiner Hand greifen?"

„Moment, ich versuche es", zischte Andreas und biss die Zähne aufeinander. „Jetzt, ich hab dich -"

„Ich helfe euch", japste Tim angestrengt.

„Vorsichtig, Leute", warnte eine weitere Stimme. „Seid um Himmels Willen leise. Nicht dass sie uns doch noch erwischen -"

Auch diese Stimme war Andreas mittlerweile durchaus vertraut: Die freche und gleichzeitig überaus sympathische Mira. Bestimmt waren auch Ida und Max bei ihnen. Dann waren die Freunde alle wieder vereint.

„Das hätten wir", keuchte Christian leicht außer Atem. „Die sechs Freunde haben auch diesen Moment des Schreckens mit Bravur gemeistert."

„Weil wir eben einfach zusammenhalten, wie es sich unter wahren Freunden gehört", gluckste Tim zufrieden.

„Das mag ja alles sein", mischte sich Mira erneut ein. Doch ihr Tonfall klang äußerst alarmierend. „Aber seid doch bitte leise. Die Gefahr ist mit Sicherheit noch nicht gebannt. Hört ihr das? Sie sind noch in der Nähe."

Die Freunde spitzten die Ohren. Tatsächlich waren die Stimmen durch die wabernde Luft hindurch immer noch zu erkennen. Obwohl es nicht mehrere, sondern in diesem Augenblick offenbar nur eine einzige war. Ähnlich wie die des englischsprachigen Austin war es allerdings eine Stimme mit Akzent.

„Das ist Herr Tschantaj, der da gerade redet", sagte Max und sprach damit genau das aus, was auch alle anderen soeben erkannt hatten.

„Er wird ihnen von seiner Pleite erzählen", mutmaßte Tim. „Weil er keinen von uns erwischt hat."

„Das ist anzunehmen", ergänzte Christian nachdenklich.

„Dabei war er wirklich sehr akribisch und hartnäckig. Es hätte mich nicht gewundert, wenn er zumindest Andreas im Gebüsch hätte liegen sehen."

Zustimmendes Gemurmel setzte ein.

Er *hat* mich gesehen", begann der gerade Erwähnte langsam, sachlich und betont.

Für einen Augenblick verschlug es den Umstehenden die Sprache.

„Er – hat – *was* –?!", entrüstete sich Mira, die nicht glauben konnte, was sie da hörte. Andreas wiederholte die Worte, dieses Mal jedoch völlig nüchtern.

„Moment mal, bitte", hakte jetzt auch Christian verwirrt nach. „Er – du meinst, er – also, du behauptest -", der Junge brauchte einige Sekunden, um den Schock zu verdauen, „er – dieser Kerl, er – er hat dich gesehen -?"

„Er *muss* mich gesehen haben", bestätigte Andreas verteidigend. „Ich denke nicht, dass er die Pflanzen um mich herum angesprochen hat."

„Bitte was soll er gemacht haben -?"

Andreas konnte Tims Entsetzen förmlich schmecken.

„Er hat mich angesprochen", erläuterte Andreas beschwichtigend. „Zwar hat er leise gesprochen, seine Worte habe ich aber dennoch klar und deutlich vernommen."

„Und was hat er gesagt?", fragte Mira und klang ganz wissbegierig.

„Wartet, ich muss kurz überlegen", erklärte Andreas und versuchte, sich die knappen Formulierungen ins Gedächtnis zurückzurufen. „Irgendetwas von wegen, ich solle keine Angst haben, weil alles gut werden würde. Dann hat er noch die Zahlen sieben und – welche war es -? Ach ja, vier, er hat noch die vier erwähnt."

„Interessant", meinte Mira fasziniert, „wirklich interessant, aber – was bedeutet das alles? Kannst du damit irgendetwas anfangen, Andreas?"

„Leider nicht", gestand dieser mit Bedauern.

„Aber woher weißt du so genau, dass es Herr Tschantaj war?", wollte Tim wissen. „Warum sollte er dir in den frühen Morgenstunden unter all den derzeitigen Bedingungen dieses, ich nenne es der Einfachheit halber mal so, *Rätsel* stellen, während du in einem Gebüsch liegst und seinetwegen um dein Leben fürchtest? Das ergibt doch überhaupt keinen Sinn. Ich meine, ich vertraue auf die Wahrnehmung deiner Sinne, aber diese Situation ist doch absolut -", er suchte nach einer treffenden Umschreibung, „- ich weiß nicht. Dieses Verhalten ist doch ein totaler Widerspruch in sich."

„Da magst du Recht haben, Tim", pflichtete Andreas ihm ehrlich bei. „Aber ich weiß, dass es seine Stimme war. Was das angeht, bin ich mir mittlerweile definitiv sicher. Er war es. Mir ist gerade aber noch etwas eingefallen." Die Stille, die nun eintrat, verriet ihm unmissverständlich, dass er weiterreden sollte. „Der Spanier hat noch etwas gesagt. Genau habe ich es nicht verstanden, aber ich erinnere mich noch an zwei oder vielleicht auch drei Worte. Lasst mich überlegen. Ja, es waren 'Natur' und 'Wunden'. 'Alte Wunden', um es ganz präzise festzuhalten."

„Das erinnert mich an eine Redewendung", meinte Christian. „Aber sie lautet doch anders, oder? In Wirklichkeit heißt es doch 'Zeit heilt alte Wunden.'"

„Nein, nicht 'alte Wunden'", korrigierte Mira, „'Zeit heilt alle Wunden.'"

„Ja", meldete sich die zurückhaltende Ida zu Wort, „das stimmt. So lautet das Sprichwort richtig. Aber was bedeutet das jetzt für uns?"

Eine kurze Pause setzte ein, bevor Max sich wieder einmischte.

„Ich kann euch sagen, was das bedeutet. Das nächste Ziel unseres Abenteuers befindet sich auf der anderen Seite dieses Waldes."

„Wie kommst du darauf?", fragte Tim verwundert.

„Es ist gar nicht so schwierig, auf die Lösung zu kommen", erklärte Max erheitert. „Man muss nur ein bisschen ortskundig im Garmberger Forst sein. Dann sieht man den Wald vor lauter Bäumen auch wieder.

„Rede doch bitte nicht so sehr um den heißen Brei herum", drängte Mira ungeduldig. „Was meinst du? Wie lautet die Lösung?"

„Auf der anderen Seite des Waldes befindet sich ein Erholungsgebiet. Dort gibt es einen Weg, den man barfuß belaufen kann, ein mit Wasser gefülltes Becken, in dem man herumwaten kann. Das regt die Durchblutung an. Es gibt aber noch eine ganze Menge anderer schöner Dinge. All diese Möglichkeiten kann man nutzen, wenn man einfach mal die Seele baumeln lassen möchte. Unter Anderem ist dort aber auch noch ein Naturlehrpfad. Alles sehr schön gestaltet."

„Und was soll uns nun dieses Wissen bringen?", fragte Tim erneut. Er war gerade ein wenig überfordert.

„Ganz einfach", beantwortete Andreas die Frage trocken, „wir müssen dorthin."

„Ja, das leuchtet ein", überlegte Christian laut. „Die Heilkräfte, die man auf diesem Lehrpfad kennenlernt – sie sollen dabei helfen, die Seele zu entlasten. Wie weit ist dieses Gebiet denn von hier entfernt, Max?"

„Es ist eine überschaubare Strecke", versicherte der Gefragte kühl.

Dass es kein weiter Weg bis zum Ziel sein sollte, nahm Andreas dem Jungen nicht ab. Solange jedoch niemand näher nachfragte, erachtete er es als angebracht, das Thema gar nicht erst aufkommen zu lassen. Wahrscheinlich hätte dann noch der ein oder andere protestiert. Nein, es war wohl besser, Stillschweigen zu bewahren und es einfach auf sich beruhen zu lassen. Somit folgten sie Max, der sie auf direktem Weg in den Morast führte.

Die Stimmen der 'Fünfprinzler' waren verklungen. Die Männer selbst auf mysteriöse Weise verschwunden. Wie vom Moorboden verschluckt.

Sechs Jugendliche waren nun auf dem Weg zu jenem Ort, an dem die Natur alte Wunden zu heilen vermochte.

Kapitel 22 – Im Nebel verwelkt

Ohne dass es irgendjemandem aufgefallen war, hatte sich immer mehr Helligkeit unter die wabernden Schwaden aus weißer Luft gemischt. Zudem war der Nebel lichter geworden. Es herrschte weiterhin eine geisterhafte Atmosphäre überall um die Jugendlichen herum. Dennoch wirkte es mittlerweile weitaus weniger befremdlich, je heller es wurde.

„Die Sonne geht anscheinend allmählich auf", bemerkte Christian beeindruckt von allem, was man sehen konnte – ganz gleich, wohin man den Blick warf. „Es ist wirklich wunderschön hier."

„Nicht wahr?", meinte Max begeistert. „Unberührte Natur, wo man auch hinguckt. Wir müssen uns übrigens leicht links halten. Sonst kommen wir vom Weg ab und verlieren einen wichtigen Anhaltspunkt für die Orientierung."

„Vom Weg abkommen?", fragte Tim spöttisch. „Was du nicht sagst. Wie spät ist es eigentlich? Vier Uhr früh? Oder bereits fünf Uhr?"

„Warum denn leicht links halten, Max?", wollte Andreas wissen. Er war froh, dass er mit dieser Frage gleichzeitig Tims Spott beiseite schieben konnte. „Und welchen Anhaltspunkt meinst du?"

„Direkt vor uns liegt ein Ausläufer des Sees, in dem wir gebadet haben", erklärte Max. „Auf der rechten Seite liegt dementsprechend der See selbst. Linkerhand befindet sich ein breiter Wanderweg, der vor dem Ausläufer eine Kurve nach links einschlägt und unter Anderem zum Erholungsgebiet führt. Danach verliert er sich in den Tiefen des Waldes."

„Dieser Wald scheint ja wirklich enorme Ausmaße zu haben", staunte Andreas ehrfürchtig.

„Nun ja, Garmberg ist ja auch nicht gerade eine kleine Stadt mit ihren knapp 300.000 Einwohnern", stimmte Max beschwichtigend zu.

„Wohl wahr", erwiderte Andreas. „Aber sag mal, Max", fragte er plötzlich ganz direkt, „hast du irgendeine Idee, was Herr Tschantaj mit seinen Worten gemeint haben könnte? Ich meine, das alles war doch nicht einfach nur aus der Luft herausgegriffen -"

„Beileibe, nein", wehrte Max überzeugt ab. „Das glaube ich auch beim besten Willen nicht. Er hat sich etwas dabei gedacht. Etwas derart Zusammenhangloses faselt man nicht einfach so daher. Falls dem doch so wäre, würde man wohl gerade mit hohem Fieber zu Hause im Bett liegen und sich auskurieren. Nein, nein, es steckt mehr dahinter, als wir bisher vermutet oder gar erlebt haben. Verlass dich drauf."

Die Freunde verfielen erneut in nachdenkliches Schweigen und wateten – von Max angeführt – durch das sumpfige Dickicht. Zwar wurde es stetig heller um sie herum, doch Geräusche von irgendwelchen Land- oder Wassertieren blieben gänzlich aus.

Die Dunkelheit schwindet, aber die Beklemmung bleibt, dachte Andreas. Ich wette, die Tiere wissen ganz genau, was sich hier unten abspielt. Und was sich hier bereits alles ereignet hat. Die 'Fünfprinzler' sind bestimmt nicht die erste Gaunerbande, die an diesem Ort ihr Unwesen treibt. Es ist wunderschön, aber mindestens genauso unheimlich –

Man hört keinen einzigen Frosch, keine Grillen, keine anderen Tieren oder Insekten, die sich hier herumtummeln. Nicht einmal das Glucksen irgendeines Rinnsals, das sich unter unseren Füßen entlangschlängelt. Die Gegend ist ganz ohne

Zweifel ein Ort des Verbrechens. Ich glaube, ich will gar nicht wissen, was die Natur hier schon alles mit ansehen musste. Man sollte meinen –

Andreas blieb stehen. Die anderen taten es ihm gleich. Wortlos sahen sie einander an. Sie hatten es alle gehört.

„Was war das -?" Beinahe lautlos formte Christians Mund die Frage.

Rechts von ihnen im Nebel hatte es hörbar geknackt. Ein Tier etwa? Das erste und vor allem einzige Tier weit und breit? Das wäre ein ganzes bisschen zu wahrscheinlich, um wahr zu sein. Nein, das war kein Tier gewesen. Das musste –

Ein erneutes Knacken, diesmal zu ihrer Linken. Was ging hier vor sich? Todesangst schoss durch die Venen der Freunde. Adrenalin – Herzrasen – Reizüberflutung. Waren sie in eine Falle getappt?

„Guten Tag, die Herrschaften", ertönte eine hämische Stimme hinter ihnen. Die Freunde wirbelten unvermittelt herum. „Wir haben euch bereits – erwartet."

„W – w –?" Mira war bemüht, sich zu artikulieren. Dennoch wollte kein einziger Teil ihres Körpers gehorchen. Sie brauchte einen Moment, um sich zu fangen.

Ihre Freunde waren auf dieselbe Weise vor den Kopf gestoßen; überrascht, verwirrt, erschrocken, verängstigt – sämtliche Emotionen überkamen die tapferen Jugendlichen.

„Wer –?" Das Mädchen setzte erneut an, diesmal gefasster, „- wer sind Sie?"

„Die Frage ist nicht, wer ich bin -", erwiderte der Mann kalt, „sondern was ihr hier zu suchen habt." Er machte einen Schritt auf die Freunde zu und diese wichen abrupt zurück.

„Unterstehen Sie sich, uns auch nur noch einen einzigen Schritt näherzukommen", gebot Mira in beschwörerischem Ton.

„Sonst was, he?" bellte der Mann herausfordernd. „Holst du sonst den Aufseher dieses jämmerlichen Zeltlagers? Oder doch nur deine Mami?" Er verzerrte das Gesicht zu einem grässlichen Grinsen und begann, diabolisch zu lachen.

Tim verlagerte sein Gewicht auf den hinteren Fuß und überlegte, ob oder wie sie fliehen konnten. Der Mann allerdings bemerkte, was Tim vorhatte, und beendete dessen Gedankengang. Seine Züge wurden hart wie Stahl und er bedachte den Jungen mit einem abscheulichen Blick.

„Meine Männer haben euch umstellt", verkündete er mit einem Genuss, wie er kaltherziger nicht sein konnte. „Denkt nicht mal daran, abzuhauen." Er sah Tim fest an. „Besonders du. Bist wohl der Angsthase in eurer lächerlichen Formation, wie?"

Der Junge entgegnete nichts.

„Vielleicht sollte besser auch *deine* Mami herkommen, hm? Sie hat ihren Jungen im Wald vergessen. Oder doch eher verloren? Ausgesetzt? Das lästige Ding, das sich ihr Kind schimpft, endlich seinem armseligen Schicksal überlassen?"

Er schnaubte verächtlich. „Den richtigen Moment für die Flucht habt ihr verpasst. Aber euer Angsthase kann ja davonhoppeln und Hilfe holen."

„Besser Angst haben als das Feuerzeug des 'Meisters' zu verlieren!", warf Andreas dem Mann an den Kopf. „Ist doch so, nicht wahr, Freddy?"

Der Angesprochene wurde mit einem Mal kreidebleich. „Woher wisst ihr -?" Dann fiel es ihm wieder ein. „Aber natürlich -"

Seine Gesichtszüge hätten nicht noch härter werden können.

„Du hast mich hier im Moor überrascht. Das hättest du nicht

tun dürfen. Ich denke, dass du diesen Fehler jetzt noch kurz bereuen wirst, bevor -"

Er griff an den linken Saum seines schmutzigen Oberteils und zog diesen in die Höhe. Die Freunde traten erschrocken einen Schritt zurück, als sie den Lauf eines Revolvers als solchen erkannten.

Rechts von ihnen allen – im Nebel – waren plötzlich dumpfe Geräusche zu hören. Dann wurde es wieder still.

„Ihr seht", erklärte Freddy mit gespieltem Bedauern, „eure Lage ist aussichtslos. Meine Männer bereiten sich schon auf den finalen Schachzug vor. Gesteht euch diese Niederlage so kurz vor dem Ende ruhig noch ein: Ihr habt versagt!

Kleine Kinder sollten sich eben nicht einmischen, wenn die Erwachsenen etwas unter sich zu besprechen haben."

Die Freunde vernahmen erneut einige dumpfe Laute. Nun waren sie allerdings irgendwo hinter ihnen entstanden. Wenngleich weiterhin auf der rechten Seite.

Was geschah bloß um sie herum, irgendwo dort in diesen undurchdringlichen Schwaden aus weißer Luft?

Das war bestimmt keiner der 'Fünfprinzler', dachte Andreas bei sich. Nein, garantiert nicht. Die würden sich doch alle gleichzeitig auf den Schusswechsel vorbereiten, keineswegs nacheinander. Aber -

„Jetzt bleibt nur noch die Frage", Freddy lachte schadenfroh und zückte seine Waffe, „wen ich mir von euch als Ersten vornehme."

Gekünstelt nachdenklich massierte er sich das stoppelige Kinn und kräuselte die Lippen. „Soll ich zuerst den Feigling umlegen oder doch eher den Jungspund, der ihn in Schutz nimmt? Oder -" Seine Miene hellte sich auf, als wäre ihm soeben die Idee schlechthin in den Sinn gekommen. „Natürlich!"
Er schenkte den beiden Mädchen einen

verachtungswürdigenden Blick. „Ich kümmere mich zuerst um die Weibsbilder. Bin doch ein Gentleman." Er grinste schief.

Dass ich nicht lache, pah!, dachte Mira angeekelt. Aber sie hielt dem Blick dieses scheußlichen Grobians stand. Wir werden dich schon irgendwie aufs Kreuz legen. Oh ja, übers Ohr hauen werden wir dich. Gekonnt überrumpeln. Das werden wir. Das heißt -

Sie stutzte für einen kurzen Augenblick. Aber natürlich doch, erkannte sie. So wird es -

Nun drangen links von ihnen allen einige gedämpfte Laute herüber. Freddy wirkte plötzlich leicht irritiert. Warum gingen die Männer nun nicht mehr der Reihe nach vor? Ob wohl irgendetwas schief gelaufen war? Die Freunde bemerkten es, waren jedoch genauso wie der bewaffnete Gauner bemüht, sich nichts anmerken zu lassen.

„Es ist soweit, meine lieben Kinder", verkündete der 'Fünfprinzler' diabolisch lächelnd. „Zeit, Abschied zu nehmen."

Er richtete den Revolver auf die sechs Jugendlichen, die mittlerweile eng aneinandergedrängt da standen.

„Noch irgendwelche letzten Worte? Nein? Gut."

Das Lächeln verschwand aus seinem Gesicht. Übrig blieb nur eine von Hass verzerrte Fratze.

Der Mann spie einen letzten Satz aus: „Wir sehen uns in der Hölle!" Dann drückte er ab.

Zunächst hörten die Freunde nur den ohrenbetäubenden Lärm, den das Schießeisen verursachte. Dann nahmen sie erst nach und nach wahr, was beinahe zeitgleich geschah; In ihrem linken Augenwinkel hatte sich ein Schatten aus den Nebelschwaden gelöst. Dieser flog nun in einem fast waagerechten Bogen zwischen ihnen und dem Todesschützen über den Morast hinweg. Begleitet von einem qualvoll in die Länge gezogenen Schrei, landete, wer auch immer das war, rechts von ihnen unsanft auf dem sumpfigen Waldboden. Dort verharrte er regungslos.

Für einige wenige Sekunden standen sie alle da, wie vom Donner gerührt. Unzählige Fragen jagten den Freunden durch die Köpfe. Wen hatte der grässliche Freddy von nun an auf dem Gewissen? Wer war dieser ehrenwerte Mensch, dem sie ihr Leben zu verdanken hatten? Und dieser peitschende Luftzug, den sie alle gespürt hatten – war das etwa die Kugel des Revolvers gewesen, die sie nur um wenige Zentimeter verfehlt hatte? Was sollten sie jetzt tun? Vielleicht besser schleunigst die Flucht ergreifen? Freddy würde mit Sicherheit wieder auf sie anlegen, sobald er die unverhoffte Überraschung verdaut hatte.

„Was haben Sie getan?", schrie Andreas dem Verbrecher entgegen. Er war derart außer sich vor Entsetzen, dass ihm gar nicht bewusst war, wie laut er gerade war. Freddy zuckte kaum merklich zusammen. „Dafür werden Sie büßen, das verspreche ich Ihnen."

Andreas eilte zu ihrem Retter in der Not und kniete neben ihm nieder. Tränen schossen ihm in die Augen. Er hatte sein Leben für die ihren gegeben. Er hatte sie tatsächlich vor dem sicheren Ende bewahrt. Das hatte definitiv niemand von ihnen allen auch nur ansatzweise für möglich gehalten. Wie man sich doch immer wieder aufs Neue in den Menschen täuschen konnte.

„Niemand rührt sich!", gebot plötzlich eine völlig fremde Stimme irgendwo unsichtbar im Nebel. „Die Blume ist verwelkt Freddy! Es ist endgültig aus und vorbei!"

Der Verbrecher zuckte erneut zusammen. Diesmal um einiges heftiger. Dann fiel er auf die Knie, taumelte kurz und landete letzten Endes mit dem Gesicht im Moos.

Kapitel 23 – Rätsel über Rätsel

„Was ist mit ihm?", fragte Christian mit stockendem Atem. „Kannst du seinen Puls spüren? Oder ist er -?"

Der Junge brach ab. Er war zu Andreas gewatet, um mit ihm nach der Gestalt zu sehen.

„Er lebt", hauchte Andreas schwach, „der Puls schlägt kräftig. Aber ich habe keine Ahnung, wo dieser Wahnsinnige ihn getroffen hat." Ein Hoffnungsschimmer keimte in Andreas auf. „Vielleicht hat die Kugel ihn ja auch nur gestreift."

„Das wäre möglich", murmelte Christian gedankenverloren. „Aber wer – wer ist das eigentlich? Der Kerl kommt mir seltsam bekannt vor." Er drehte sanft den Kopf der Person in ihre Richtung – und erstarrte ungläubig. „Herr – Tschantaj?! Aber -"

„Ist irgendjemand verletzt? Geht es euch gut, Kinder? Was ist denn hier passiert? Ich nehme an, dieser Mann hat auf euch geschossen, nicht wahr?"

Die Stimme des Polizeibeamten riss Andreas und Christian augenblicklich aus ihrem Entsetzen.

„Uns geht es dem Umständen entsprechend gut", erwiderte Mira besänftigend, deutete jedoch in Richtung der beiden Jungs. „Aber dem Mann dort -"

Bitte rufen Sie umgehend einen Notarzt", schluchzte Andreas und seine Stimme überschlug sich. „Dieser Verbrecher", Andreas warf einen ausdruckslosen Blick auf den 'Fünfprinzler', „er hat ihn wahrscheinlich getroffen, als er sich für uns in die Schussbahn geworfen hat."

In diesem Augenblick traten Herr Fehnhupp und Herr Schneider hinter dem Kriminalisten in ihr Sichtfeld.

„Cristofer! Um Himmels Willen!"

Ohne zu zögern, kam der oberste Betreuer zu den Jungs gewatet und kniete sich neben seinem Mitarbeiter auf den von Wasser durchtränkten Untergrund.

„Wie konnte das nur geschehen? Kinder, welcher Sache seid ihr hier nur auf der Spur? Ach, es ist schrecklich -"

Die Jungs ließen dem zurecht zerstreuten Betreuer einen Moment mit seinem iberischen Mitarbeiter. Schließlich fuhr Andreas fort: „Wir werden Ihnen alle Einzelheiten und Informationen geben, nach denen Sie verlangen, Herr Schneider. Aber Sie sind sicherlich auch der Meinung, dass Herr Tschantaj erst einmal überaus dringend ärztliche Hilfe benötigt. Bitte setzen Sie einen Notruf ab!"

„Du hast Recht, Junge", beschwichtigte ihn der Pädagoge. „Aber später will ich über alles aufgeklärt werden, verstanden?"

„Das werden Sie", besänftigte Christian ihn. „Versprochen!"

Herr Schneider machte ein ernstes Gesicht, ganz nach dem Motto „Das will ich auch hoffen!".

Plötzlich – als ob es nicht bereits genug nervenaufreibende Spannung in den letzten Minuten und Stunden gegeben hätte – trat eine weitere Person aus dem Nebel in ihr aller Sichtfeld. Sie war völlig außer Atem, was aber kein Wunder war, wenn man bedachte, dass sie von der Seite des Sees hier herübergekommen war. Dort wurde es schließlich noch matschiger, sodass man zunehmend aufpassen musste, nicht mit dem Füßen im Sumpf stecken zu bleiben. Den beiden Betreuern Fehnhupp und Schneider sowie den sechs Freunden fielen vor Verblüffung beinahe die Augen aus dem Kopf.

„Claus!", riefen die Männer und „Herr Augustin!" die Jugendlichen – alle gemeinsam, wie aus einem einzigen Mund. Der soeben Erschienene hatte jedoch nur Augen für einen einzigen unter ihnen allen.

„Cristofer!", schrie er angsterfüllt. „Was haben sie dir angetan?" Er stürzte auf den Verwundeten zu und fiel neben ihm auf die Knie.

„Die Hände hinter den Kopf und weg von diesem Verletzten!", bellte der Kriminalkommissar. „Es wurde bereits genug Schaden angerichtet."

„Aber, aber, Herr Tschantaj -", verteidigte sich der verdutzte Betreuer, tat jedoch wie ihm geheißen. „Wir müssen ihm doch -"

„Kein Wort mehr!", herrschte der Kommissar ihn an. „Sie -"

„Er gehört zu uns", unterbrach ihn Herr Schneider. „Claus Augustin lautet sein Name. Er ist einer meiner Mitarbeiter. Wie er hier herkommt und was er hier macht, kann ich Ihnen auch nicht sagen, aber er gehört zum Team unseres Zeltlagers."

„Was Sie nicht sagen", knurrte der Kommissar und beäugte den zerknitterten Mann argwöhnisch. Er traute diesem vermeintlichen Frieden nicht. „Wo kommen Sie so plötzlich her?", wollte er wissen. Seinem schneidend scharfen Ton war unmissverständlich zu entnehmen, dass er nichts als knappe und präzise Antworten verlangte.

„Ich wollte herausfinden, was hier los ist", erklärte der eingeschüchterte Herr Augustin. „Herr Tschantaj -", er warf dem Verwundeten einen wehleidigen Blick zu, „ - ich hatte den Eindruck, dass er etwas im Schilde führt."

„Was haben Sie herausgefunden?", fragte der Kommissar lauernd. Er war sich noch nicht ganz sicher, ob er diesem neben sich stehenden Mann Vertrauen schenken sollte.

„Leider nicht sonderlich viel", bedauerte Herr Augustin. „Sie haben vielleicht davon gehört, dass vor vielen Jahrzehnten überall im Garmberger Forst vereinzelte Gruppen Klein- bis Schwerkrimineller ihr Unwesen getrieben haben?"

„Natürlich", bejahte der Kommissar, „von Drogenschmuggel über illegalen Waffenhandel, Schmiergeldübergaben und

Hehlerei bis hin zu schwersten Gewalttaten, die meistens mit Mord und Totschlag endeten, hat es hier alles schon gegeben. Garmberg ist historisch für all diese Gräueltaten bekannt und ein berühmt berüchtigtes als auch äußerst heißes Pflaster in jeglicher Hinsicht. Aber was hat es diesbezüglich mit diesem Mann auf sich?" Er deutete in Richtung des Spaniers, ohne Herrn Augustin jedoch auch nur eine Sekunde aus den Augen zu lassen.

„Sicherlich kennen Sie sämtliche Details zu der Geschichte mit den -"

Weiter konnte der Betreuer seine Erzählung nicht ausführen, da in diesem Moment die Martinshörner des herannahenden Rettungswagens aufjaulten. Das gab ihnen allen wieder neue Hoffnung.

„Claus, Jochen, helft mir doch bitte mal", ergriff Herr Schneider das Wort. „Wir tragen Cristofer bis zur Grillhütte. Bis wir mit ihm dort sind, ist der Notarzt bestimmt allemal angekommen."

Aber nicht nur die beiden Männer traten heran, sondern auch die sechs Freunde. Das – da waren sie sich alle einig – war das Mindeste, was sie für ihren mutigen und tapferen Betreuer tun konnten. Gemeinsam packten sie ihn, jeder an einer anderen Stelle, und trugen ihn mit vereinten Kräften zur Grillhütte. Der Notarzt mit zwei Sanitätskräften wartete dort bereits auf sie. Die Sanitäter entdeckten die neun Helfenden mit Herrn Tschantaj in der Mitte. Sie traten ihnen entgegen, um sich um den Verwundeten zu kümmern. Die beiden Männer erkannten sofort, dass sie es erneut mit der jungen Sanitäterin Doytelmud und ihrem männlichen Mitarbeiter Krähmeister zu tun hatten. Auch war der Notarzt Herr Dr. Westock von vorhin wieder zugegen.

„Guten Morgen, alle zusammen", begrüßte sie der Mediziner. „Der nächste, den es erwischt hat -"

Mit einer bestimmten, aber durchaus freundlichen Geste, bedeutete die Sanitäterin den Jugendlichen, dass sie den Verletzten von hier an übernehmen würde.

„Vielen Dank für eure Hilfe", setzte sie mit besänftigender Stimme an und zwinkerte den Freunden aufmunternd zu. „Ab hier kümmern wir uns um den jungen Mann."

Gemeinsam mit Herrn Krähmeister und Herrn Schneider wuchtete sie den Spanier auf eine Trage. Nun musste sich auch der oberste Betreuer verabschieden.

Die beiden Sanitätskräfte hieften die Trage in den Krankenwagen und begannen, den Patienten zu versorgen.

„Was genau ist diesem Mann widerfahren, Herr Schneider?", wandte sich der Notarzt dem Pädagogen zu.

„Nun ja", begann Herr Schneider und zog Herrn Fehnhupp an seine Seite. Die Umstehenden hörten gespannt zu. „Wir wissen leider nichts Genaues, nur dass -", er holte tief Luft, „ - also Folgendes -"

Er berichtete von all dem, was sich seit der letzten Abfahrt des Krankenwagens in Richtung Stadt ereignet hatte. Als er bei den zunehmend heikleren Details angekommen war, bei denen sogar die Polizei hinzugezogen worden war, überkam ihn ein gewisses Unbehagen. Doch es gelang ihm erstaunlich gut, diesen Teil der Geschichte weitaus weniger schlimm darzustellen, als er es tatsächlich gewesen war.

„Falls er wirklich getroffen worden sein sollte, müssen wir jetzt unbedingt los", erklärte der Arzt mit sorgenvoller Miene. „In solchen Fällen ist jede Sekunde kostbar."

„Natürlich", bestätigte Herr Schneider betroffen. Er machte einen äußerst niedergeschlagenen Eindruck auf die Jugendlichen. „Um den Rest wird sich wohl die Polizei kümmern."

„Richtig, Herr Schneider", beschwichtigte ihn der Kommissar.

„Und ich denke, die Kinder -", er deutete auf die sechs, „ - werden uns wohl auch einiges berichten können." Er musterte sie eindringlich. „Nicht wahr, ihr sechs?"

Die Freunde starrten leicht verlegen zu Boden und wünschten sich, einer der Herren Augustin, Fehnhupp und Schneider möge das Wort ergreifen. Als dies auch wenige Momente später noch nicht der Fall war, tauschten Mira und Andreas kurze Blicke untereinander aus und fassten sich ein Herz.

„Wir sechs haben beobachtet -", begann Mira und räusperte sich, „ - das heißt, den Beginn von allem hat nur Andreas beobachtet." Sie deutete auf den Jungen. „Kurz darauf hat er uns in alles eingeweiht, sodass wir bis zum jetzigen Zeitpunkt alles gemeinsam erlebt haben."

„So ist es, Herr Kommissar", ergriff Andreas das Wort. „Es sind einige seltsame Dinge im Zeltlager vorgefallen, die mich zunehmend stutzig gemacht haben." Er senkte die Stimme. „Aber ich weiß nicht, ob wir das unbedingt hier draußen besprechen sollten. Ein paar von diesen Verbrechern laufen hier noch irgendwo herum. Vielleicht belauschen sie uns sogar gerade in sicherem Abstand aus dem Dickicht heraus."

Kommissar Wendelberg sah Andreas völlig verdutzt an. Dann verstand er, was der Junge meinte, und lächelte gutmütig.

„Aber nein, mein Junge", er lachte heiter auf. „Diesen tollkühnen Knaben, der auf euch geschossen hat, haben wir vorhin bereits einkassiert. Bei diesen weiteren drei Spitzbuben verhält es sich ebenso."

Andreas verstand die Welt nicht mehr, was er den Kommissar auch sofort wissen ließ.

„Ich erkläre es dir kurz, Junge", fuhr er gelassen fort. „Nein, ich erkläre es euch allen. Es hat sich folgendermaßen abgespielt: Als meine Männer und ich den Schuss gehört hatten, war es relativ simpel, euch aufzuspüren. Kaum dreißig Sekunden später waren wir schließlich auch schon bei euch. Zu diesem Zeitpunkt lagen die übrigen drei Verbrecher bereits regungslos am Boden. Irgendjemand oder irgendetwas muss sie attackiert haben, schätze ich. Was auch immer da vor sich gegangen sein muss, das weiß der Kuckuck. Aber auch das wird sich wahrscheinlich recht bald aufklären lassen. Es ist bloß eine Frage der Zeit."

Andreas verstand noch immer nicht ganz, aber seine Sicht klarte sich nach und nach immer weiter auf.

So wird es wohl gewesen sein, dachte er bei sich und ordnete seine Gedanken neu, immer und immer wieder. Das wird des Rätsels Lösung sein, zumindest für diesen Teil der Geschichte.

„Aber nun berichte bitte weiter, mein Junge", bat der Kommissar, beinahe so ungeduldig wie ein Kind, das nicht länger auf eine Überraschung warten will.

„Gerne", erwiderte Andreas und fasste die Geschehnisse der vergangenen Tage für die Herren vom Zeltlager sowie den Kommissar noch einmal zusammen. Der Polizeiwagen, den man vorsorglich in der Nähe der Grillhütte abgestellt hatte, um den 'Fünfprinzlern' mögliche Fluchtwege abzuschneiden, rauschte mit Freddy und den drei übrigen Ganoven in Richtung Stadt davon.

Die Freunde warfen abwechselnd die verschiedenen Erlebnisse in Stichworten ein, sodass Andreas diese lediglich ausführen und in eine einigermaßen geordnete Reihenfolge bringen musste. Während sie mit dem zusätzlichen Wissen des Kommissars alle gemeinsam den Fußweg zurück ins Zeltlager einschlugen, hatten sie genügend Zeit, sich alle gesammelten Fakten durch den Kopf gehen zu lassen.

Da sie nun über die meisten Dinge Bescheid wussten, ließen

sich viele weitere Puzzleteile logisch zusammenfügen; Der Späher im Dickicht war Freddy gewesen, das Feuerzeug gehörte dem 'Meister', der 'Fünfprinzler' war lediglich das Symbol der Bande und so weiter. Doch einige Dinge waren selbst bis jetzt noch ungeklärt.

„Was ich noch nicht ganz durchschaut habe -", setzte Andreas erneut an und wandte sich an Herrn Augustin „ - wo waren Sie eigentlich in der Gewitternacht? Damit Sie mich verstehen; Ich hatte den Eindruck, dass irgendetwas nicht richtig war, es passte nicht ins Bild. Ich habe mir den Kopf darüber zerbrochen, denn -", er atmete tief ein und dann wieder aus, „ - Herr Tschantaj war nicht mehr da, aber Sie waren es genauso wenig. Was ist vorgefallen?"

Herr Augustin räusperte sich. „Wie schon gesagt, ich hatte gemerkt, dass da etwas nicht stimmte. Cristofer benahm sich so – eigenartig. Mir war klar, dass da etwas passieren müsste – und zwar noch in dieser Nacht. Tatsächlich verließ er das Lager kurz darauf. Ich beschloss ganz spontan, ihm zu folgen und heftete mich an seine Versen. Es war, wie ich rückblickend sagen würde, eine Art Eingebung. Doch bevor auch ich verschwand, hinterließ ich vorsichtshalber eine Nachricht an Peter und die anderen. In solchen Fällen kann man ja nie vorsichtig genug sein -"

„So ist es", ergänzte Herr Fehnhupp und zitierte die Botschaft: „'Rothes Moor – Die 'Fünfprinzler' – Polizei Garmberg'

Ich bin immer noch nicht dahinter gestiegen, warum, aber ich hatte von Anfang an dieses seltsame Gefühl; Letizias Worte hatten eine Bedeutung, wenn auch ein wenig versteckt, wie mir scheint. Vielleicht hat sie ja wirklich etwas gewusst, konnte es jedoch nicht über sich bringen, sich jemandem anzuvertrauen. Diese Gelegenheit war nun die letzte, die sich geboten hat, um mit den allerletzten Kraftreserven das Unterbewusstsein gegen jeden Widerstand zu erheben. Der Abschied von Letizia."

„Das "Rothe Moor", sagen Sie?", platzte Max heraus. „Doch nicht etwa das "Rothe Moor" bei 'Finsterwald am Teich', oder?"

„Was meinen Sie denn bitte mit 'Der Abschied von Letizia'?, fragte Christian mit vorsichtiger Zurückhaltung. Die Freunde machten sich auf das Schlimmste gefasst. „Ist Frau Römer etwas zugestoßen?"

Herr Fehnhupp berichtete ergriffen von jenem Zwischenfall mit Frau Römer. Die Freunde ebenso wie Herr Augustin erschraken und waren zutiefst betroffen. Was Max' Frage anging, war der Mann gleichermaßen gewillt, diese umgehend zu beantworten.

„Das Sumpfgebiet dort unten im Wald trägt den Namen 'Rothes Moor'. Dort hat sich vor vielen vielen Jahrzehnten, irgendwann in den 1950er-Jahren, ein äußerst blutiger Mord ereignet. Der Mörder trug zudem irgendwas mit 'rot' im Namen. Es muss eine wirklich abscheuliche Gräueltat gewesen sein, doch der Name wurde für das düstere Sumpfgebiet festgelegt. Keine Ahnung, was die Leute sich damals dabei gedacht haben."

Er schüttelte verständnislos den Kopf.

„Der Teil des Waldes rundherum wird 'Finsterwald' genannt", fuhr Herr Fehnhupp mit seiner Erzählung fort. „Soweit ich weiß, steht das ebenfalls irgendwie in Zusammenhang mit dem 'Rothen Moor'. Wie ihr euch jetzt sicherlich schon denken könnt, ist jener 'Teich' nichts Anderes als der kleine See, in dem ihr gebadet habt. Ist zwar nicht unbedingt ein Teich, aber ich habe mal irgendwo aufgeschnappt, dass der See vor über hundert Jahren noch bedeutend kleiner gewesen sein soll. Daher kommt wohl der Name."

„Aber wir haben keinen einzigen 'Fünfprinzler' gesehen", gab Andreas zu bedenken. „Ich meine natürlich die Blume, nicht die

211

Verbrecher. Oder hat jemand von euch - ?"

Er musterte seine Freunde und bemerkte plötzlich, dass Max kaum merklich, aber eben doch leicht amüsiert lächelte. Der Junge schnaubte vergnügt und verriet Andreas auch sofort den Grund dafür: „Wir haben tatsächlich keinen einzigen zu Gesicht bekommen, Andreas. Das liegt aber lediglich daran, dass er immer erst ab Ende Oktober, Anfang November zu blühen beginnt."

„Damit wäre also auch das geklärt", säuselte Mira vor sich hin. „Allerdings", sie wandte sich erneut Herrn Fehnhupp zu, „was genau hat Frau Römer denn gemurmelt, als sie im Krankenwagen lag?"

Der Mann zitierte die Worte genauso, wie Frau Doytelmud sie ihnen weitergegeben hatte.

„'August in rot'?", fragte Mira verwirrt. „'Morr'? Haben Sie vielleicht einen Anhaltspunkt, was das alles oder wenigstens teilweise bedeuten könnte?"

„Ich hatte die Vermutung, dass damit ein roter oder auch blutiger August gemeint sein könnte", erwiderte der Betreuer. „Sprich, wer sich den Verbrechern in den Weg stellt, wird ohne zögern umgelegt. Wir hatten natürlich mitbekommen, dass ihr verschwunden wart. Dementsprechend hieß es sofort Alarmstufe rot! Dann hatte ich zum Glück Claus' Hinweis entdeckt und wusste, was zu tun war."

„Und 'Morr' sollte Moor heißen", rief Mira plötzlich, verblüfft über ihre eigene Scharfsinnigkeit. „'Rothes Moor' – natürlich! Aber was hat es nur mit dem Monat auf sich? Das erschließt sich mir noch nicht ganz, wobei -"

Scheinbar unwillkürlich warf sie einen Blick auf Herrn Augustin.

„Ja, das wird es sein", murmelte sie geistesabwesend. „So und nicht anders wird es sein. Es ist zwar kein Ansatz und auch keine Erklärung", verkündete das Mädchen freudestrahlend, „aber ich glaube tatsächlich, ich habe gerade die Lösung für dieses Rätsel entdeckt!"

Kapitel 24 – Die ganze Wahrheit

Die Umstehenden musterten Mira, als hätte sie soeben darum gebeten, Weihnachtsgedichte vortragen zu dürfen.

„Was genau meinst du, Mira?", fragte Tim stirnrunzelnd. „Worauf willst du hinaus?"

„Es ist ganz einfach, sobald man erstmal weiß, wie es gemeint ist", erläuterte das Mädchen eifrig. „Passt auf: Der Trick ist es, die einzelnen Silben voneinander zu trennen und anders wieder zusammenzusetzen. Die Lösung lautet folglich nicht 'Monat August in jenem Rothen Moor', sondern -?"

Mira gestikulierte wild, doch die übrigen Miträtselnden fanden den Anschluss nicht. Christian und auch Andreas waren der Antwort zwar zum Greifen nahe. Doch der zündende Funke war noch nicht übergesprungen. Mit einem Mal jedoch -

„Das hat Frau Römer gemeint!", rief Andreas plötzlich völlig erstaunt aus. „Ach, Mira, natürlich! Jetzt verstehe ich!"

„Dann sei doch bitte so freundlich, uns auf die Sprünge zu helfen", forderte Tim leicht ungeduldig.

„Frau Römer wollte nicht sagen 'August in' sondern 'Augustin Rothes Moor'", erklärte Andreas die Lösung langsam und betont. „Sie hat etwas geahnt und deshalb diese letzten Worte ausgesprochen."

„Donnerwetter!", raunte Max beeindruckt. „Das erklärt wohl einiges. Frau Römer war anscheinend im Bilde über das ein oder andere, was sich hier abgespielt hat. Es würde mich keineswegs wundern, wenn sie noch viele andere Dinge beobachtet haben sollte."

„Damit könntest du durchaus richtig liegen, Max",

beschwichtigte Tim den Jungen. „Bleibt nur zu klären, was sie darüber hinaus bereits geahnt oder gewusst hat."

„Das werden wir schon noch herausfinden", meinte Ida und war sich dieser Behauptung ziemlich sicher. „Es ist garantiert nur noch eine Frage der Zeit."

„Ganz meine Meinung", begeisterte sich Mira, um ihrer guten Freundin den Rücken zu stärken.

„Ich denke, ich kann zu all diesen Informationen auch noch etwas beisteuern."

Alle Blicke richteten sich auf Herrn Augustin.

„Mir war schon lange so, als ob Letizia mich beobachtete", erklärte der Mann nachdenklich. „Anscheinend hat sie gemerkt, dass ich, wenn man es denn so bezeichnen will, Cristofer beschattet habe. Als wir den Brief ohne Absender erhalten hatten, war ich ehrlich gesagt völlig überfragt, wie mit etwas Derartigem umzugehen ist. So einen Drohbrief erhält man schließlich nicht alle Tage -"

„Ein Drohbrief, sagen Sie?", fragte der Kommissar, der bei jenem Wort schlagartig hellhörig geworden war. „Was steht darin geschrieben? Haben Sie ihn vielleicht dabei?"

Mit Bedauern verneinte Herr Augustin die Frage. „Wir haben gemeinsam beschlossen, den Brief an einem geheimen Ort unter Beschluss zu verwahren. Es hätte ja noch ein weiterer Brief oder gar etwas Schlimmeres folgen können; ein zweiter Brief oder eine Entführung etwa."

„Es wäre gut, wenn Sie mir diesen Brief aushändigen könnten", erklärte der Polizist. „Mit ein bisschen Glück wissen wir dann bald schon, wer dieses Beweisstück verfasst hat und wahrscheinlich sogar noch einiges mehr."

„Herr Schneider wird Ihnen den Brief sicherlich gerne übergeben", schmunzelte Herr Augustin und wandte sich seinem Vorgesetzten zu. „Nicht wahr, Peter?"

„Bitte -?", fuhr dieser aus den Tiefen seiner Gedanken hoch. „Ich – ja, das sollte doch machbar sein. Cristofer hätte das bestimmt auch gewollt."

Er versuchte krampfhaft, sich ein Lächeln abzuverlangen.

„Peter, was ist denn mit dir?", fragte Herr Fehnhupp ernstlich besorgt. „Geht es dir nicht gut? Du siehst ja leichenblass aus -"

„Liegt das denn nicht auf der Hand?", wimmerte der oberste Betreuer verzweifelt. „Einer meiner Mitarbeiter scheint in dunkle Geschäfte verwickelt zu sein und wurde obendrein noch von einer Kugel getroffen. Mit ein bisschen Pech hat man ihn tödlich verletzt, sodass er den heutigen Tag eventuell nicht mehr überleben wird. Unter meiner Obhut - ! Falls er sterben sollte, werde ich mein Leben lang vermutlich keine einzigen ruhige Minute mehr finden."

Es dauerte einige Momente, bis der aufgelöste Herr Schneider sich wieder beruhigt hatte.

„Da gibt es eine Kleinigkeit, die ich Ihnen in diesem Zusammenhang noch kurz erläutern möchte", ergriff Andreas erneut das Wort. „Ich bin zu annähernd 100 % davon überzeugt, dass Ihr Mitarbeiter Herr Tschantaj *kein* Verbrecher ist. Es gibt zwar keinen hieb- und stichfesten Beweis für seine Unschuld. Aber es gibt sehr wohl einen ziemlich eindeutigen Hinweis darauf. Und diesen Hinweis hat der Spanier mir sogar persönlich gegeben."

Die Stille, die nun einsetzte, war für Andreas die Aufforderung, seine Erläuterung fortzuführen.

„Vorhin, dort unten im Wald, bin ich gestolpert und geräuschvoll in einem Gebüsch gelandet. Die Verbrecher hatten es gehört und direkt beschlossen, der Ursache dieses unerwünschten Lärms auf den Grund zu gehen. Herr Tschantaj hatte sich schließlich der Aufgabe angenommen. Und dieser Entschluss seinerseits kam bestimmt nicht von ungefähr. Aber weiter im Text: Er hat alles abgesucht und den Verursacher des Lärms ausfindig gemacht. Ja, er hat mich tatsächlich gefunden. Dennoch – er hat nichts verraten. Ich habe den Schein seiner Taschenlampe direkt im Gesicht gespürt. Ich stand – oder eher gesagt – ich lag dem vermeintlichen Feind zu Füßen – hilflos ausgeliefert. Wenn er es gewollt hätte, sprich, wenn es wirklich sein Ziel gewesen wäre, mich auszuschalten, so bin ich mir ziemlich sicher, dass er das auch gemacht hätte. Wahrscheinlich sogar, ohne ein einziges Mal mit der Wimper zu zucken. Er hätte mich sprichwörtlich todsicher beseitigt – da gehe ich jede Wette ein."

Er machte eine kurze Pause, um seine Worte mit angemessenen Nachdruck zu unterstreichen.

„Aber das ist noch nicht alles", sprudelte Andreas aufgeregt hervor. „Unser kluger iberischer Kopf hat mir daraufhin zusätzlich ein kleines Rätsel mit auf den Weg gegeben. Diese zunächst sonderbaren Verse haben mir schließlich die Augen geöffnet."

Der Junge zitierte die Worte und blickte, was die meisten aller Anwesenden betraf, in fragende Gesichter. Mira hingegen verstand, worauf er hinauswollte. Auch die Herren Augustin und Fehnhupp schienen ganz allmählich einen besseren Überblick zu bekommen.

„Warum sind also 'sieben mehr als vier'?, fragte das Mädchen gespannt. „Ganz einfach: Sechs Jugendliche mit Herrn Tschantaj sind mehr als vier tatsächliche Verbrecher. 'Gemeinsam werden wir sie überrumpeln.'! Herr Tschantaj war auf unserer Seite!"

„Schön und gut, Kinder", warf der Kommissar ein. „Aber inwiefern 'heilt die Natur nun alte Wunden'? Seid ihr darüber auch bereits im Bilde?"

„Nein, diesbezüglich leider nicht", bedauerte Christian. „Aber auch das wird sich noch aufklären lassen – bestimmt."

„Mich interessiert ja auch brennend, wer oder was dieser 'Meister' ist", gab Max zu bedenken. „Wie hat er oder es seine Finger im Spiel?"

„Oder sie", sponn Tim den Gedanken weiter. „Dieser 'Meister' kann genauso gut eine Frau sein."

„Durchaus möglich", bestätigte Max die Vermutung. „Jedenfalls wird es jemand sein, der -", er bedachte Tim mit seinem Blick, „ - oder die im Hintergrund die Fäden zieht. In gewisser Weise ein Auftraggeber."

„Der eigentliche Drahtzieher. Ja, das ist anzunehmen", säuselte Andreas nachdenklich, schwieg dann jedoch.

„Sagen Sie, Herr Schneider." Der Kommissar erhob erneut das Wort. „Der Name Ihres Mitarbeiters – ist das ein Spitzname oder heißt er wirklich so?"

Der oberste Betreuer hob überrascht den Kopf. „Sie meinen seinen Familiennamen?"

Der Kommissar nickte. „'Tschantaj' hört sich so exotisch an. Ich wüsste nicht mal, wie ich es buchstabieren sollte."

Herr Schneider sah den Beamten nachdenklich an. „Wie man es schreibt, ist innerhalb unseres Teams bekannt. Die Schreibweise ist allerdings wirklich äußerst exotisch. Aber sagen Sie -", er hielt verwirrt inne, „warum ist Ihnen der Name eigentlich wichtig?"

„Wissen Sie, wir, sprich, das Städtische Kommissariat, zu dem auch meine Wenigkeit gehört, sind mittlerweile schon seit geraumer Zeit hinter dieser Bande her", erklärte der Polizist mit leichtem Verdruss und schnaubte verächtlich. „Dennoch ist es uns bis zum heutigen Tag immer noch nicht gelungen, dieses Mysterium um die sagenumwobenen 'Fünfprinzler' aufzudecken. Wahrscheinlich gibt es noch einige weitere Geheimnisse, die wir bezüglich dieser Gauner klären müssen, aber eins nach dem anderen. Haben Sie denn vielleicht eine Vermutung oder einen Lösungsansatz, was es mit dem Namen auf sich haben könnte? Ich werde das Gefühl nicht los, dass sich eine versteckte Botschaft dahinter verbirgt."

„Auch hier muss ich passen, Herr Kommissar", bedauerte Herr Schneider und gab an die anderen beiden ab. „Oder wisst ihr etwas darüber, Jochen, Claus?"

„Fehlanzeige", murmelte Herr Fehnhupp grummelig. Dem schloss sich der andere an.

„Aber *wir* wissen etwas!", verkündete Mira zur Verblüffung der vier Erwachsenen und hatte dabei wieder dieses schelmische Blitzen in den Augen. „Wir haben es herausgefunden, als -", sie überlegte kurz, wie sie es der Wahrheit halber formulieren sollte, „Andreas hat es herausgefunden, als wir uns alle gemeinsam im Aufenthaltsraum die Zeit vertrieben haben. Du erinnerst dich doch?"

„Na, und ob ich mich daran erinnere!", rief der Junge begeistert aus. „Ich kann die Worte jetzt noch vor meinem inneren Auge lesen. Das hat sich folgendermaßen abgespielt -"

Er berichtete den Männern, was es seiner Meinung nach mit dem Namen des Spaniers auf sich zu haben schien. Die Männer lauschten seinem Bericht bis zum Schluss und sahen letzten Endes noch eine Spur ratloser und verblüffter aus als zuvor.

„Erpressung?", wiederholte der Kommissar und legte die Stirn in Falten. „Wie passt denn in diesem Fall eine Erpressung ins Gesamtbild?"

„Was das angeht, habe ich eine naheliegende Theorie, Herr Kommissar", meldete sich Mira erneut zu Wort. „Herr Tschantaj ist, wie ich vermute, bereits eine ganze Zeit lang einer jener sagenumwobenen 'Fünfprinzler'. Für ihre nächste düstere Machenschaft haben die Verbrecher etwas ganz Großes geplant. Dem Spanier wird die Sache ein bisschen zu groß; Er bekommt kalte Füße und will aussteigen. Mittlerweile hat er aber längst die Zwickmühle entdeckt, die sich innerhalb seiner Situation erkennbar gemacht hat: Falls er versuchen sollte, auszusteigen, wird er erbarmungslos umgelegt. Er beschließt deshalb, seinen Namen zu ändern. Mithilfe dieses neuen Namens – in Form eines Wortspiels – hofft er, ein Notsignal absetzen zu können. Die anderen 'Fünfprinzler' – ebenso wie ihr 'Meister' – übersehen diesen Wink mit dem Zaunpfahl. Denn die Muttersprache ihres vermeintlichen Komplizen ist ihnen nicht besonders oder vielleicht sogar überhaupt nicht geläufig. Das Schicksal hat allerdings auch ein zweites Einsehen; Ein pfiffiger Jugendlicher kreuzt den Weg des Ausreißers und ist obendrein intelligent genug, um die Botschaft des verzweifelten Verbrechers zu entschlüsseln. Gemeinsam mit seinen fünf neuen Freunden erlebt der Jugendliche ein Abenteuer der ganz besonderen Art. Von einem derartigen Erlebnis dürften die meisten Kinder, Jugendlichen und selbst Erwachsenen wohl ihr ganzes Leben lang nur träumen. Ganz nebenbei sollte nun auch der Spanier aus dem Schneider sein. Die restlichen Verbrecher hat die Polizei in der Zwischenzeit verhaftet. Daraus resultiert schließlich: Ende gut, alles gut.“

„Das klingt alles ziemlich logisch und gut durchdacht, Mira“, lobte Max das Mädchen und nickte anerkennend. „Nur, wenn jemand seinen Namen ändert, fällt das nicht zu sehr auf?“

„Zum Teil schon“, beschwichtigte ihn das Mädchen, „andererseits musst du bedenken, dass die Männer wahrscheinlich alle ihre Identitäten geändert haben – und das garantiert weitaus öfters als ein oder zweimal.“

„Kinder“, ergriff der Kommissar das Wort, „ihr habt ganze Arbeit geleistet. Alle Achtung! Es ist euch zu verdanken, dass die Täter endlich gefasst sind. Die restlichen Details werden wir schon noch aus den Verbrechern herausholen. Dann werden wir auch bald erfahren, wer dieser geheimnisvolle 'Meister' ist. Und ich schätze, damit neigt sich die Geschichte der 'Fünfprinzler' wahrhaftig ihrem Ende entgegen. Wer hätte gedacht, dass ich das in meiner Dienstzeit noch erleben dürfte?" Er atmete tief durch. „Ganz gleich, welche schweren Zeiten ihr in Zukunft noch werdet überwinden müssen, ich bin der Meinung, ihr könnt alle unendlich stolz auf euch sein!"

Sie waren mittlerweile alle gemeinsam im Zeltlager angekommen: Der Kommissar, die Betreuer Augustin, Fehnhupp und Schneider und natürlich die sechs tapferen Freunde. Die große Wiese war in der Zwischenzeit überwiegend geräumt worden; Es standen lediglich drei nebeneinander errichtete Zelte an ihren ursprünglichen Plätzen. Die restlichen Nachtquartiere waren allesamt abgebaut worden. Hier und da war noch das ein oder andere Kind zu sehen. Doch der Großteil war bereits abgezogen. Die zehn Abenteurer hatten das Gelände gerade betreten und steuerten direkt auf das Gebäude zu. Keine halbe Minute später wurde die Tür aufgerissen und eine völlig mitgenommene Frau Grauländer eilte ihnen japsend entgegen.

„Peter! Jochen! Claus! Kinder!" Letzteres betonte sie ganz besonders. „Bin ich froh, dass ihr alle wohlauf seid. Ich hatte mir ja solche Sorgen gemacht -" Sie stockte. „Guten Morgen, Herr Wachtmeister." Verwirrung und Besorgnis lagen in ihren Augen. „Um Himmels Willen, was ist denn passiert? Und wo – wo ist Cristofer - ?"

Die Angst stand ihr unübersehbar ins Gesicht geschrieben. Herr Schneider ergriff sofort die Initiative.

„Lydia, du sollst alles erfahren, was sich ereignet hat",

sprudelte er hervor, sodass sich seine Stimme beinahe überschlug. „Aber ich muss jetzt erstmal ins Krankenhaus nach Garmberg. Von dort aus werde ich mich nochmal melden. Es wird alles gut werden! Ich steige jetzt ins Auto und -"

Er sah sich verzweifelt um. Dann fiel es ihm siedend heiß ein: Das Auto stand noch immer beim Gasthaus 'Zum Blühenden Moos' am Parkplatz 'Raue Lichtung' – mindestens 20 Minuten zu Fuß von hier entfernt. Was sollte er denn nun machen?

„Spitzbeck, Raue Lichtung, Wendelberg hier, Grillhütte Garmberg, bitte kommen. Ende"

„Spitzbeck hier, Raue Lichtung, erwarte Ihre Anweisung, Herr Kommissar. Ende."

„Schicken Sie bitte umgehend einen vierfach besetzten Streifenwagen zur Grillhütte Garmberg raus", ordnete der Kommissar durch sein Funkgerät an. „Herr Schneider muss auf schnellstem Weg ins städtische Krankenhaus begleitet werden. Ende."

„Ist der Notarzt bereits vor Ort, Ende?", fragte Spitzbeck, die Stimme vom Gerät verzerrt.

„Der Mann ist nicht verletzt", erklärte der Kommissar geduldig, „aber einer seiner Mitarbeiter schwebt augenscheinlich in Lebensgefahr. Bitte begeben Sie sich unverzüglich auf den Weg. Ende."

„Habe verstanden, Herr Kommissar. Ende."

Herr Schneider starrte den Polizisten wortlos an. „Ich weiß gar nicht, wie ich Ihnen dafür danken soll." Es war kaum mehr als ein tonloses Hauchen.

Der Beamte winkte seinerseits dankbar ab. „Nicht dafür, Herr Schneider, immerhin ist das mein Job." Er lächelte warmherzig.

Keine fünf Minuten waren vergangen, bis der geordnete Streifenwagen sein Ziel erreicht hatte. Herr Schneider grüßte die Beamten, sprach ansonsten jedoch kein Wort. Er stieg lediglich in das Fahrzeug ein und zog die Tür mit ordentlichem Schwung hinter sich zu.

Er wollte keine Zeit verlieren; Jede Sekunde, die verstrich, konnte eine Sekunde zu viel sein. Die Uhr tickte – gnadenlos und ohne Rücksicht auf jegliche Verluste.

Die Fahrt im Polizeiauto dauerte knappe zwanzig Minuten. In Begleitung zweier Beamter betrat der Betreuer das Krankenhaus. Sein Kopf war ausgefüllt von einem einzigen Gedanken. Dieser eine Gedanke, völlig autonom und eigenständig, beherrschte die Anspannung des gesamten Körpers. Herr Schneider war buchstäblich zum Zerreißen gespannt. Für ihn zählte jetzt nur noch eins: Hoffentlich war es für den treuen Herrn Tschantaj noch nicht zu spät -!

„M-" Die aufgelöste Pädagogin brauchte einige Minuten, um sich zu sammeln. Gemeinsam mit der Polizeibeamtin, dem Kommissar und den sechs Freunden hatte sie sich in den Aufenthaltsraum zurückgezogen. Dort hatten die Jugendlichen auch ihr noch einmal die ganze Geschichte chronologisch geordnet zusammengefasst.

„Mir – mir fehlen – mir fehlen wirklich die Worte -"

„Wir müssen das alles auch erst einmal verarbeiten, Frau Grauländer, das können Sie mir glauben", beschwichtigte Mira mit ernster Miene. „Aber Herr Tschantaj ist unschuldig, zumindest dieses Mal." Sie seufzte zufrieden. „Und wir durften die ganze spannende Geschichte miterleben."

„Aber diese Brutalität, Mira, diese Kaltblütigkeit", appellierte Frau Grauländer entsetzt. „Dieser Wahnsinnige hat euch nicht nur bedroht – nein, er hat sogar auf euch geschossen -! Der gehört wirklich nur an einen Ort – und zwar ins Gefängnis!"

Eingesperrt hinter Schloss und Riegel!"

Zustimmendes Gemurmel setzte ein.

„Und dieser 'Meister'", begann sie erneut, „was hat es nun damit -?"

Sie stockte, als in diesem Moment ihr Handy klingelte.

„Das ist Peter", erklärte sie verwundert und warf einen Blick in die Runde. „Ich meine natürlich, Herr Schneider. Um Himmels Willen, heißt das etwa, dass Cristofer -?"

Sie schluchzte, den Tränen erneut sehr nahe.

„Bitte gehen Sie dran", drängte Mira sie sanft. Die Frau starrte sie ausdruckslos an und schien für einen Moment gewillt, der Bitte nicht nachzukommen. Sie wirkte derart verwirrt, dass Mira sich fragte, ob ihre Botschaft überhaupt zu der Frau durchgedrungen war. Die Betreuerin entschied sich schließlich, das Gespräch anzunehmen. Mit zitternden Händen hob sie das Mobiltelefon ans Ohr.

„Hallo Peter, hier ist Lydia", wisperte sie mit brüchiger Stimme. „Was gibt es Neues?"

Es war förmlich spürbar, wie verängstigt die Frau auf die Hiobsbotschaft ihres Vorgesetzten wartete. Zunächst hörte sie dem Gesprächspartner aufmerksam zu, bejahte einige Male und nahm anschließend das Handy vom Ohr. Dann drückte sie eine Taste und verkündete: „Der Lautsprecher ist aktiviert, Peter."

„Liebe Kinder", vernahmen sie eine überaus vertraute Männerstimme. „Ich bin unversehrt und es geht mir den Umständen entsprechend gut. Ihr merkt schon, ich darf mich meines Lebens freuen. Lasst euch sagen, dass ihr eine ganz ganz tapfere Bande seid. Ich bin euch unendlich dankbar für alles! Seid bitte stolz auf euch, denn ich bin es allemal! Sieben sind und bleiben eben mehr als vier!"

Kapitel 25 – Das Erbe der 'Blutkrone'

„Herr Tschantaj", riefen die Freunde wie aus einem Mund. Frau Grauländer war absolut sprachlos und ebenso überwältigt von ihren Gefühlen. Der Spanier lebte! Es war *die* Sensation schlechthin! Ein Gänsehautmoment der ganz besonderen Art – selbst für die Polizeibeamtin und den Kommissar.

„Ja, meine lieben Kinder, ihr kleinen Helden", lachte der Spanier erheitert durchs Telefon. „Ich bedanke mich für eure Freude, dass ich lebe, gracias! Allerdings bevorzuge ich es, von jetzt an wieder mit meinem richtigen Namen angesprochen zu werden, por favor. In Wirklichkeit heiße ich nämlich Zapato, Julian Domingo Zapato. Und ich habe endgültig genug von Kriminalität. Bin froh, wenn das alles ein Ende hat."

„Das denke ich mir", erwiderte Andreas frohen Mutes. „Ach, Herr Tschantaj -", er stockte und korrigierte sich, „Verzeihung! Ich meine natürlich, Herr Zapato. Sie können sich gar nicht vorstellen, wie froh wir sind, zu hören, dass es Ihnen gut geht."

„Doch, doch, ich höre es", entgegnete der Spanier erfreut. „Ihr sollt wissen, ich hatte Glück im Unglück: Im Nebel war ich um die anderen Männer herumgeschlichen – Austin O'Donnamoore, er ist der Ire in unserer Truppe, und Wolfgang Hülsheim, der wiederum kommt irgendwo aus dem Norden Deutschlands. Zum Schluss habe ich mich um André gekümmert, André Cléfort, unser Franzose. Jeweils drei gezielte Schläge in den Nacken haben gereicht. Es ging kurz und schmerzlos für jeden Einzelnen. Dennoch war es sehr effektiv."

„Und dann haben Sie sich tollkühn in die Schussbahn geworfen", warf Christian aufgeregt ein. „Für uns haben Sie Ihr

Leben aufs Spiel gesetzt."

„Das habe ich", stellte der Spanier derart kühl fest, als sei es nicht mehr als eine Selbstverständlichkeit gewesen. „Ich sah dies als die einzige Möglichkeit, euch zu retten. Immerhin ist Freddy so blind wie ein Maulwurf. Er kann vielleicht eine Waffe in der Hand halten, aber sein Ziel tatsächlich zu treffen, ist ihm schon immer schwer gefallen."

„Dementsprechend hat er Sie natürlich auch nicht getroffen, nehme ich an"?", fragte Mira.

„Richtig, auch mich hat er nicht erwischt", bestätigte Herr Zapato durchs Telefon. „Aber vorsichtshalber hatte ich mich entschlossen, liegen zu bleiben. Sonst hätte er vielleicht noch einmal geschossen und mich mit diesem zweiten Schuss doch getroffen."

„Äußerst raffiniert", beschwichtigte Andreas anerkennend. „So haben Sie ihn letztendlich übers Ohr gehauen. Wie Sie es mir in Ihrem Rätsel bereits angekündigt hatten: 'Gemeinsam werden wir sie überrumpeln.'. Eine großartige Leistung, Herr Zapato, das muss man Ihnen schon lassen!"

„Gracias, mein Junge", bedankte sich der Spanier erneut. „Aber ihr hattet diesen Wink mit dem Zaunpfahl zum Glück verstanden."

„Sagen Sie, Herr Zapato." Tim meldete sich zu Wort. „Warum haben Sie eigentlich den Decknamen 'Tschantaj', also die Aussprache des spanischen Wortes für Erpressung als falsche Identität angenommen? Inwiefern geht es in diesem Fall der 'Fünfprinzler' um Erpressung?"

„Es geht überhaupt nicht um Erpressung, mein Junge", antwortete der Spanier völlig trocken."

„Geht es nicht? Aber was – wie – was soll das heißen?"

„Ich selbst habe mich erpresst gefühlt", erklärte der Spanier sachlich. „Mir war klar, dass man mich nicht einfach gehen lassen würde. Ich hätte immerhin über die anderen auspacken können. Dann wären sie alle aufgeflogen. Das hätte natürlich jeder von ihnen verhindern wollen – und zwar um jeden Preis. Auch über meine Leiche. Von den anderen sprach jedoch niemand meine Muttersprache, was für mich absolut von Vorteil war. Da wir außerdem ständig unsere Namen ändern mussten, nutzte ich dies als Botschaft zur Außenwelt: Ich erschuf die Identität des Cristofer José Tschantaj."

„Eine ziemlich komplexe Geschichte ist das", staunte Andreas ehrfürchtig. „Dennoch gibt es Kleinigkeiten, die sich uns noch immer nicht erschlossen haben. Ich schätze, Sie sind der Einzige, der uns dazu etwas sagen kann, Herr Zapato. Von daher meine Fragen: Wer oder was verbirgt sich hinter der mysteriösen Gestalt des 'Meisters'? Und was meinten Sie mit dem abgewandelten Spruch in Ihrem Rätsel: 'Die Natur heilt alte Wunden.'?"

„Auch das will ich euch verraten, meine lieben Kinder", setzte der Spanier an. „Insofern es in meiner Macht steht. Wisst ihr, ich war von Beginn an davon überzeugt, dass ihr den vier anderen Männern und mir auf die Schliche kommen würdet. Bevor ich mich in diese Freizeit eingeschleust hatte, war es mir gelungen, mehr über die hiesige Gegend in Erfahrung zu bringen. So war ich während meiner Recherche eben auch auf das Naturschutzgebiet, sprich auf den Naturlehrpfad gestoßen. Dort soll es wohl sehr erholsam sein."

„Ganz recht", bestätigte Christian rasch, „Max hat uns davon berichtet. Bitte entschuldigen Sie, Herr Zapato, dass ich Sie unterbrochen habe, aber sie sagten 'es solle erholsam sein'. Das klingt für mich, als seien Sie selbst nie vor Ort gewesen."

„Absolut richtig, mein Junge", erwiderte der Mann kurz angebunden. „Ich bin nie dort gewesen. Ich habe mir lediglich Informationen über diesen Ort zusammengesammelt. Was wiederum die Heilkraft der Natur angeht; Ich hatte den Plan gefasst, euch abzufangen und mich gemeinsam mit euch in Sicherheit zu bringen. Ihr wart ja bereits auf dem Weg zum Lehrpfad gewesen – quer durchs Moor. Leider ist Freddy mir bei diesem Plan zuvorgekommen. Nun war ich gezwungen, zu improvisieren."

„Alles in allem war es also eine ziemlich brenzlige Situation", stellte Mira beeindruckt fest. „Doch auch die haben wir gemeinsam und mit Bravur gemeistert. Was uns zur wohl nächsten Frage zurückführt. Und die geht erneut an Sie, Herr Zapato: Wer ist der 'Meister'?"

Die Spannung stieg, als der Spanier zunächst mit sich zu ringen schien.

„Weißt du, wer es ist?", fragte plötzlich Herr Schneider. Sie hatten alle ganz vergessen, dass er auch noch da war. „Kennst du seinen Namen?"

Von Herrn Zapato folgte ein langgezogenes und niedergeschlagenes „Ja". Nach einer weiteren kurzen Pause erklärte er sich.

„Der 'Meister' – er wurde lange Zeit auch die 'Blutkrone' genannt – war der Drahtzieher hinter allem. Er hat in gewisser Weise die 'Fünfprinzler' gegründet. Sein Name lautete – wartet, ich muss überlegen – ach ja, er hieß Kaarsten Rothenbuitel."

Der Kommissar und die Polizeibeamtin waren mit einem Mal ganz hellhörig.

„Ich weiß nicht viel über ihn, denn keiner von uns hat ihn jemals zu Gesicht bekommen, außer vielleicht Freddy. Aber die 'Blutkrone' hat irgendwann einen schlimmen Streit mit jemandem gehabt. Vermutlich mit dem Oberhaupt einer anderen Streitmacht aus der Szene. Jedenfalls war es damals zu einem Kampf gekommen. Ein Kampf unter gerechten Bedingungen; kein Pistole, kein Messer, generell gar keine Waffen. Nur die reine Muskelkraft jedes einzelnen Oberhauptes. Ein Kampf, der Mann gegen Mann ausgefochten werden sollte. Die 'Blutkrone' hatte fair gekämpft, doch sein Rivale nicht. Ein Anhänger hatte auf Befehl seines Anführers einen Kugelhagel auf die 'Blutkrone' niederprasseln lassen. Die 'Blutkrone' wurde davon natürlich tödlich verwundet. Rothenbuitel war noch am Tatort seinen Blutungen erlegen."

„Eine ziemlich finstere Geschichte", säuselte Christian nachdenklich.

„Aber warum hat niemand außer Freddy die 'Blutkrone' kennengelernt?", fragte Mira irritiert. „Hatte das einen besonderen Grund?"

„Habe ich etwa vergessen, euch davon zu erzählen?"

Niemand verstand, was der Spanier meinte.

„Die 'Blutkrone' war ein Vorfahr von Frederijk Rothenbuitel. Genau genommen war es Freddys Urgroßvater."

„Sein Urgroßvater?!" Allen Anwesenden blieb die Spucke weg. Wie war das möglich? Freddy, der Anführer der 'Fünfprinzler' sollte ein direkter Nachkomme der 'Blutkrone' sein? Der Urenkel Rothenbuitels?

„Ihr habt richtig gehört", beschwichtigte der Spanier ernst. „Frederijk Rothenbuitel selbst ist sozusagen das Erbe des 'Meisters', also der 'Blutkrone'."

„Aber das passt zeitlich doch überhaupt nicht ins Schema", gab Christian zu bedenken. „Der Urgroßvater, dieser Rothenbuitel, wird doch wohl spätestens zu Beginn des 20. Jahrhunderts geboren worden sein. Und ein derartiger Mensch, kriminell wie er es ist, benötigt doch kein halbes Jahrhundert, um sein gefährliches Potenzial zu entfalten."

„Wie kommst du denn darauf, dass die 'Fünfprinzler' erst seit den 50er-Jahren existieren?", fragte Herr Zapato verwundert. „Was die Verbrechen in Deutschland angeht, ist das zweifellos richtig. Aber Rothenbuitel war bereits in seiner Jugend sowie im jungen Erwachsenenalter als Kleinkrimineller unterwegs. Er hat viele krumme Dinger gedreht, wenn auch zunächst nur in seiner Heimat, in den Niederlanden. Später ging er dann über die Grenzen hinaus: Nach Belgien, Luxemburg, Frankreich und sogar Spanien. Sein letztes Ziel war anschließend Deutschland."

„Nun gut", ergriff Andreas das Wort. „Jetzt wissen wir wahrscheinlich wirklich das Wesentlichste über den Fall der 'Fünfprinzler', schätze ich. Nur, Herr Zapato, was war letztendlich das Motiv für diese ganze Aktion? Ging es etwa um Drogen, Waffen, Geld oder Edelsteine? Oder ist es etwas ganz Anderes?"

„Soweit ich weiß, geht es um das ein oder andere Kilo Rauschgift. Von welcher Art es ist, entzieht sich jedoch meiner Kenntnis." Der Spanier machte eine kurze Pause. „Eine andere Sache ist Geld, und zwar eine ganze Menge. Freddy hat uns einmal erzählt, dass es sich um nicht mehr, aber auch nicht weniger als zwei Millionen Deutsche Mark handeln solle."

Ein erstauntes Raunen ging durch die Menge.

„Doch das Wichtigste für Freddy ist wohl die dritte Sache, die sein Urgroßvater einst versteckte: Er sagte, es sei nichts Finanzielles oder illegal Angeeignetes, sondern einzig und allein sein ganz persönliches Erbe an seinen einzigen Urenkel. Was das genau sein soll, weiß dem Anschein nach niemand, nicht einmal Freddy selbst. Aber vielleicht soll es ja auch einfach so sein."

„Bleibt nur die Frage, wo diese Schätze verborgen sind", mutmaßte Mira. „Weiß Freddy irgendetwas darüber?"

„Er erzählte ab und an, er hätte ein Rätsel überliefert bekommen", erläuterte Herr Zapato. „Doch er wusste nichts damit anzufangen, nada. Wie oft er uns die Verse vorgebetet hat, liebe Kinder. Ich habe schätzungsweise nach dem fünfzigsten Mal aufgehört, mitzuzählen. Jene Verse lauteten – ja, folgendermaßen:

'Dort ist die Erde reich. Es ist nass und finster im Boden. Hier Moos, da Wasser, dort unsere Blume, wie sie fröstelt im Nebel. Der Wanderer kommt her. Schönheit hinter des Nomaden Heim. Der Ausgeflogene zieht ahnungslos von dannen.'

Was es damit auf sich hat, kann ich euch leider nicht sagen. Aber ihr seid kluge Köpfe, ihr kriegt auch das bestimmt noch heraus."

Die Freunde schwiegen ob dieses Komplimentes.

„Falls ihr nun keine Fragen mehr haben solltet, würde ich mich ein bisschen zur Ruhe legen."

„Nur noch eins, Herr Zapato." Diese Angelegenheit hatte Andreas schon die ganze Zeit unter den Nägeln gebrannt. „Wie wird es für Sie jetzt weitergehen?"

„Sobald ich das Krankenhaus verlassen darf, werde ich mich bei der Polizei selbst anzeigen", erklärte der Spanier in bestimmtem und selbstbewussten Ton. „Zwar habe ich kein großartiges Verbrechen begangen. Aber für das, was ich mir zu Schulden habe kommen lassen, will ich gerade stehen. Und danach – das wird sich zeigen. Fest steht, es wird irgendwie weitergehen!"

„Das ist eine gesunde Einstellung", bekräftigte Mira diese letzten Worte. „Gute Besserung, Herr Zapato, und bis hoffentlich irgendwann einmal. Auf Wiedersehen!"

Dem schlossen sich die übrigen Jugendlichen an.

„Gracias, ihr kleinen Helden, adiós!"

„Peter", rief plötzlich Frau Grauländer. „Wie geht es Letitia?"

„Den Umständen entsprechend gut, hat Herr Dr. Westock gesagt", antwortete Herr Schneider besänftigend. „Ich gehe gleich nochmal zu ihr. Vorhin hat sie noch geschlafen. Mach dir keine Sorgen, Lydia, es geht bergauf."

„Okay, habe verstanden. Bis später." Sie legte auf.

Seufzend wanderte Miras Blick durch die Runde. „Und ein weiteres Rätsel steht uns bevor."

„Na ja." Max schmunzelte vergnügt. „Ich denke, ein bisschen was habe ich bereits herausgefunden."

„Du machst Witze", raunte Tim verblüfft.

„Nein, tatsächlich nicht", entgegnete Max amüsiert. „Der Schatz liegt im Rothen Moor oder zumindest in unmittelbarer Nähe."

„Das – woher – erkläre dich bitte. Ich verstehe immer nur – nein, ich wünschte, ich würde etwas verstehen."

„Es ist ganz nicht so schwer: Wo gibt es Moos und Wasser?"

„In Sumpfgebieten", entgegnete Andreas sachlich. „In diesem Fall wohl im Rothen Moor."

„Richtig! Was ist unsere Blume?"

„Keine andere als der 'Fünfprinzler' natürlich", kombinierte Mira begeistert.

„Sie fröstelt im Nebel. Warum tut sie das wohl?"

„Aber ja doch", rief Christian aufgeregt aus. „Weil sie im Herbst und im Winter blüht."

„Wieder richtig! Dann ist da der Wanderer. Hmm, und die 'Schönheit hinter des Nomaden Heim'."

„Die Schönheit", murmelte Andreas. „Was könnte die Schönheit -"

„Der Schatz!", rief Ida ganz nervös. „Die Schönheit ist der Schatz!"

„Sehr gut", lobte Mira ihre Freundin. „Und 'des Nomaden Heim'? Eine seltsame Formulierung. Nomaden haben doch gar kein Heim. Sie sind Wandersmenschen, die stets weiterziehen. Sie leben, wo es ihnen gefällt. Ganz gleich, ob prunkvolles Haus oder einsame Hütte."

„Hütte? Hütte?" Christian war wie wachgerüttelt. „Hütte! Aber klar doch! Leute, die Grillhütte unten im Wald. Ich würde meine Gitarre darauf verwetten, dass diese Hütte damit gemeint ist."

„Das wird es sein", meinte Tim aufgeregt. „Man kommt dorthin, isst und trinkt, ruht sich kurz aus und geht weiter; 'Der Ausgeflogene zieht von dannen.' Glasklar!"

„'Die Erde ist reich' ergibt sogar einen doppeldeutigen Sinn: Zum Einen ist es das Erdreich. Das dunkle oder finstere Erdreich im Boden, sprich unter der Erde. Zum Anderen ist die Erde reich an Schätzen. Nicht jedoch an Bodenschätzen, wie Erz, Kohle oder Öl. Nein, in diesem Fall handelt es sich um jenen einen Schatz – das Vermächtnis der 'Blutkrone'."

„'Nass und finster' haben ebenso ihre jeweils eigenen Bedeutungen", komplettierte Mira mit dem letzten noch ungeklärten Einschub dieses Rätsels. „Das Wasser aus dem Sumpf und wahrscheinlich gleichermaßen aus dem See. Es ist nass – logisch. Mit 'finster' ist wiederum der Ort gemeint. Denn das 'Rothe Moor' liegt in jenem Teil des Waldes, der den Namen 'Finsterwald am Teich' trägt. Freunde, wir haben die Lösung!"

„Na, und ob wir die haben!", beschwichtigte Christian das Mädchen enthusiastisch. „Bleibt nur noch die Frage: Was genau liegt dort alles vergraben?"

„Es gibt wohl nur eine Möglichkeit, das herauszufinden, wie ich schätze." Mira sah die anderen herausfordernd an. „Wir müssen nochmal dorthin und graben."

Es hatte einigen Protest von Seiten Frau Grauländers

gegeben. Doch ebenso hatten die Jugendlichen ihre schlagfertigen Argumente vorgebracht, um doch noch diesen abschließenden Teil ihres ersten gemeinsamen Abenteuers miterleben zu dürfen. Nun standen sie in Anwesenheit des Kommissars vor der Grillhütte und musterten diese eingehend.

„Lasst uns hinter der Hütte nachsehen", forderte Mira die Freunde auf. „Ich gehe rechts herum."

Ida und Max folgten ihr, die drei anderen preschten um die linke Seite zur Rückwand der Hütte. Der Kommissar hielt sich erwartungsvoll im Hintergrund. Er war unentwegt beeindruckt vom schier unerschöpflichen Engagement der Jugendlichen.

„Hier gibt es weiter nichts. Nur Moos, Heidekraut und ein paar vereinzelte Sumpflöcher."

Tim blieb ganz unberührt. „Dort liegt irgendetwas unter dem Gestrüpp. Sieht ziemlich sperrig aus, richtig klobig. Und ich meine, ein Glucksen zu hören. Oder irre ich mich?"

„Nein, du hörst richtig, Tim", erwiderte Christian gedämpft. „Aber dieses -" - er suchte nach den richtigen Worten - „ - seltsame Ding liegt bestimmt nicht einfach so hier herum. Damit hat es etwas auf sich. Die Frage ist nur – was -?"

Der Junge klang äußerst erregt. „Das Gestrüpp hat sich nicht seinen üblichen Weg durch die Natur gebahnt. Deswegen dient es jetzt als pflanzliche Tarnung. Niemand soll jemals entdecken, welche Schätze darunter verborgen liegen."

„Du meinst -" Mira stockte. „Das haut mich um! Lasst uns das Buschwerk aus der Bahn schaffen. Ich bin gespannt, was darunter zum Vorschein kommt."

Sie watete vorwärts und wuchtete einzelne herausstehende Äste behutsam beiseite. Die anderen taten es ihr gleich. Eine gewisse Vorsicht war geboten, da man sich leicht verletzen konnte an all den Zweigen. Doch die Freunde waren sich dessen bewusst und gingen dementsprechend achtsam vor.

Kommissar Wendelberg, der bisher lediglich äußerst interessiert zugehört hatte, stand den Nachwuchskriminalisten mit Kräften zur Verfügung.

Bald hatten sie jegliche Äste, Blätter und ähnliche Hindernisse aus dem Weg geräumt und wurden angemessen für diese kräftezehrende Arbeit belohnt. Sie trauten ihren Augen nicht, als sie den Schatz vor sich im Moos liegen sahen; Ein vermutlich feuerfester Tresor, der nicht nur optisch etwas hermachte.

Christian trat vor und war schon fast in Begriff, sich am Schloss zu schaffen zu machen. Da packte ihn der Kommissar entschlossen am Arm und hielt ihn mit Bestimmtheit zurück.

„Geh bitte nicht zu nah an den Tresor heran", warnte der Beamte mit alarmiertem Blick. „Er könnte mit einem Sprengsatz präpariert sein."

„Bitte entschuldigen Sie, das hatte ich ganz vergessen."

„Nichts für ungut, es ist ja nichts passiert. Aber der Sicherheit halber ziehen wir uns jetzt vor die Hütte zurück und warten dort auf einen Bombenentschärfer. Ich werde umgehend jemanden hierher beordern. Wenn ihr mir dann bitte folgen wollt."

Sie traten gemeinsam vor die Hütte, wo der Kommissar bereits sein Handy ans Ohr hielt. Keine zwanzig Sekunden später legte er auf und erklärte: „Die Bombenspezialisten sind schon auf dem Weg hierher. Sie werden den Tresor knacken und dann sehen wir ja, was tatsächlich darin enthalten ist. Vielleicht hat die 'Blutkrone' ja wirklich einen Schatz hinterlassen."

Der Kommissar lachte belustigt. Andreas glaubte, Verachtung und Spott in seinen Worten zu hören. Er wusste nicht genau, warum, doch plötzlich spürte er einen stechenden Schmerz aus Wut in sich auflodern.

Eine viertel Stunde später – die Freunde konnten es kaum

erwarten, endlich den Inhalt des Tresors mit eigenen Augen zu sehen – rollte ein großer Einsatzwagen der städtischen Polizei heran. Zu ihrer eigenen Enttäuschung mussten die sechs Nachwuchskriminalisten mit dem Kommissar auf dem Schotterweg vor dem Grillplatz warten. Doch nach zehn weiteren Minuten, die sich endlos in die Länge zogen, hörten sie jemanden etwas rufen.

„Herr Kommissar, Herr Kommissar, kommen Sie! Das müssen Sie sich ansehen!"

Wendelberg lief in Richtung der Spezialisten. „Bitte wartet hier", rief er den Jugendlichen mit flehendem Blick zu. Diese dachten allerdings gar nicht daran und folgten ihm fest entschlossen. Er wollte sie zurückdrängen, ließ es dann jedoch. Ihm war bewusst, dass sie ohnehin nicht auf ihn hören würden. Andererseits wollte er es ihnen auch nicht verwehren. Immerhin war es *ihr* Abenteuer.

„Herr Kommissar", begann der Mann erneut, „wir hatten leichtes Spiel; es war kein Sprengsatz am Tresor angebracht. Dafür beinhaltet er aber einige umso interessantere Dinge."

Er gab den Blick frei; Im Innenraum des Tresors befanden sich ein silberner Koffer sowie ein großer Beutel weißen Pulvers.

„Mindestens zehn Kilo feinstes Rauschgift", verkündete der Spezialist. „Und da drin -" - er deutete auf den Koffer - „ - liegen schätzungsweise eineinhalb Millionen DM! Die 'Blutkrone' hat wirklich ganze Arbeit geleistet. Und das hier -" - er nahm etwas Kleines aus dem Koffer - „ - das ist – lesen Sie ruhig selbst."

Er reichte dem Kommissar einen Brief aus edlem Büttenpapier. Dieser öffnete ihn sogleich und las vor:

„'Von Urgroßvater Kaarsten an meinen einzigen und zugleich unendlich geliebten Urgroßenkel Frederijk:

Du bist das Erbe und der Stolz der 'Blutkrone'! Nimm mein Vermächtnis und bewahre es für die Ewigkeit auf. Ich vertraue voll und ganz auf dich!

In Liebe, Dein Urgroßvater Kaarsten'"

„Da ist noch etwas im Umschlag", bemerkte Mira aufgeregt.

„Du hast Recht." Der Kommissar griff in das Kuvert und zog einen silbernen Ring heraus. Auf dessen Außenseite prangte, gut erkennbar, ein ihnen allen mittlerweile sehr geläufiges Symbol.

„Der 'Fünfprinzler'", sagten die Freunde ehrfürchtig wie aus einem Munde.

„Ein einfaches und kleines, aber dennoch sehr edles Schmuckstück", meinte Andreas und wurde plötzlich von einer starken Wehmut ergriffen. Das mache ich!, dachte er insgeheim und fasste sich ein Herz. „Ach bitte, Kommissar Wendelberg, überlassen Sie Freddy diesen Ring. Er mag ein furchtbarer Mensch sein, das steht wohl ganz außer Frage. Doch genauso wird dieser Ring die einzige Erinnerung an seinen Urgroßvater sein. Die vermutlich Einzige, die jetzt noch existiert. Das letzte winzige Überbleibsel von einem Menschen, der ihn 'unendlich geliebt' hat. Bitte verwehren Sie ihm das nicht. Es mag sein, dass Freddy sich niemals ändern wird. Er ist sicherlich schwer traumatisiert wegen der Geschichte seines kriminellen Vorfahren. Das hat ihn unabdingbar geprägt. Doch letzten Endes ist auch er nur ein Mensch wie wir alle. Ich finde, das hat selbst er verdient."

Der Kommissar überlegte kurz, lächelte jedoch schließlich. Diesmal war es ein freundliches Lächeln.

„Das lässt sich einrichten, irgendwie – bestimmt."

„Ich danke Ihnen von Herzen!"

Sie traten den Rückweg ins Lager an. Andreas war in Gedanken an einem fernen unbekannten Ort. Dort, wo bestimmt noch nie ein Mensch zuvor gewesen war. Er dachte an all das, was er in den letzten beiden Tagen und vor allem während der letzten abenteuerlichen Nacht hatte erleben dürfen. Es tat ihm weh, die vergangenen Ereignisse vor seinem inneren Auge an sich vorbeiziehen zu sehen. Denn ihm wurde zunehmend bewusst, dass der bisher schönste Sommer seines Lebens nun tatsächlich endete. Jener Sommer, der sein Leben von Grund auf verändert hatte.

Doch die sechs Freunde vom Jugendzeltlager, irgendwo in den Tiefen des Garmberger Stadtwaldes, würden sich wiedersehen. Was das anging, war Andreas Fojruß, der mutige Junge vom Land, der tapfere Bursche aus der Natur, sich ohne jeden Zweifel absolut sicher.